W0192866

Die beiden Verlierer Charly und Doc bringen aus nichtigen Gründen den arroganten Till Wiese um, ohne dies geplant zu haben. Damit lösen sie eine Reihe an zufälligen Ereignissen aus, in deren Strudel einige Mitmenschen den Boden unter den Füßen verlieren.

Wie der bärbeißige Hauptkommissar Fammerl, den ein kleiner Fehlgriff dazu bringt, gegen jemand zu ermitteln, gegen den er auf keinen Fall ermitteln will. Oder der tapfere Journalist Hirschinger, der zu einem folgenschweren Fehltritt gezwungen wird.

Schon bald verschwimmen die Grenzen zwischen Gut und Böse.

Gibt es das Gute und das Böse überhaupt in Reinform?

Die Kerngeschichte beruht auf tatsächlichen Geschehnissen, wobei alle Figuren frei erfunden sind.

Zumindest ziemlich frei.

Der Verfasser dieser Geschichte lebt und arbeitet in einer kleinen, bayerischen Großstadt an der Donau mit Frau und Kindern und Kindeskindern. Er ist Strafrichter, glücklich verheiratet und bevorzugt es, kalt zu duschen.

Nach den Büchern »Das Taxi« (2014), »Die Rache« (2015) und »Der Schrank« (2016) präsentiert er hier nun sein viertes Werk.

Nicht zufällig.

Es mußte ja so kommen.

Michael von Benkel

Das Vollbad

Mord für Anfänger

Bayerischer Poeten- & Belletristik-Verlag
Reichertshofen-Hög

Originalausgabe
1. Auflage
November 2017
© 2017 Bayerischer Poeten- und Belletristik-Verlag,
Reichertshofen-Hög
Umschlagmotiv: »Turm Triva« aus der Reihe »nach oben«, foto-
grafiert von Johannes Hauser
Lektorat: Dominik Neumayr & Gerhard Trautmannsberger
Satz: bp-Verlag
Text gesetzt aus der Vollkorn
Druck und Bindung: Sowa Druk, Piaseczno
Printed in Poland
ISBN 978-3-944000-23-7

> http://www.bp-verlagshaus.de/

Das Prinzip aller Dinge ist Wasser; aus Wasser ist alles und alles kehrt ins Wasser zurück.

Thales von Milet (etwa 624 – 547 vor unserer Zeit)

Für die Wenkies

Jedem ist ein Gewaltverbrechen zuzutrauen. Klein-
kriminellen Nichtstuern mit problematischem Fa-
milienhintergrund sowieso. Aber auch die Guten,
die für Gerechtigkeit sorgen, indem sie Gewalttaten
aufklären, können mal ausrasten.

Und man muss nicht einmal besonders intelli-
gent sein, um das perfekte Verbrechen begehen zu
können. Eher zufällig gelingt dies zwei jungen
Männern, deren Grips bisher nicht einmal für eine
Lehrstelle ausgereicht hat.

Eine wirklich schauerliche Todesart hat sich der Ingolstädter Autor Michael von Benkel da ausgedacht. Und ganz ohne Blut! Besonders gruselig ist
so ein Leichenfund für geruchsempfindliche Spür-
nasen wie den aufmerksamen Mitarbeiter der
Stadtwerke, dem der hohe Warmwasserverbrauch
aufgefallen ist.

Der »abgebrühte« ermittelnde Hauptkommissar
kann nichts weiter als einen Unfall feststellen, bis
ihn ein einschlägig bekannter Wichtigtuer (ein aus
dem Job gemobbter Gerichtsangestellter!) selbst
des Mordes bezichtigt. Der Jäger müsste sich selbst
jagen. Aber hat diese Aufgabe nicht bereits ein Lokalreporter mit der Schlagzeile »Hauptkommissar
unter Mordverdacht« übernommen?

Die ungewöhnliche Todesart macht Schule.

Niemand ist also davor gefeit, einen Totschlag zu begehen. Nur die Chance, dafür auch verknackt zu werden, ist wesentlich höher, wenn man im Sozialprestige tiefer steht.

Aber vielleicht gibt es doch eine ausgleichende Gerechtigkeit: den Zufall.

Michael von Benkel kennt, worüber er schreibt. Er ist Amtsrichter. Seit vielen Berufsjahren hat er reichlich Erfahrung mit den Charakteren von Justiz- und Polizeibeamten, den kriminellen Karrieren junger Menschen und dem labilen Gleichgewicht von Justitias Waagschale.

Mit sarkastischem Witz und liebevoller Einfühlung in menschliche Schwächen erzählt er von der wohltuenden Wirkung, wenn das Selbstwertgefühl und der Respekt der Umwelt steigen, und den verheerenden Folgen, wenn das Ego mehr als nur einen Kratzer abbekommt. Und da sind ein Kommissar und ein junger Arbeitsloser nicht so unterschiedlich veranlagt.

Und so ist »Das Vollbad« ein spannend gedrechselter Krimi mit bitteren Wahrheiten. Verpackt in einen flotten, geradezu flapsigen Ton offenbart sich hinter dem drastisch-makabren Kriminalfall die Milde und Menschlichkeit des Amtsrichters und Autors Michael von Benkel.

Eine Warnung sei ausgesprochen: Nicht vor dem Essen zu lesen! Veganer sind im Vorteil.

Isabella Kreim, Kulturkanal Ingolstadt

Kapitelübersicht

I. Kneipenbesuche

In diesem Kapitel ärgert einer zwei andere mit einem Spiel

Tot. Mausetot. Das war ja einfach, gar keine große Sache. Ein astreiner Mord.

So, habe ich damit Ihre geschätzte Aufmerksamkeit, werte Leserschaft? Vielleicht sollte ich dann erzählen, wie es dazu kam. Dazu müssen wir ein paar Stunden in der Zeit zurückgehen. Es ist jetzt Nachmittag in der Stadt an der Donau. Es dämmert schon und der Berufsverkehr setzt langsam ein.
Mit dem Berufsverkehr haben die beiden traurigen Gestalten aber nichts zu tun, die da in einer kleinen Kneipe Billard spielen. Denn Arbeit haben beide nicht, weder Karl, den alle nur »Charly« nennen, weil das lässiger klingt; noch der »Doc«, der jetzt den Billardqueue in der Hand hält, als sei er einer der Profis aus dem Fernsehen, denen er nacheifert. Natürlich ist er kein Doktor, schließlich hat er nicht einmal einen Schulabschluß. Aber weil er immer so gescheit daherredet, sind die Leute irgendwann dazu übergegangen, ihn erst »Doktor«, dann nur kurz »Doc« zu nennen.

Weil sich das – raten Sie – einfach lässiger anhört.

Und Lässigkeit ist alles, was man hat, wenn man den ganzen Tag keine Beschäftigung hat. Zwar gäbe es eine Menge, was man mit derart viel freier Zeit

anfangen könnte, die meisten Aktivitäten haben allerdings den Nachteil, daß sie etwas kosten. Und Geld haben beide nicht viel, nur das, was Vater Staat den beiden monatlich gibt. Das reicht gerade für ein Bier in der Gastwirtschaft »Zum Hirschen« und für eine Partie Billard, wenn sonst keiner spielen will. Weil dann Robert, der Wirt, gnädig und sozial eingestellt wie er ist und wohl auch ein bißchen aus Mitleid, die beiden umsonst eine ruhige Kugel schieben läßt. Das ist allerdings so uneigennützig nicht, denn aus Arbeitslosen von heute könnten in dieser schnelllebigen Zeit schnell Superstars von morgen werden, die Taschen voller Geld. Senkrechtstarter, die sich dann an die Freundlichkeit des Wirts erinnern und eine Lokalrunde nach der anderen schmeißen. Sicher, wahrscheinlich ist das nicht. Aber in den Köpfen der beiden spuken Vorstellungen wie diese schon länger herum. Wenn man den beiden in die Augen schaut, spürt man, daß sie gewissermaßen schon das Glück an ihre Türe klopfen hören.
Und diese Hoffnung färbt vielleicht auch ein wenig auf den Wirt ab.

Allein, es will und will nicht klopfen, das unberechenbare Glück.

Hat es nicht schon so oft ganz unverhofft eingeschlagen wie ein Blitz? Da denkt keiner was Gutes und plötzlich ist der Typ, der da die Straße hinunter gewohnt hat, Millionär. Oder hat zumindest Geld wie Heu. Jedenfalls hat das Geld gereicht, um aus dieser Gegend hier wegzuziehen. Aus dieser Gegend, wo eher unbegabte Graffiti-Künstler sich an jeder Ecke mit sinnfreien Parolen versuchen. Direkt neben dem Eingang etwa steht: »Freiheit für Rösler.« Wobei sich der Sprüher mit dem Platz ein wenig vertan hat und es am Ende nicht mehr für das letzte »R« gereicht hat. Weshalb dieses seinen Platz über dem »E« gefunden hat. Kein Mensch in dieser Gegend hätte das »R« am Ende vermisst, denn man kennt hier weder einen Rösle, noch einen Rösler. Nur der Wirt vermutet, daß es sich um einen der Gladbeck-Entführer handeln könnte. Warum dieser freigelassen werden sollte, der doch diese hübsche, junge Blondine ermordet hat, bleibt ihm allerdings schleierhaft.

Der Wirt hat schon daran gedacht, die Schrift zu entfernen. Aber das wäre vergeblich gewesen, denn schon bald hätte ein anderer den frei gewordenen Platz an der Wand vollgeschmiert. Außerdem sind an anderen Fassaden Hakenkreuze zu sehen oder irgendwelche sexuellen Anzüglichkeiten, die auf eher schlichte Gemüter der Urheber schließen lassen.
Da ist die Forderung, einen Mann freizulassen, den niemand kennt, schon besser.

Außerdem sollen die Gäste sich nicht vor, sondern drinnen in der Kneipe wohlfühlen. Denn die Fassade wirkt ohnehin nicht sehr werbewirksam. Das unterscheidet sie nicht von den anderen Fassaden in der Straße. Trostlosigkeit ist hier Programm.

Aber wie gesagt, es geht um das Wohlergehen der Kneipengänger. Die wollen nach Feierabend, wenn sie einen solchen haben, hier gemütlich noch ein Bier zischen, bevor die ungemütliche Realität ihres Zuhauses sie wieder einholt.

Und man fühlt sich hier wohl, Charly und der Doc auf jeden Fall, denn sie können hier für ein paar Augenblicke vergessen, daß sie eigentlich nicht einmal so etwas wie ein echtes Zuhause haben. Charly, das ist der Pummelige mit dem Drahtverhau im Gesicht, wohnt noch bei seiner alkoholkranken Mutter, inmitten vergilbter Tapeten, an denen die innenarchitektonische Entwicklung der letzten Jahrzehnte völlig vorbeigegangen ist. Sein Zimmer ist im Grunde noch so eingerichtet wie zu den Zeiten, als er in die Schule ging.

Und das ist vielleicht der Grund, warum ihn seine Mutter noch immer wie ein kleines Kind behandelt. Das ist nicht die Art Zuhause, in die man gerne zurückkehrt, wo man sich seines Mantels entledigt und sich erst einmal gemütlich in seinen Lieblingssessel fläzt. Tatsächlich hat er im Wohnzimmer eigentlich nichts zu suchen. Weil da seine Mutter im Morgenmantel sitzt und sich den ganzen Tag mit Alkohol und amerikanischen Fernsehserien abfüllt. Wobei Charly den Geschmack seiner Mutter weder in Bezug auf Fernsehen noch auf Gesprächsthemen teilt.

Er hat kaum die Wohnung betreten, da spannt ihn seine Mutter auch schon ein, ihr irgendetwas zu holen. Meist handelt es sich um Alkohol. Wobei das Problem ist, daß sich die Flaschen mit dem Alkohol noch im Supermarkt befinden. Flaschen gäbe es genug im Wohnzimmer, aber die gähnen allesamt vor Leere.

Und da muß schleunigst Nachschub her.

Und den muß der feine Herr Sohn besorgen, der ohnehin den ganzen Tag nur auf der faulen Haut liegt. Wo das noch alles hinführen soll, wenn nicht mal mehr die jungen Leute arbeiten, also zu ihrer Zeit hätte es das nicht gegeben. Ach, wenn doch ihr Mann noch leben würde, der würde andere Saiten aufziehen, aber ganz andere. Aber ist ja auch kein Wunder, wenn man aussieht wie ein Seeräuber, daß man dann keinen Job findet.

Das schreckt doch alle Kunden ab.

Da nimmt einen doch kein Chef der Welt.

Also schlägt man die Tür zu, nachdem man noch ein wenig Geld aus der Börse genommen hat, man soll schließlich der Alten ihren Fusel holen. Und trifft an der Ecke auf den Doc, der gerade nicht so recht weiß, was er tun soll. Man könnte doch eine Partie Billard spielen, jetzt, wo noch kein Mensch im »Hirschen« herumsitzt und man vielleicht umsonst spielen darf.

»Deiner A-a-alten kannst du den Bölkstoff auch noch später holen.«
»Na gut, aber nur eine Partie.«

Natürlich bleibt es nicht bei der einen Partie, denn die gewinnt Charly. Und das schreit nach einer Revanche. Und selbstverständlich kann man in einer Kneipe nicht nur umsonst Billard spielen, man muß schon auch noch ein Bier trinken.

»Du hast doch die Kohle von deiner Alten.«
»Aber die ist doch für Alkohol.«
»Na, genau dafür geben wir sie ja auch aus: Oder willst du 'n Spezi trinken?«

Also bestellt man sich zwei Bier, daran kann man lange nuckeln, dann kann auch der Wirt nicht nörgeln, daß man gefälligst was zu trinken habe, ist kein Jugendzentrum hier sondern eine Kneipe.
Und in einer Kneipe hat man was zu bestellen.

Oder man fliegt raus.

Und aus zwei Partien werden vier. Und dann ist es ohnehin schon egal, die Alte wird sowieso Stunk machen, wenn man nach Hause kommt. Da ist es schon besser, hier zu bleiben und Kugeln über den Tisch zu jagen. Je später man kommt, desto besoffener ist die Alte. Besoffen von den Notvorräten, die sie überall versteckt hat. Dann schläft sie womöglich und hat morgen die ganze Sache schon wieder vergessen. Und hier hat man seine Ruhe. Der Doc sagt nicht viel, denn er neigt zum Stottern, wenn er nervös ist oder etwas getrunken hat. Da genügt schon ein Bier und jeder Konsonant klingt in seinem Mund wie die Salve aus einem Maschinengewehr, während das Gegenüber genervt die Augen verdreht. Nein, da ist es schon besser, einfach mal seine Schnauze zu halten. Das mag Charly am Doc, denn in nüchternem Zustand kann der gute Dieter, so heißt der Doc mit bürgerlichem Namen, schon eine ganz schöne Nervensäge sein.

Allerdings hat es der Doc auch nicht leicht. Bei dem ist es der Stiefvater, der nicht mit dem Alkohol umgehen kann. Und wenn der was getrunken hat, dann wird er aggressiv. Dann sucht der Streit, da ist ihm egal, mit wem. Und da kommt ihm der Dieter gerade recht. Der ist zwar lang und dürr, aber wenn man den ganzen Tag nur vor dem Computer verbringt, dann wird man eher nicht kräftig und muskulös. Sein Stiefvater aber arbeitet als Bandarbeiter, der hat Muskeln wie ein Preisboxer, wenn man sich mal den Bierbauch wegdenkt. Aber dessen Fäuste können hart zuhauen, können den dürren, traurigen Dieter brutal an die Wand klatschen. So rabiat, daß dieser eine Platzwunde am Hinterkopf davonträgt. Die Mutter sitzt stumm daneben. Denn wenn sie sich einmischt und etwas sagt, dann kriegt sie auch noch Schläge ab.

Und das wollen weder Dieter noch seine Mutter.

Also sitzt der Doc tagsüber in seinem Zimmer und knallt virtuelle Bösewichte am Computer ab, um dann am frühen Nachmittag aus der Wohnung zu flüchten, bevor der Unhold aus der Arbeit heimkommt. Wenn der Doc dann spätabends zurückkehrt, schläft der Grobian schon, entweder noch im Sessel, die Fernbedienung in der Hand vor laufendem Fernsehprogramm.

Oder schon im Schlafzimmer, wo er laut vor sich hin schnarcht.

Und so trifft man sich dann mehr oder weniger zufällig an der Ecke und landet dann im »Hirschen«, weiß nicht, wer Rösler ist, weiß nicht, wie die Zukunft ausschaut, aber nippt an einem Bier, von dem längst aller Schaum verschwunden ist und hat wenigstens seine Ruhe.

Nicht ganz, denn ab und zu kommt dieser nervige Kerl daher, dieser Till, den alle aber nur »Mark« nennen. Weil er sich früher immer über den Penner am Bahnhof aufgeregt und diesen ständig nachgemacht hat.

»‚Haste mal 'ne Mark, haste mal 'ne Mark?‘ Ständig nur ‚Haste mal 'ne Mark?‘ Kann der nicht mal 'ne andere Platte auflegen statt ständig mit seinem, ‚Haste mal 'ne Mark?‘«

»Du solltest mal 'ne andere Platte auflegen, jeden Tag der gleiche Spruch.«

»Geht euch der nicht auf die Nerven mit seinem ewigen ‚Haste mal 'ne Mark‘?«

»Du gehst uns auch auf die Nerven, hör doch endlich mal auf damit, Mann!«

»Aber der steht jeden Tag am Bahnhof und immer, wenn ich komme, dann fragt der: ‚Haste …‘«

»Du bist auch ‚Mark‘. Jetzt trink dein Bier und laß uns in Ruhe!«

Ab diesem Augenblick beginnt man, ihn »Mark« zu nennen.

Der Penner lebt schon lange nicht mehr, er ist angeblich schon vor einigen Wintern friedlich unter seiner Autobahn-Brücke erfroren. Nicht mal mehr die Mark gibt es.
Aber der Spitzname bleibt.

Dieser Mark also kommt nach getaner Arbeit in sein Stammlokal, um den Ärger, den er auf der Baustelle gehabt hat und auch den ganzen Staub mit einem Pils hinunterzuspülen. Er setzt sich an die Bar und nickt Robert, dem Wirt nur kurz zu. Der kennt natürlich seine Stammkunden. Und greift sich ein Pilsglas, füllt es und stellt es dem Neuankömmling hin.

Wer sich daran stört, daß hier das Pils nicht sieben Minuten auf sich warten läßt, der hat hier ohnehin nichts verloren.

Mark hat Durst und ist jeden Tag wieder froh, den Gerstensaft sofort kredenzt zu bekommen. Er nimmt einen kräftigen Schluck und wischt sich den

Schaum von den Lippen. Dann schaut er sich in der Kneipe um.

Viel zu sehen gibt es da nicht. Die Einrichtung hat sich seit Jahren nicht geändert, warum auch. Die, die sich hierher verirren, kennen es nicht anders. Und Fremde sucht man hier vergebens. Das Rauchverbot hat so manchen Stammtrinker verscheucht. Also bleibt Mark nichts übrig, als den beiden Jünglingen beim Billardspielen zuzuschauen. Und wie es der Teufel oder wer auch immer so will: Gerade in diesem Augenblick mißlingt dem Doc ein Stoß und die weiße Kugel springt über die Bande und landet krachend auf dem Boden, wo sie unter einen Tisch kullert.

Und Mark fällt nichts Besseres ein als zu sagen: »Achtung, Verletzungsgefahr, die beiden Chaoten sind mal wieder unterwegs.« Das sagt er nicht allzu laut, eigentlich soll das nur Robert, der Wirt hören. Aber wenn man gerade Billard spielt in einer Gastwirtschaft und sich ohnehin ständig beobachtet fühlt und sich deshalb besonders anstrengt, daß man einen Stoß ordentlich ausführt und der Stoß gerade deshalb mißglückt, und gerade in dem Augenblick der Neuankömmling an der Bar etwas sagt und dabei lacht, dann will man schon wissen, was daran so lustig ist.

»H-h-hast d-d-du w-w-was g-g-gesagt?«, fragt also der Doc, während er auf den Tisch zugeht, unter den die Kugel gerollt ist.

»Ich? Nein, wieso?«

»Mir w-w-war so, als w-w-wäre d-d-da w-w-was ung-g-glaublich l-l-lustig«, meint der Doc, während er auf allen Vieren unter den Tisch krabbelt.

»Ich dachte, ich hätte das Wort ‚Chaoten‘ gehört«, wirft da der Charly ein, denn das Stottern seines Freundes ist nicht gerade geeignet, das spöttische Grinsen von Marks Gesicht zu wischen.

»Chaoten?«, fragt dieser. »Nein, wenn ich über euch geredet hätte, ich hätte euch wohl anders genannt.«

»W-w-wie d-d-denn?«, will der Doc jetzt wissen.

Und Mark, den Bier durchaus mutig und streitlustig macht (wobei dies nicht sein erstes Bier am heutigen Tage ist), antwortet: »Na, zu euch paßt wohl besser: ‚Nichtstuer‘«.

Das trifft auf die beiden, wenn man mal von der Tätigkeit des Billard Spielens absieht, mehr oder weniger zu. Das will man aber als Halbstarker, der keine Arbeit hat, nicht unbedingt hören.

Jedenfalls nicht in der Öffentlichkeit.

»Nichtstuer? Was weißt du denn schon?«

Auf diese – wohl rein rhetorische – Frage gibt es viele Antworten. Aber Mark entscheidet sich dafür, einfach zu erwidern: »Genug. Ihr hängt doch den ganzen Tag nur blöde rum.«

»Und was sollen wir deiner Meinung nach tun, he?«

»Na, wie wärs mit arbeiten? Schon mal gehört? Ordentlich ranklotzen. Sich seine Brötchen selbst verdienen. Hat noch keinem geschadet.«

»Erst m-m-mal f-f-finden, d-d-du r-r-redest d-d-dich l-l-leicht.«
»Und du redest dich schwer.«

Über Unzulänglichkeiten seiner Zeitgenossen Witze zu machen, das kann nun wiederum der Wirt gar nicht leiden und sagt deshalb: »Na, das war aber gar nicht nett.«
»Wieso, stimmt's etwa nicht? Die schieben den ganze Tag 'ne ruhige Kugel«, wobei er auf den Billardtisch deutet. »Aber sind sich zu fein dazu zu arbeiten.«
»Können vor Lachen«, verteidigt sich jetzt lautstark Charly. »Find du mal heutzutage Arbeit ohne Quali.«
»Und warum hast du keinen Quali? Selbst wenn, den kann man nachmachen. Aber das wäre ja anstrengend. Und Anstrengung ist halt nicht jedermanns Sache.«

Wer nun aber gedacht hätte, derartige Vorwürfe würden jetzt dazu führen, daß beide mit erhobenen Billardqueues auf den Pilstrinker zustürmen, der sieht sich getäuscht. Solche Vorwürfe bekommen die beiden jeden Tag von allen Seiten zu hören. Da sind sie es gewohnt, auf Durchzug zu schalten.
Also wenden sie sich wieder dem Spiel zu.

Zumindest lassen sie sich ihre Wut nicht anmerken.

Wer aber, wie jetzt Mark, trotz Provokation keine Reaktion erhält, der neigt dazu, schnell ein wenig übermütig zu werden. Also setzt er noch eines oben drauf und verkündet lauthals: »Jetzt will ich auch mal Billard spielen.« Obwohl er, wie jeder weiß, niemals Billard spielt, mit wem auch: Der Wirt spielt nie und die beiden hätten den Teufel getan und mit diesem Widerling gespielt. Sie hören die Ankündigung aber nicht gerade mit Freude. Denn Mark würde für das Spiel bezahlen. Dem Wirt aber sind zahlende Billardspieler natürlich lieber als nichtzahlende. Das bedeutet, daß es sich für heute bereits ausgespielt hat. Ihr Bier haben sie auch schon bis auf einen winzigen Schluck ausgetrunken, was bedeutet, daß der Abend hier für sie heute gelaufen wäre.

Das Spiel wird er noch bezahlen.

Obwohl er eigentlich gar keine Lust hat, mit sich selbst zu spielen, zieht Mark mit großer Geste einen Schein aus seiner Brieftasche und haut ihn dem Wirt auf den Tresen. Es ist gar nicht nötig, den Geldschein so geräuschvoll auf die Theke zu knallen, aber Mark ist gerade nach Theatralik. Er hat wohl auch ein wenig Ärger mit seinem Polier gehabt. Und die meisten Menschen brauchen jemanden, an dem sie ihren Ärger ablassen können. Meist trifft das dann jemanden, der vermeintlich mindestens eine Stufe unter einem steht. Wer niemanden unter sich hat, der kauft sich wenigstens einen Hund, der sich seinem Willen beugt. Mark jedenfalls gedenkt nicht, die Wut in seinem Bauch zu belassen, sondern will sie schleunigst loswerden.

Und da kommen ihm die beiden Versager Charly und Doc gerade recht.

Das hätte er besser nicht getan. Denn weder Charly noch der Doc die beide in der Nahrungskette ganz unten stehen, haben ein Haustier, an dem sie ihre Wut auslassen können.

Sie haben nur sich.

2. Mord aus Zufall

In diesem Kapitel werden zwei aufgefordert einzutreten und kommen trotzdem ungelegen

Charly und der Doc verlassen widerstrebend das Lokal. Sie sind ordentlich geladen, richtiggehend sauer. Aber sie wollen sich das nicht anmerken lassen. Es soll doch keiner sehen, daß sie soeben den Kürzeren gezogen haben. Also tun sie so, als wollten sie ohnehin gerade gehen. Es fragt sich nur, wohin. Und so stehen sie eine Zeit lang frierend vor der Kneipe, die Hände in den Taschen. Soll man wirklich schon heimgehen? Oder soll man es dem Spielverderber nicht doch heimzahlen?

Wenn man jung ist und nichts zu verlieren hat, dann ist ein Gesichtsverlust durchaus eine ernste Sache. Denn einen Ruf hat man trotzdem noch zu verteidigen, wenn schon sonst nichts. In all den Jahren nie zurückgeschlagen, wenn der Vater die Fäuste kreisen läßt, nie dem alkoholisierten Wrack von einer Mutter mal Klartext in die versoffene Visage geschrien. Nie Widerworte gegeben, sich immer möglichst unsichtbar gemacht, damit man keine Angriffspunkte bietet, um keine Prügel zu beziehen. Immer nur eingesteckt, immer nur wie ein begossener Pudel vom Acker geschlichen, das Herz in der Hose, die Moral im Keller. Aber immerhin hinter verschlossenen Türen.
Da, wo so etwas hingehört.

Aber doch nicht in der Öffentlichkeit, wo es jeder mitbekommt.

Aber was soll man tun? Vielleicht einfach den Mark mal ins Gebet nehmen, mal Tacheles mit ihm reden? Was aber, wenn der gar nicht reden will? Wenn der einen auf dicken Max macht und die Nase ganz oben in der Luft hat, dort, wo die Luft allmählich dünn wird?

»Wir sollten ihn an der Ecke abpassen und ihn mal kräftig rundmachen«, schlägt nun Charly vor.
»R-r-rund? D-d-du meinst voll in die F-F-Fresse?«
»Voll auf die Zwölf. Da vorne muß er doch lang. Wir verstecken uns einfach hinter der nächsten Ecke und lauern ihm auf.«
»Und d-d-dann?«
»Na, wenn er kommt, immer feste druff.«
»A-a-aber der ist g-g-ganz schön k-k-kräftig.«
»Aber wir haben das Überraschungs-, äh, auf unserer Seite.«
»Und w-w-wenn j-j-jemand k-k-kommt?«
»Wird schon keiner kommen. Und wenn, na dann hat er eben Glück gehabt.«

Also postiert man sich an der nächsten Ecke in einer kleinen Nische, wo es ein wenig windstiller ist. An die Wand gepresst stehen sie da und harren der Dinge, die da kommen mögen.

Lange Zeit passiert nichts.

Es kommt den beiden allerdings nur so vor. Denn Mark läßt sich gar nicht so viel Zeit. Nach einem Bier geht er meist. Mit wem sollte er auch reden, hockt er doch ganz allein am Tresen. Es ist auch kaum anzunehmen, daß er lange alleine Billard spielt, denn es macht wenig Spaß, wenn man gegen sich selbst spielt.

Für die beiden aber scheint die Zeit stillzustehen, wie sie da an der Wand lehnen und auf ihren eigenen Atem hören. Eigentlich Quatsch, sich ruhig zu verhalten, wen sollten sie schon stören? Aber wenn man auf der Jagd ist, ist man unwillkürlich leise. Das ist der Jagdinstinkt, der steckt in den Genen. Den kann man nicht einfach abschütteln, selbst wenn man seinen Lebtag lang noch nie in einem Wald gewesen ist und Hirsche nur aus dem Fernsehen kennt.

So stehen sie da und hoffen insgeheim, daß Mark vielleicht nie kommen möge. Aber es kommt, wie es kommen muß: Er taucht doch auf, nach einer gefühlten Ewigkeit. Fast erschrecken sie, als sie plötzlich die Gestalt ihres Widersachers um die Ecke biegen sehen. Aber kaum ist Mark um die Häuserecke gebogen, da ist er schon an ihnen vorbei geflitzt und wieder verschwunden. Mag es sein, daß er sie im Halbdunkel nicht gesehen hat, mag es sein, daß er die beiden schlicht ignoriert hat. Jedenfalls bleiben die beiden wie angewurzelt stehen und lassen ihr Opfer ungeschoren an sich vorüberziehen. Die

Angst sitzt ihnen im Nacken, auch wenn sie sich das nicht eingestehen.

»War er das?«, fragt Charly leise, so, als sei er sich nicht sicher, ob da nicht doch nur ein harmloser Passant zufällig ihren Weg gekreuzt hat.

»K-k-konnte ich n-n-nicht s-s-sehen«, erwidert Doc, dem aber trotz der einbrechenden Dunkelheit natürlich klar ist, wer das gewesen ist.

»Wir sollten ihm nach«, meint da Charly, obwohl er damit verrät, daß auch er keinen Zweifel daran hat, daß es sich um Mark gehandelt hat.

Denn er will kein Feigling sein.

Vorsichtig lösen sich die beiden aus dem dunklen Erker und schlagen vorsichtig die Richtung ein, in der der Schatten gerade entschwunden ist. Sie schleichen ihm nach und haben ihn schon bald gesichtet. Im Schein der Straßenlaterne besteht kein Zweifel: Das da vorne ist er.

Leise und leicht geduckt folgen die beiden den Schritten des Bauarbeiters, ohne genau zu wissen, warum. Es ist wichtig, wenn man schon keinen Plan hat, diesen wenigstens genau zu befolgen. Also verfolgen die beiden den heimwärts strebenden Mark in gebührendem Abstand. Der hat es nicht eilig und schlendert die Straße entlang. Mit leicht schwankendem Gang, denn das Pils im »Hirschen« ist nicht sein erstes Bier heute gewesen. Der Ärger mit dem Polier hat sich fast verflüchtigt, aber der Gleichgewichtssinn auch. Das verlängert den

Heimweg. Bis Mark endlich vor seinem Wohnhaus steht und umständlich den Schlüsselbund aus der Tasche kramt. Gar nicht so einfach, den filigranen Schlüssel mit solch groben Maurerhänden ins Schloß zu zwingen. Sind anscheinend mehr Schlüssellöcher als noch heute früh. Aber nach ein paar Fehlversuchen schafft er es schließlich und öffnet die Tür.

Und schon verschwindet er im Inneren des Hauses.

Die Beleuchtung im Treppenhaus springt an.

Von außen sehen die beiden Verfolger durch das Glas der Eingangstür den Hausbewohner die Treppe hochsteigen, danach am Fenster zwischen Erdgeschoß und erstem Stockwerk vorbeigehen. Dann ist er verschwunden.

Außerdem erlischt das Licht im Stiegenhaus.

»Er muß im ersten Stock wohnen«, bemerkt Charly.

Sie gehen zur Haustüre und studieren die Klingelschilder. Diese sind von innen beleuchtet. Aber keiner der beiden kennt seinen wahren Namen. So können sie mit einem gewissen »Till Wiese« im ersten Stock links nichts anfangen. Genauso wenig wie mit den Namen der anderen Bewohner der ersten Etage.

Da scheint kein Mark zu wohnen.

Also weichen sie auf die Straße zurück und schauen nach oben. Im ersten Stockwerk ist nur die linke Wohnung beleuchtet.

Da muß er wohnen.

Aber was soll man jetzt tun?

Unschlüssig schlendern sie zum Eingang zurück, die Hände in den Taschen. Sollen sie doch einfach abziehen? Aber da nimmt ihnen der Zufall die Entscheidung ab. Eine krummgebeugte Frau mit einem winzigen Hund verläßt just in diesem Augenblick das Haus und öffnet die Tür. Ohne lange zu überlegen, halten die beiden Heranwachsenden die Türe auf, bevor sie wieder ins Schloß fallen kann. Und betreten den Hausflur. Die Frau würdigt sie keines Blickes, weil es ihr Fifi heute mal wieder ziemlich eilig hat und heftig an der Leine zerrt. Hinter ihnen fällt die Haustür krachend ins Schloß. Bedächtig steigen sie die Treppe hinauf.

Und was jetzt?

Charly legt sein Ohr an die Wohnungstür und lauscht, ob er etwas hören kann.

»Da rauscht Wasser«, raunt er leise. »Der nimmt ein Bad.«

Auch der Doc möchte mal an der Tür horchen. Er schiebt Charly sanft beiseite, stößt dabei aber mit dem Schuh ungeschickt gegen die Fußmatte und diese ein Stück zur Seite. Da kommt unverhofft der

Wohnungsschlüssel unter der Matte zum Vorschein. Falls sich Mark einmal aussperren sollte, erspart ihm das den Schlüsseldienst. Der Doc bückt sich, hebt den Schlüssel auf und hält ihn Charly entgegen. Der nimmt ihn und betrachtet ihn schweigend. Er überlegt: Soll man einfach mal aufsperren und sich vorsichtig in die Wohnung schleichen? Man könnte diesem Widerling einen tüchtigen Schrecken einjagen. Der würde sich in die Hose machen, wenn die beiden einfach so mir nichts dir nichts vor ihm stehen. Das überraschte Gesicht würde Charly nur allzu gerne sehen. Aber es könnte auch Ärger geben. Besser, man bewahrt den Schlüssel auf und schaut mal in die Wohnung, wenn der Armleuchter bei der Arbeit ist.
Also gibt er dem Doc den Schlüssel zurück.

Dieser versteht diese Geste falsch und steckt den Schlüssel vorsichtig ins Schloß. Bevor Charly protestieren kann, hat der Doc den Schlüssel auch schon umgedreht und die Tür geöffnet. Und er schlüpft keck in den Türspalt, nicht ohne Charly noch einmal verschwörerisch anzuschauen. Der kann nun nicht anders als seinem Freund zu folgen. Keiner soll ihm nachsagen, er kneife, wenn es mal drauf ankommt.

So stolpern sie in die Wohnung.

Im Flur halten sie kurz inne. Das Rauschen ist jetzt deutlich zu hören. Die Tür zum Bad ist nur angelehnt und die Badezimmer-Beleuchtung wirft einen schmalen Lichtstreifen quer durch den Gang auf den Boden. Unschlüssig stehen die beiden wie erstarrt und starren auf das Licht. Dann deutet der Doc in Richtung Wohnzimmer, das rechts neben ihnen liegt. Mark hat dort eine kleine Lampe angelassen, wie die beiden durch die Milchglastür sehen können. Ohne auf eine Reaktion seines Freundes zu warten, setzt sich der Doc in Bewegung, Charly jedoch bleibt wie angewurzelt stehen. Der Doc bemerkt, daß sein Freund nicht mitzieht und blickt sich um. Er macht noch einen zaghaften Schritt in Richtung Wohnzimmer. Das hätte er besser nicht gemacht, denn wenn man sich auf unbekanntem Terrain bewegt, sollte man schon schauen, wohin man tritt. So stößt der Doc mit seinem Fuß leicht gegen einen kleinen Schrank. Nicht fest, aber doch fest genug, um allerhand Krimskrams in Bewegung zu setzen, den der Wohnungsinhaber auf dem Schränkchen gelagert hat. Etwas Rundes, wohl eine kleine Batterie, rollt zögernd zum Rand des Schranks und fällt dann doch polternd zu Boden, treu der Schwerkraft gehorchend.

Ein Geräusch, zwar nicht allzu laut, aber doch laut genug, um im Bad das immer noch andauernde Rauschen des Wassers zu übertönen.

Und jäh vergrößert sich der Lichtspalt, weil Mark in der Badewanne sitzend die Tür mit einer Hand aufstößt und ruft: »Ist da jemand?« Er beugt sich leicht über den Wannenrand und versucht, im dunklen Gang etwas zu erkennen. Hierbei stützt er sich mit einem Arm auf dem Wannenrand ab, wobei er noch

eine Bierflasche in der Hand hält. Mit der anderen Hand schirmt er das Badezimmerlicht ab.
Und schon schälen sich zwei ihm allzu bekannte Gestalten aus der Dunkelheit.

Die beiden bleiben stehen wie festgenagelt.

»Ja, wen haben wir denn da? Die beiden Hirnis aus dem Hirschen? Was macht Ihr Sackgesichter in meiner Wohnung? Zum Teufel nochmal, was habt Ihr beiden Dumpfbacken hier zu suchen? Wie seid Ihr Arschgesichter denn überhaupt hier reingekommen? Ihr seid wohl Spanner, mal schnell in 'ne fremde Wohnung rein und 'ner alten Oma unter den Rock geguckt, was? Jetzt kommt doch mal hier ins Helle, Ihr lichtscheues Gesindel.«

Mark scheint die Situation zu genießen.

Brav leisten die beiden der Aufforderung Folge und betreten das Badezimmer. Sie stehen nun dicht an der Badewanne, denn viel Platz hat man nicht, man kann sich kaum umdrehen zwischen Wanne und gegenüberliegender Wand. Mark lehnt sich genüßlich zurück. Allmählich wird auch das Wasser warm. Man muß es lange laufen lassen, bis es endlich heiß aus der Wand kommt. Aber jetzt wird es behaglich in der Wanne. Und dann noch die beiden Versager in flagranti erwischt. Dazu noch die Flasche Helles, die er in der Linken hält; ja, das verspricht ein ausgesprochen interessanter Abend zu werden.

Das macht den Ärger auf der Baustelle doch glatt wett.

Blöder Polier, immer gleich den Boss markieren.

Die beiden Eindringlinge sprechen kein Wort. Sie stehen da wie begossene Pudel, wobei es der einzig wirklich Nasse im Raum ist, der die Situation noch mit einem tüchtigen Schluck begießt.
Hier bin ich der Boss.

»Euch ist doch wohl klar, daß das hier ein Nachspiel haben wird? Ihr könnt Euch schon mal auf den Knast vorbereiten. Und Ihr wißt ja, was man da mit solch jungem Gemüse wie Euch macht? Die werden Euch ganz schön in den Arsch ...«

Treten, denkt Charly, aber Mark ergänzt: »... ficken.«

»A-a-aber wieso denn K-K-Knast? Ist d-d-doch n-n-nichts p-p-passiert«, stößt da der Doc hervor.
»Nichts passiert? Nichts passiert? Ist das hier etwa 'ne Bahnhofshalle oder was, wo jeder ungehindert rein- und rausspazieren kann? Nein, das ist meine scheiß Wohnung und da seid Ihr nicht willkommen, da habt Ihr, verdammt nochmal, nichts zu suchen, aber auch gar nichts«, keift Mark und richtet sich in der Wanne auf. Mit seiner freien Hand packt er den Doc vorne am Kragen und beginnt, ihn zu schütteln. Der Doc stemmt sich dagegen und will

Marks Hand abwehren. Aber so leicht läßt sich der Bauarbeiter nicht abschütteln.

»S-s-so hilf mir d-d-doch«, stößt der Doc nun in Richtung Charly hervor und dieser beugt sich vor und drückt Marks Oberkörper weg von seinem Freund. Nun ist Mark, in einer Wanne sitzend, in der taktisch schlechteren Position, feucht und glitschig, wie er ist. Und es gelingt den beiden tatsächlich, Marks Finger vom Doc zu lösen. Mit einem klatschenden Geräusch fällt Marks Oberkörper zurück ins Wasser und er rutscht mit dem Allerwertesten den Boden entlang, weshalb auch sein Kopf unter Wasser gerät. Die Flasche will er nicht loslassen, so daß er sich nicht auffangen kann. Nur kurz taucht er unter, dann hebt er den Kopf prustend aus den Fluten und flucht: »Euch werde ich noch beibringen, was man mit Typen wie Euch anstellt, Ihr arbeitsscheues Gesindel, Ihr Armleuchter, ich rufe jetzt die Bullen, die werden Euch …«

Aber weiter kommt er nicht, denn nun packt den Doc eine unbändige Wut. Wenn man immer nur beschimpft wird, dann platzt einem irgendwann der Kragen. Das ist der Tropfen, der die Wanne zum Überlaufen bringt. Der Scheißkerl soll büßen für alles, was man ihnen angetan hat. Und der Doc stürzt sich mit all seiner Kraft auf den Schimpfenden und drückt seinen Kopf unter Wasser. Mark wehrt sich verzweifelt und fuchtelt wild mit seinen Armen in der Luft herum. Hierbei hätte er fast mit seiner Bierflasche den Doc getroffen, aber dieser weicht den ungezielten Schlägen aus. So trifft die Flasche nur seinen Unterarm. Er stöhnt kurz auf und sieht zu Charly hinüber, der wie gelähmt dasteht.

Charly hat mal irgendwo gelesen, daß es ausreichen würde, jemanden, der in einer Wanne liegt, einfach an den Beinen zu ziehen, um ihn zu ertränken. Der in der Wanne liegende könnte sich dann schon aus anatomischen Gründen nicht wehren. Nun hat Charly keine Ahnung, was anatomische Gründe sind, aber er faßt diese Information aus einem Groschenroman durchaus richtig auf: Daß man auf diese Weise sein Opfer unschädlich machen kann. Nun sind Kriminalromane im Allgemeinen nicht dazu gedacht, Anleitungen für Mörder zu geben. Aber an so etwas wie Mord denkt Charly in diesem Moment nicht. Er steht schlicht neben seinem Freund und diesem zur Seite, der gerade versucht, Mark unter Wasser zu drücken, es aber offensichtlich nicht schafft. Denn immer wieder kann der Bauarbeiter seinen Kopf aus dem Wasser strecken und Luft holen.
Ohne lange zu überlegen, greift sich Charly also die Beine des Zappelnden in der Badewanne und zieht sie senkrecht in die Höhe. Sofort gleitet Marks Oberkörper vollständig unter Wasser. Er fuchtelt noch ein wenig mit den Armen in der Luft herum, aber die Abwehrbemühungen werden stetig schwächer. Bis der Maurer die Arme samt Flasche sinken läßt und Stille eintritt, wenn man mal von dem noch immer einlaufenden Wasser absieht. Auch die Wogen glätten sich und der Doc und Charly sehen

in das Gesicht des Regungslosen, der mit geöffneten Augen ins Nichts blickt.

Tot. Mausetot. Ein astreiner Mord. Das war ja einfach, das war gar keine große Sache, denkt Charly, dem noch nicht klar ist, was sie beide gerade gemacht haben. Er läßt die Beine los. Sie plumpsen ins Wasser und über die Oberfläche gleiten noch ein paar Wellen, die das Antlitz des Toten verzerren. Jedenfalls den unteren Teil, denn die Stirn und Nasenwurzel ragen aus den Fluten heraus. Auch der Doc zieht seine Hände aus dem Wasser und ein paar Tropfen platschen auf den Wannenrand.
Zuerst begreifen sie nicht, was gerade passiert ist.

Und man hört nur das Geräusch des nachlaufenden Wassers.

Sie stehen eine kurze Zeit da und blicken auf ihr Werk. Dann schauen sie sich an, als wollten sie sagen: Und jetzt? Ohne sich abzusprechen, verlassen sie das Bad und gehen in den Flur.

Ein wenig ratlos stehen sie sich gegenüber.

»Laß uns von hier verschwinden«, schlägt Charly vor.
»Und wenn sie ihn f-f-finden?«, fragt der Doc, den das Ganze plötzlich ernüchtert hat, so daß er wieder flüssig sprechen kann, fast ohne zu stottern.
»Sollen wir ihn verschwinden lassen?«

»Den schweren B-B-Brocken, durch das Treppenhaus? Und dann wohin, o-o-ohne Auto? Nein, wir s-s-sollten einfach abhauen.«

»Ich hab eine Idee.«

»Ach ja? L-l-laß hören!«

»Wir schließen die Wohnung von innen ab und lassen den Schlüssel stecken. Dann meinen die Bullen, er hätte von innen abgesperrt und das Ganze kann nur ein Unfall gewesen sein. Besoffen in der Wanne ersoffen.«

»Und wie k-k-kommen wir dann raus?«

»Hm. … Also. … Ja: Wir springen einfach aus dem Fenster. Ist doch nur erster Stock.«

»Aber dann ist ja das F-F-Fenster offen.«

»Das ziehen wir von außen zu, das sieht kein Mensch. Das schaut dann so aus, als wenn es zu wäre. Wenn der Schlüssel von innen steckt, dann checkt doch keiner, daß da ein Fenster offen ist.«

»Und wenn d-d-doch?«

»Na, dann hat der eben mal kurz gelüftet.«

Der Doc hat keine bessere Idee. Sein Kopf ist außerdem im Augenblick ausgesprochen leer und nicht in der Lage, einen überzeugenderen Plan zu entwickeln.

Also nickt er.

»Gib mir d-d-den Schlüssel«, fordert er seinen Freund auf.

»Wieso ich? Du hattest doch …«, entgegnet Charly.

»Ich?« Der Doc kramt in seinen Taschen. Kein Schlüssel. »Ich hab ihn nicht.«

»Wo könnte er denn …?«

»Hat-t-te ich ...? Ich h-h-hab doch aufgeschlossen ...«

»Dann könnte er ...«, murmelt Charly. Und in demselben Augenblick schauen beide Richtung Badezimmer.

Der Schlüssel kann eigentlich nur bei dem Handgemenge verloren gegangen sein.

Zuerst bleiben sie zögernd stehen und überlegen. Aber es hilft nichts. Sie trotten zurück zum Tatort und blicken ernst auf den Toten. Inzwischen ist das Wasser wirklich heiß und Dampfwolken steigen aus der Wanne empor. Auf dem gefliesten Boden liegt nichts. Das sehen sie mit einem Blick. Der Schlüssel muß unter dem Toten liegen.

Wenn den die Polizei fände, wäre es mit der Unfalltheorie nicht mehr weit her.

Der Doc krempelt sich die Ärmel hoch. Ohne hinzuschauen, greift er ins Wasser und wühlt sich am Körper vorbei zum Grund der Wanne. Er schüttelt angewidert den Kopf. Nur nicht nachdenken, daß er da einen Toten berührt. Die Haut ist überraschend weich. Und warm. Der Doc arbeitet sich vor bis zu den Füßen. Nichts. Dann wieder zurück bis zum Kopf. Wieder nichts.

»Kannst du ihn mal a-a-aufrichten?«, fordert er Charly auf.

Nun schiebt sich auch Charly die Ärmel über die Ellenbogen. Er versucht, den kürzlich Verstorbenen am Oberkörper zu packen. Aber zum einen ist Marks sterbliche Hülle zu schwer, zum anderen zu rutschig, um ihn sicher festhalten zu können. Also schiebt Charly den Toten nur soweit wie möglich an den Rand, daß der Doc ausreichend Platz hat, seitlich an ihm vorbei die Erkundung des Wannenbodens weiterzuführen. Charly hält den Körper fest und der Doc lehnt sich über den Toten und erkundet nun die abseits gelegene Seite nach dem Schlüssel. Der Schweiß steht beiden auf der Stirn. Keiner sagt etwas. Die Prozedur dauert lang, entsetzlich lang und dem Doc wird plötzlich ganz flau im Magen. Da ertastet er etwas unter dem glitschigen Körper des Toten, beugt sich noch tiefer über die Wanne, so daß er fast mit dem Gesicht das Wasser berührt und zieht mit einem Ruck seine Arme aus dem Wasser. Triumphierend und erleichtert hebt er den Schlüssel in die Höhe.

»Ich hab ihn. Laß uns a-a-abhauen.«

Sie ziehen die Ärmel über die nassen Arme. Das Wasser lassen sie einfach laufen. Was soll's. Gleichzeitig rennen sie aus dem Bad, stoßen in der Tür zusammen und straucheln. Sie eilen zur Wohnungstür, stecken den Schlüssel vorsichtig von innen ins Schloß und drehen ihn zweimal herum. Dann schleichen sie ins Wohnzimmer, als könnte sie jemand hören, löschen das Licht, um nicht von draußen gesehen zu werden und öffnen ein Fenster. Das sieht aber hoch aus. Zudem können sie nicht genau sehen, wohin sie springen müssen.

»Scheiße, ist das dunkel«, sagt Charly.

»Warte, b-b-bis sich unsere Augen an die D-D-Dunkelheit gewöhnt haben«, rät der Doc.

Klugscheißer, denkt Charly, sagt aber nichts. Und wirklich: Schon bald können sie erkennen, daß unter ihnen nur ein Hinterhof liegt. Der Boden ist lieblos geteert und da und dort ausgebessert, aber größere Hindernisse sind nicht zu sehen.

Spricht nichts dagegen zu springen.

Den beiden gehen langsam die Ausreden aus.

»Nicht, daß wir uns ein Bein brechen«, äußert Charly Bedenken. »Ich wiege ein paar Kilo mehr als du.«

»Wir können uns ja am F-F-Fensterbrett festhalten und fallen lassen. Dann ist's nicht mehr so tief, da kann eigentlich n-n-nichts passieren. Aber vorsichtig, wir d-d-dürfen an der Mauer k-k-keine Spuren hinterlassen, sonst haben sie uns sofort. Also nur herablassen und d-d-dann loslassen.«

»Ich weiß nicht.«

»Kannst es ja machen wie bei den Fallschirmspringern: F-F-Fliegerrolle. Einfach nach dem Aufkommen einen P-P-Purzelbaum machen.«

»Das ist ja noch gefährlicher. Nein, ich laß mich fallen, wird schon gut gehen. Ich mach's einfach.«

Gesagt, getan, Charly klettert zuerst auf das Fensterbrett und läßt sich dann rückwärts aus dem Fenster herab. Dann läßt er los und landet sicher auf dem Asphalt; ganz ohne Purzelbaum, einfach auf den Füßen. Ist gar nicht so schwer, trotz seiner Statur. Dennoch wird ihm ein wenig schwindelig. Was haben wir bloß getan?

In der Wohnung liegt ein Toter. Ein Mordopfer.

Unser Mordopfer.

Dann folgt der Doc, der aber noch versuchen muß, so weit wie möglich das Fenster zu schließen, bevor er sich fallen läßt. Also kniet er sich auf das äußere Fensterbrett, krallt sich mit seinen Fingernägeln außen am Fenster zwischen Rahmen und Scheibe ein und zieht das Fenster zu, daß es geschlossen zu sein scheint, jedenfalls bei flüchtiger Betrachtung. Dann stützt er sich mit den Händen beidseitig auf und streckt vorsichtig seine Beine aus. Fast wie ein Turner am Reck beugt er nun die Arme. Allerdings sind wohl seine Hände noch naß vom Bad oder ist es doch der Angstschweiß, so daß er mit einer Hand vom Fensterbrett abrutscht und zu Boden fällt. Er landet auf einem Fuß und stöhnt kurz und leise auf. Er setzt sich auf den Boden und hält sich den Knöchel.

»Ist dir was passiert?«, fragt Charly erschrocken.
»Ich f-f-fürchte, ich habe mir den F-F-Fuß verstaucht.«
»Scheiße, kannst du gehen?«
»W-w-wird schon gehen. Hilf m-m-mir mal.«

Und Charly zieht seinen Freund hoch. Dieser zittert am ganzen Körper.

»Und?«
»P-p-paßt schon.«
»Dann laß uns mal sehen, daß wir Land gewinnen.«
»U-u-und zwar sch-sch-schleunigst!«

Hat sie jemand gesehen? Sie schauen sich um. Alles ruhig. Scheint nicht der Fall zu sein. Kein Mensch zu sehen. Zwar leuchtet in ein paar Fenstern im Haus gegenüber Licht durch blickdichte Gardinen, aber kein Mensch ist zu sehen. Glück gehabt. Sie setzen sich in Gang, wobei Charly seinen Freund stützt.

»Scheiße!«, ruft da der Doc plötzlich.
»Was, kannst du doch nicht gehen?«
»Doch, ist n-n-nicht so schlimm.«
»Was dann?«
»Mir ist w-w-was eingefallen.«
»Und was?«
»Unsere F-F-Fingerabdrücke sind überall.«

3. Fleischbrühe

In diesem Kapitel wird einem der Appetit verdorben

Jan Janok ist das genaue Gegenteil des Klischees vom faulen Beamten. Ein Energiebündel, der kaum einmal auch nur fünf Minuten still an seinem Schreibtisch sitzen kann, bevor er aufspringt und sich irgendeine Akte greift. Es ist kaum vorzustellen, daß sich dieses Nervenbündel nur einen kurzen Moment einmal nicht bewegen kann. Er ist jede Sekunde seines Lebens voller Schaffenskraft. Der überstrapazierte Witz vom Beamten-Mikado trifft auf ihn jedenfalls nicht zu. Und darüber hinaus ist er noch ein Vorbild an Dienstbeflissenheit und Korrektheit.

So entgeht ihm auch nicht, daß in einem Haus im Glasscherbenviertel in der kleinen Stadt an der Donau der Wasserverbrauch sprunghaft gestiegen ist, weil offenbar seit Tagen permanent das Wasser läuft.

Der diensteifrige Beamte deutet dies als Alarmsignal für einen möglichen Wasserrohrbruch. Und übermittelt diese Information seinem Vorgesetzten mit dem Vorschlag, doch einfach einen Monteur zum Orte des Geschehens zu schicken, welcher sich die Sache einmal anschauen sollte.

Allerdings ist man gerade mit Personal dünn besetzt, da der karge Haushalt die Stadtverwaltung an allen Ecken und Enden sparen läßt, sofern es sich nicht um Prestigeprojekte handelt. Wie etwa das neue Sportbad, das gerade erst zum Stolz der ganzen Region fertiggestellt worden ist. Dafür ist nichts zu teuer, schließlich gilt es, sich nach außen hin als Metropole zu zeigen. Wenn man dafür ein paar Monteure weniger einstellen kann, was soll's. Dann müssen sich die verbliebenen eben ein wenig mehr anstrengen, die sollen doch froh sein, überhaupt noch einen Arbeitsplatz innezuhaben.

Gerade bei der aktuellen Wirtschaftskrise.

Und wie kommt Herr Janok ausgerechnet auf einen Rohrbruch? Wenn ein solcher vorläge, hätten das die Anwohner doch längst gemeldet.
»Und wenn die Bewohner gerade verreist sind?«
»Alle aus diesem Wohnblock sind verreist, alle zur gleichen Zeit?«
»Ich dachte doch nur ...«
»Machen Sie sich nicht lächerlich. Da nimmt halt gerade jemand ein Vollbad.«
»So lange?«
»Vielleicht nehmen die Bewohner halt einer nach dem anderen ein Vollbad.«
»Aber komisch ist das schon. Sagt mir jedenfalls mein Gefühl.«
»Ihr Gefühl in allen Ehren, aber dafür kann ich nicht einen Monteur irgendwo abziehen, wo er wirklich gebraucht wird, nur, um ihn rauszuschicken. Nur, weil Sie so ein Gefühl haben. Nein, Herr Janok, für Ihr Gefühl schicke ich niemanden los.«

Also kehrt der derart Gescholtene zu seinem Schreibtisch zurück. So ist das eben, wenn man nichts zu sagen hat. Man kann nur melden, was man sieht, aber die Entscheidungen treffen andere. Der Untergebene arbeitet brav bis zum Dienstschluß pünktlich um fünf Uhr. Äußerlich sieht es nach Dienst nach Vorschrift aus, wie Herr Janok fertig mit Hut und Mantel dasitzt und darauf wartet, daß der Sekundenzeiger endlich die Zwölf erreicht, um dann pünktlich auf die Sekunde aus seinem Dienstzimmer zu stürmen.

Allerdings gedenkt der Beamte, noch eine nicht bezahlte Überstunde dranzuhängen. Zielgerichtet lenkt er sein Auto zu der Adresse, wo nach Ansicht seines Vorgesetzten alle Bewohner sich plötzlich entschlossen haben, der Badekultur in diesem Lande eine neue Dimension zu verleihen.

Vor dem Haus angekommen, ruft er erst mal den Hausmeister an. Dessen Nummer findet sich vorschriftsmäßig am Klingelbrett. Mit einiger Verzögerung biegt der Angerufene um die Ecke, etwas erbost, daß der nahe Feierabend sich nunmehr hinauszögern würde. Man hätte durchaus verwechseln können, wer von den beiden der Staatsdiener und welcher der Dienstleister ist. Denn ungeduldig empfängt der Beamte den unwirschen Hausmeister, der sich zunächst einmal den Dienstausweis zeigen läßt. Scheint in Ordnung zu sein. Dann schließt er mit zur Schau gestellter Langsamkeit die Haustüre auf und wird vom Beamten mit sanfter Gewalt in den Flur geschoben.

»Zunächst einmal schauen wir im Keller nach. So schließen Sie schon auf.«

Aber im Keller finden sich keinerlei Anzeichen eines Rohrbruchs. Also schreitet Herr Janok energisch die Treppe wieder hoch und horcht an den Türen des Erdgeschosses. Nichts. Weiter in den ersten Stock. Dort nimmt er sofort ein deutliches Rauschen wahr. Um ganz sicher zu gehen, presst er sein Ohr an die Tür, die zu Till Wieses Wohnung gehört.

»Hören Sie? Da rauscht Wasser«, sagt er zum Hausmeister, der als Nachzügler langsamen Schrittes nun ebenfalls die Stufen herauf kommt.
»Na, da wird jemand ein Bad nehmen. Ist doch nicht verboten.«
»Ja, aber ist er auch da?«, fragt Herr Janok und klingelt beherzt an der Wohnungstüre.

Nichts.

»Der wird nichts hören wegen dem Wasserrauschen«, mutmaßt der Hausmeister.
»Oder er hört nichts, weil er gar nicht da ist.«
»Obwohl, stimmt, der wird noch arbeiten, der Wiese, der ist nie vor sechs da. Ich kenn ja schließlich meine Mieter.«
»Aha, und warum läuft dann das Wasser?«

Dieser Logik kann sich der Hausmeister nicht verschließen und nickt kurz.

»Aber wollen wir etwa warten, bis er nach Hause kommt? Das kann dauern, denn wenn er noch einen heben ...«, fragt er.

»Ach was«, unterbricht ihn der Beamte ungeduldig. »Wenn er nicht da ist, sollte auch das Wasser nicht laufen. Machen Sie schon auf!«

»Wie? Aufmachen?«

»Na, öffnen Sie die verdammte Tür. Der ist nicht da, aber das Wasser läuft.«

»Aber ich kann doch nicht einfach die Tür öffnen.«

»Sie haben doch einen Schlüssel?«

»Ja, schon, aber ...«

»Also, aufmachen!«

»Aber der Schlüssel ist doch nur für Notfälle.«

»Hallo! Das hier ist ein Notfall. Oder wollen Sie, daß hier alles überschwemmt wird?«

»Aber auf Ihre Verantwortung.«

»Wie auch immer. Aber machen Sie gefälligst endlich die Tür auf!«

»Jaja, ich mach ja schon. Alter Mann ist doch kein ...«

Er nimmt seinen Schlüsselbund und sucht quälend lange denjenigen zu Till Wieses Wohnung heraus. Er versucht, ihn ins Schloß zu stecken, kann ihn aber nicht ganz hineinbringen.

»Der Schlüssel steckt von innen.«

»Sagten Sie nicht, er käme erst um sechs?«

»Aber er ist wohl doch da. Also alles in Ordnung.«

»Aber warum macht er dann nicht auf?«

Darauf weiß der Hausmeister keine Antwort.

»Brechen Sie die Tür auf!«, befiehlt Janok.
»Aufbrechen? Aber warum?«
Janok will den wahren Grund nicht nennen, nämlich, daß er einfach so ein Gefühl hat. Also sagt er in
einem Ton, der keinen Widerspruch duldet: »Brechen Sie sie einfach auf!«

Mit dem richtigen Befehlston bringt man jeden
Hausmeister der Welt dazu, alles zu tun, was man
von ihm will. Also zuckt dieser nur einmal kurz mit
den Achseln und zückt einen Schraubenzieher aus
der Brusttasche seines Kittels. Er setzt ihn an zwischen Türzarge und Türblatt. Mit einem einzigen
Ruck springt die Tür auf. Nicht ohne Stolz kommentiert der Hausmeister dies mit den Worten: »Ja,
man muß sie schon kennen, diese alten Schlösser,
wenn man sie knacken will.«

Kaum aber ist die Tür offen, quellen den beiden Erstaunten schon Dampfwolken entgegen. Auch
macht sich ein seltsamer Geruch breit, der entfernt
an Rindsbrühe erinnert, nicht so würzig vielleicht
und ein wenig süßlicher. Aber unverkennbar eine
Ausdünstung, wie man ihn aus Kantinen kennt,
schwer und metallisch und nicht unbedingt den
Appetit anregend.
Sie sehen sich an und der Hausmeister nimmt erst
einmal seine Brille von der Nase, weil sie beschlagen ist.

Währenddessen betritt Herr Janok mit dem Mute der Amtsbeflissenheit die mit heißem Nebel angefüllte Wohnung. Der Geruch wird nun intensiver und unangenehmer. Und heiß ist es, wie in einer Sauna. Der Beamte fummelt ein Taschentuch aus der Hosentasche und hält es sich vor Nase und Mund. So arbeitet er sich zum Bad vor, aus dem das Rauschen herzurühren scheint. Dort brennt das Licht. Der Geruch wird nun zu einem Gestank und ist unerträglich. Die Hitze ist ebenfalls kaum auszuhalten, fast wie in einem Backofen. Dem Beamten dringt der Schweiß aus allen Poren. Die Wanne ist mit etwas Bräunlichem gefüllt, das er angesichts der Dampfschwaden aber nicht genau erkennen kann. So beugt er sich über die Wanne und dreht beherzt das Wasser ab. Hierbei fällt sein Blick nach unten, wo sich gerade der Dampf ein wenig lichtet. Und er sieht etwas Weißes, Längliches in der braunen Brühe, geformt wie eine Stange. Und parallel zur ersten Stange kommt noch eine weitere zum Vorschein. Noch die Hände auf den Armaturen, gleitet der Blick des Staatsbediensteten an das von ihm aus gesehen rechte Ende der Wanne. Dort ragt etwas aus dem Wasser heraus, das sieht aus wie, ja, wie die obere Hälfte eines menschlichen Gesichts. Nun ist ein menschliches Gesicht in einer Badewanne oberhalb der Wasserlinie nichts Ungewöhnliches. Dort aber, wo normalerweise auf eine Nasenwurzel eine Nase folgt, dann Lippen und ein Kinn, sticht etwas Weißes in Janoks Augen, um das herum braune Brocken schwimmen.

Und just in diesem Moment dämmert es dem nur in den Kategorien der allgemeinen Wasserversorgung denkenden Beamten, daß er sich gerade über eine Wanne beugt, in der eine teilweise skelettierte Leiche liegt. Die Widerwärtigkeit des Gestanks, der nun eine ganz andere Bedeutung bekommt, aber auch der Ekel vor dem Anblick bringt Janok fast ins Straucheln und nur mit Mühe kann er verhindern, daß er kopfüber in die Wanne gefallen wäre. Er stößt sich heftig nach hinten ab und knallt mit dem Hinterkopf gegen die Wand. Er rudert mit den Händen wild in der Luft herum und bekommt zum Glück das Waschbecken zu fassen. Er krallt sich daran fest, erst mit einer Hand, dann mit der anderen und beugt sich tief darüber, während ein intensiver Würgereiz seine Eingeweide befällt. Aber noch bevor er darüber nachdenken kann, findet er sich schon im Hausflur wieder, wo er fast mit dem Hausmeister zusammenprallt, der immer noch vor der Tür steht und versucht, durch die sich langsam lichtenden Schwaden Rindssuppe etwas zu erkennen. Bis ihm der Beamte entgegenkommt, nein, entgegenstürmt.

Und er einen Zusammenstoß nur durch einen Schritt zur Seite verhindern kann.

»Haben Sie das Wasser ausgemacht?«, fragt er den nach Luft ringenden Janok, aber dieser scheint ihn gar nicht so recht wahrzunehmen. Der Beamte stützt sich heftig atmend an der Wand ab und läßt den Kopf leicht nach unten hängen. Sein Hemd ist schweißnaß. Irrt der Hausmeister sich oder nimmt das Gesicht des anderen einen leichten Grünstich an? Oder liegt das nur an den schlechten Sichtverhältnissen, nachdem der Dampf die trübe Beleuchtung im Treppenhaus noch zusätzlich dämpft?

Herr Janok hebt den Kopf und stammelt etwas, was der Hausmeister aber nicht so recht versteht. Wer ist tot? Polizei? Wieso das denn? Nur, weil jemand vergessen hat, das Wasser auszumachen? Dann sieht er in den Augen des Staatsdieners pure Panik, nichts als schreckliche Angst und da macht sich auch Furcht in den Eingeweiden des Hausmeisters breit.
Der muß etwas wirklich Schreckliches gesehen haben.

Und er klappt sein Mobiltelefon auf und ruft die Polizei an.

Nun tritt ein Herr auf den Plan, der just zu diesem Zeitpunkt Bereitschaft bei der Kriminalpolizei hat. Er ist Ende vierzig und sieht auch so aus, eher noch eine Spur älter. Er ist aber der irrigen Ansicht, jünger auszusehen. Dies hängt mit der Tatsache zusammen, daß er über volles, bräunliches Haupthaar verfügt, das er stolz nach hinten gekämmt trägt und von dem er glaubt, daß es auch auf das weibliche Geschlecht noch Eindruck machen würde. Allerdings haben der Zahn der Zeit und eine Vielzahl alkoholischer Getränke tiefe Furchen in sein Antlitz geschnitzt. Sein Hang zu Bier und gutem Whisky hat ihm Schlupflider verpasst, die seine Augen zur Hälfte schließen. Und die Ehe mit einer nicht allzu pflegeleichten Frau hat ihm tiefe Ringe unter die Augen gezeichnet, die auf wenig Freude im Leben hinweisen. Das alles hat den Erfolg beim anderen Geschlecht weitgehend verdorben. Wobei Erfolg nicht unbedingt das ist, was er je bei Frauen gehabt hat. Die einzige Dame, die ihn je beachtet hat, hat er geheiratet und beobachtet sie nun dabei, wie sie zunehmend verblüht.

Der häusliche Alltag hat ihn viel Kraft gekostet. Er bringt mehr Zeit außer Haus zu, als ihm und seinem Körper gut tut. Er trinkt viel und ißt gerne, was ihn im Laufe der Jahre kugelrund werden läßt. Das kann er auch durch moderates Lauftraining einmal die Woche nicht verhindern.

Er ist so dick wie er seine Frau hat.

Jedenfalls kommt Herrn Fammerl, Andreas Fammerl, so heißt der Mann, der Anruf am späten Abend nicht ungelegen, um sich aus der Eintönigkeit eines Fernsehabends an der Seite des ungeliebten Frauenzimmers zu lösen und das zu tun, was er am besten kann: Böse Buben jagen. Also setzt er sich in sein Auto, nicht ohne seiner Frau gegenüber sein Bedauern zu äußern, wie gerne er jetzt mit ihr diese Volksmusiksendung noch gesehen hätte.

Lächelnde Menschen vor schneebedeckten Bergen und Hirschgeweihen singen von der Sehnsucht nach den Bergen, nach der Liebe und der Liebe zu und in den Bergen.

Am Ort des Geschehens angekommen, eilt dem gelangweilten Polizeibeamten schon der Gerichtsmediziner entgegen. Dieser ist ungewöhnlich gut gelaunt, was alles heißen kann.
Aber nichts Gutes.

»Hochinteressanter Fall. Das sieht man nur einmal im Leben«, macht der Arzt seiner Begeisterung Luft.
»Wie meinen?«, murmelt der Herr Hauptkommissar, denn das ist Herr Fammerl vom Dienstgrad her.
»Also, das haben Sie noch nicht gesehen. Die Leiche ist, … ja, gewissermaßen ein ausgekochtes Bürschchen, ja, so könnte man das sagen.«
»Sie kannten den Toten?«
»Nein, ich meine das wörtlich, also buchstäblich, das mit dem Kochen.«

In Fammerls Augen stehen große Fragezeichen.

»Also, der lag in der Wanne. Sie müssen sich vorstellen: Das Wasser kommt brühendheiß aus der Wand. Und der Mann sitzt also gemütlich in der Wanne und hat sich gewissermaßen wie ein Tafelspitz gut durchkochen lassen.«
»Aber so heiß ist Warmwasser doch wohl nicht, daß es zum Kochen reicht.«
»Nun, gut sechzig Grad sind's auch. Und der Tote mag einige Tage in der Wanne gelegen haben. Das reicht, um ihn gut durchzukochen. Langsam, aber stetig. Sous vide.«

»Sous vide?«

»Na, das ist die Methode, schonend bei niedriger Temperatur zu kochen. Da bleiben die ... äh Inhaltsstoffe erhalten.«

»Also wirklich.«

»Naja, wie auch immer: Das reicht, um Fleisch gut durchzugaren.«

»Aber das Wasser wird doch immer kälter?«

»Nun, hier lief es. Und zwar durchgehend. Das Fleisch hat sich schon von den Knochen gelöst, dort jedenfalls, wo er im Wasser lag. Nur die obere Hälfte des Kopfes und die Fußspitzen sind intakt. Ansonsten handelt es sich um Suppenfleisch, gewissermaßen.«

»Sehr anschaulich erklärt. Und sehr einfühlsam. Sie haben das Gemüt eines Metzgers.«

»Danke für die Blumen.«

»Wie lange wird die Obduktion dauern?«

Der Gerichtsmediziner lacht laut auf: »Obduktion? Sie sind gut. Obduktion? Was soll ich denn da obduzieren? Alles an Spuren wäre weggekocht. Hämatome, sofern welche da waren, sind gut durch und nicht mehr zu sehen. Selbst kleine Schnittwunden wären nicht mehr zu erkennen. Die Haut hat sich vom Körper gelöst und hängt in Fetzen weg. Die Innereien sind gekocht, da kann man rein gar nichts mehr erkennen. Selbst ob er ertrunken ist, kann ich nicht mehr feststellen, weil auch die Lunge im Wasser lag. Wenn wir nicht eine Kugel finden oder er sich einen Knochenbruch zugezogen hat, dann ist rein gar nichts nachzuweisen.«

»Was, kein Nachweis? Das kann doch nicht sein.«

»Na, wenn Ihr sonst keine Spuren habt, dann könnt Ihr das vergessen. Jedenfalls der Leichnam fällt als Spurenträger wohl aus. Könnte durchaus ein Unfall gewesen sein. Der hatte vermutlich einen sitzen und ist dann eingeschlafen. Und im Schlaf ertrunken.«

»War er betrunken?«

»Auch das wird schwer nachzuweisen sein. Das Fleisch ist gewissermaßen gewässert worden, die Alkoholkonzentration im Blut ist vermutlich nicht mehr meßbar. Der Alkohol verflüchtigt sich bei Hitze. Einzigartig.«

»Das ist Ihre Meinung? Und das finden Sie interessant?«

»Klar, auch wenn's kein Verbrechen ist: Die Todesart ist doch herausragend. Das sollte man wirklich in einer Fachzeitschrift veröffentlichen. Eindrucksvoll. Finde ich jedenfalls«, fügt der Gerichtsmediziner hinzu und geht zu seinem Wagen.

Der ist völlig aus dem Häuschen, denkt der Polizist. Und ich muß nach Spuren suchen. Also geht er ins Haus und die Treppe hinauf. Was ihm allerdings sofort auffällt, ist dieser merkwürdige Geruch. Mag jedes Haus seine eigenen charakteristischen Ausdünstungen haben, so ist sonnenklar: Dieser Geruch gehört nicht hierher. Manche Häuser riechen nach Bohnerwachs oder Kohl. Oder nach billigem Parfüm. Aber nicht dieses hier. Er hat oft den Duft des Todes in der Nase gehabt. Aber dies hier riecht fast wie, ja, fast wie in einer Großküche, wenn der Abluft-Filter lange nicht gewechselt worden ist. Man bekommt nicht unbedingt Appetit, aber man ahnt zumindest, daß dort Speisen gereicht werden. Wenn man nicht nur Durst, sondern auch Hunger hat.

Besser, man hat nur Durst.

Dann wirft er einen Blick ins Bad, wo ein Vertreter der Spurensicherung noch zu Gange ist. Die Wanne ist mit einer trüben Brühe gefüllt, in der braune Fleischbrocken schwimmen. Oben ragt aus der Wanne ein Schopf aus dem Wasser, die Lider geschlossen. Unterhalb des Nasenrückens verwandelt sich der Kopf in einen Totenschädel. Auch sieht man verschwommen ein paar Rippen und das Brustbein weiß aus dem Wasser hervorstechen. Und von den nahezu völlig skelettierten Füßen sind nur die Zehen erhalten geblieben, die aus dem Wasser herausragen. Alles andere an der Leiche scheint gewissermaßen flüssig geworden zu sein.

»Was gefunden?«, fragt Fammerl den Kollegen, der vergeblich in der ausgedampften Sauna nach Fingerabdrücken sucht.

»Nein, nichts. Das Türschloß war intakt, der Schlüssel steckt
von innen. Ist abgeschlossen. Ach ja: In der Wanne lag eine Bierflasche.«

»In Scherben?«

»Nein, die ist ganz.«

»Hm, sonst was?«

»Nichts Auffälliges. Schaut nach Unfall aus. Fingerabdrücke können wir allerdings vergessen. Die sind
alle wegge ... äh ... dampft.«
»Hm. Wenn der eine Kugel in den Gedärmen hat,
dann schaut es anders aus. Oder wenn der Täter
einen Knochen verletzt hat, etwa durch einen Stich
mit einem Messer.«
»Ja, wenn. Ansonsten ist's Essig. Wenn's kein Unfall
war, ist es der perfekte Mord.« Und, während er
sich schon wegdreht, um weiterzuarbeiten, ergänzt
er: »Ich weiß schon, warum ich lieber dusche.«
»Wie ich immer sage: Der Romantiker badet, der
Pragmatiker duscht«, zitiert der Herr Kommissar
eine Weisheit aus dem Internet. »Wobei ich lieber
bade. Geht doch nichts über ein heißes Wannenbad
und einen guten Whiskey.«
»Du denkst auch immer nur ans ... Scheint also ein
Romantiker gewesen zu sein, der Herr. Oder was
von ihm übrigblieb.«
»Uns bleibt wohl nicht viel mehr übrig, als die
Nachbarn zu befragen, ob jemand was bemerkt
hat.«

»Da könnte ich helfen«, kommt von hinten eine
Stimme aus dem Flur. Sie gehört einem jungen Beamten namens Zamzinger, der Fammerl konse-
quent auf die Nerven geht.
Allerdings ohne es zu merken.

Wo kommt der denn jetzt plötzlich her?

Was der Herr Hauptkommissar allerdings nicht ahnen kann: Er kommt soeben aus der Küche, wo er einen Zeugen halb vernommen und halb getröstet hat. Einen bedauernswerten Mann namens Janok, der den widerwärtigen Anblick im Badezimmer nicht aus seinen Gedanken verscheuchen kann. So sehr er es auch versucht.

Er sitzt zusammengekauert am Küchentisch, die Finger um die Kante gekrallt.

»Dann helfen Sie«, seufzt der Hauptkommissar und wendet sich seinem eifrigen Mitarbeiter zu. Warum ist dieser dienstgeile Kerl vor ihm am Tatort? Warum ist überhaupt jeder, der mit dem Fall zu tun hat, vor ihm am Tatort? Auch die örtliche Presse war da, die ist sogar schon wieder weg.

Warum hat man ihn wieder mal als Letzten informiert?

»Wir wollten Sie nicht zu Hause stören«, quakt Zamzinger, als könnte er Gedanken lesen. »Deshalb haben wir Sie erst angerufen, nachdem der Gerichtsmediziner da war. Aber der sagt ...«

»Ja, das hat er mir schon erzählt. Wir sollten, wie gesagt, die Nachbarn befragen.«

»Das habe ich schon: Keiner hat etwas Besonderes bemerkt. Der Tote, nun, der Herr Wiese war ein Einzelgänger, trank viel und hatte ansonsten wenig Kontakt zu den Hausbewohnern.

Eine Frau hat gesagt: ,Der war ein ausgesprochenes Rindvieh'. Naja, eher ein ausgekochtes ... äh, ich wollte damit nicht sagen ... also, er nahm jeden Tag ein Bad.«

»Das war aber ein langes Bad. Ist denn das keinem aufgefallen?«

»Nun, das ist nicht die Art Leute, denen etwas auffällt. Und wenn, dann werden sie den Teufel tun und die Bu ... äh, uns rufen. Die beißen sich lieber die Zunge ab, als den Behörden irgendetwas mitzuteilen. Im zweiten Stock, da wohnt einer, den kenne ich noch aus meiner Zeit beim Gift, also, der ist auch schon mal gesessen, der ist gewiß kein Freund der Polizei.«

Mit »Gift« wird in einschlägigen Kreisen das Drogendezernat bezeichnet.

»Also, keinem ist aufgefallen, daß da jemand wochenlang badet?«

»Wie gesagt ...«

»Fehlt irgendwas? Wertsachen?«

»Scheint noch alles da zu sein, jedenfalls die Börse samt Geld. Viel zu holen ist hier nicht.«

»Und wer hat ihn gefunden?«

»Jemand von den Wasserwerken, ein gewisser ‚Jonak‘.«

»Heißt der nicht ‚Janok‘? Den kenn ich. So ein Tausendprozentiger. Der schaut noch auf die Vorschriften, wenn die Welt untergeht, ob der liebe Gott sich auch an die Satzung der Stadt hält, wenn er das Jüngste Gericht einberuft. Der kommt manchmal zu unserem Stammtisch, diese Nervensäge, also ...«

»Äh, Chef«, wirft da Zamzinger dezent ein.

»Was ist?«

»Der kann sie hören, der sitzt in der Küche.« Und er deutet mit dem Daumen auf eine Tür.

Fammerl sackt ein wenig in sich zusammen.

»Durchaus«, sagt da ein Stimme, die ein wenig zittrig klingt, »aber ich weiß ja, von wem's kommt.« Janok bekommt schon wieder halbwegs Luft, aber seine Finger hält er weiterhin um die Tischkante geklammert.

»Jan, altes Haus, wie geht's denn immer so?«, fragt der Hauptkommissar, während er demonstrativ die Augen verdreht. Was der in der Küche aber nicht sehen kann. Und zu Zamzinger raunt er: »Ich sehe schon, Sie haben hier alles im Griff. Ich geh dann mal wieder. Sie machen das schon.«

Und er zieht von dannen, während er bei sich denkt: Ist doch nur ein Unfall, da kann auch der Zamzinger nichts falsch machen. Und was mache ich jetzt? Er entscheidet sich dazu, seine Frau noch ein wenig ihre geliebte volkstümliche Musik alleine genießen zu lassen.

Und will sich eine Halbe in seiner Stammkneipe »Bonschab« genehmigen.

»Willste du auch etwas essen?«, empfängt ihn seine Lieblingsbedienung Romina, während sie dem dicken Hauptkommissar ungefragt ein Kellerbier in einem schlanken Keferloher-Krug vorsetzt.

»Was ist denn heute die Empfehlung?«

»Ah! 'eute gib es super Minestrone, mit molto fantastico Einlage, nach Art des 'auses. Wie ist?«

»Fleischsuppe? Nein, heute lieber nicht.«

4. Hochgefühle

In diesem Kapitel merkt einer, daß es nicht immer ans Ziel führt, wenn man Wasser spart

Mord ist eine Tat, die eine ganz besondere Grenze verletzt. Das Leben ist ein elementares Recht. Es anzutasten berührt tief im Inneren fundamentale Prinzipien des menschlichen Daseins. Anders als etwa bei einem banalen Ladendiebstahl kann man sich die Tötung eines echten Menschen kaum schönreden. Man verschwindet nicht anonym in der Masse der Gelegenheitsdiebe, die ihr Gewissen damit beruhigen, daß die Waren im Kaufhaus ohnehin versichert sind. Mord spielt in einer anderen Liga. Man hat einem Menschen aus Fleisch und Blut das höchste Gut genommen, das er auf Erden hat, und zwar unwiederbringlich. Man hat ihn um alle Freude gebracht, um alle Möglichkeiten, die das Leben bietet. Es gibt diesen Menschen nicht mehr, nicht für seine Freunde, nicht für seine Familie. Man kann sich mit diesem Menschen nicht mehr aussprechen, nicht mehr versöhnen, offene Rechnungen bleiben endgültig offen.
Das kann keine Versicherung der Welt wieder gutmachen.

An einem Mord gibt es nichts zu beschönigen.

Also gibt es für den Täter ein Vorher und ein Nachher. Tief in den geheimsten Winkeln der Seele versteckt sich auch in den verkommensten Subjekten so etwas wie ein Gewissen, das nach einer solchen Untat auf sich aufmerksam macht. Man sollte nicht all den Filmen glauben, in denen der Bösewicht kalt lächelnd tötet, ohne jedwede Gefühlsregung zu zeigen.

Ein solches Verbrechen verändert das Leben.

Mangelndes Mitgefühl haben nur Psychopathen.

Es kann einen den Schlaf kosten, die Seelenruhe, die Fähigkeit, das Dasein zu genießen, ohne in Angst zu leben. Das Grundvertrauen in den Daseinszweck wird erschüttert. Man kann nachts schweißgebadet aus einem fürchterlichen Albtraum aufwachen, in dem man seinem wütenden Opfer gegenüber saß und für seine Untat büßen mußte. Auch der Alltag ändert sich: Was einem früher ein unschuldiges Vergnügen war, mag nunmehr keine ungetrübte Freude bereiten. Von der Angst ganz zu schweigen, daß eines Tages die Polizei vor der Tür stehen kann, die Handschellen schon bereit. Es kann einen zum rastlos Getriebenen machen, der rasch erkennt: Wenn ich zu solch einer Tat fähig bin, dann sind es auch alle anderen.

Und man sieht seine Mitmenschen mit ganz anderen Augen.

Allerdings kann man mit unterschiedlichen Taktiken auf eine solche Situation reagieren. Man kann sich bewußt in das aufregende, gesellschaftliche Leben stürzen, wenn man dies vorher nicht gemacht hat. Oder man kann die Gesellschaft von Menschen im Gegenteil vermeiden, wenn man früher keine Feier ausließ. Man kann die Nähe zu den Angehörigen des Getöteten suchen, wenn man nicht selbst zu den Angehörigen zählt (was nicht selten der Fall ist). Man kann versuchen, seine Tat durch gute Taten zu kompensieren und sich in Vereinen mit phantasievollen Namen sozial engagieren. Man kann sich in übersteigerte Religiosität flüchten oder in ein wildes, hedonistisches Leben. Schnelle Autos und schneller Sex.

Das Vergessen der Langsamkeit.

Man kann sich aber auch ein Triumphgefühl vorgaukeln und sich daran laben, die natürliche Tötungshemmung, die in jedem von uns schlummert, kühn überwunden zu haben. Man kann sich leichtfertig vormachen, man hätte Schwindel erregende Höhen erklommen wie kaum ein anderer.

Das ist erregend und gleichzeitig ein Schwindel.

Man kann sich gegenseitig versichern, wenn man die Tat zu zweit ausgeführt hat, daß man etwas ganz Besonderes geleistet hat.
Und Bedenken dagegen schon im Keim ersticken.

Wir sind die Größten. Wir haben etwas gemacht, was Ihr alle niemals fertigbringt.

Man kann sich des Öfteren ein Bier in seiner Stammkneipe gönnen, zum Beispiel in einem Lokal namens »Zum Hirschen«. Dort kauert man nicht nur an einem Tisch in der Ecke, sondern setzt sich breit sowie selbstbewußt an die Theke und mustert jeden Neuankömmling von oben herab, als wäre man autorisiert, über die Zusammensetzung des Publikums zu entscheiden. Wie ein Türsteher läßt man nicht jeden hinein. Im Grunde läßt man nur keinen an sich heran.

Uns kann keiner was, ihr könnt uns alle. Wir können was, was ihr nicht könnt.

Charly und der Doc fühlen sich wie Könige.

Herrscher über Leben und Tod.

Dem Wirt fällt die Veränderung an den beiden sofort auf. Sie drücken sich nicht mehr an der Wand entlang, sondern sehen einem bei der Bestellung direkt in die Augen, mitten in die Pupille. Als wären sie über Nacht zu Männern geworden. Zwar tragen sie die gleichen, tief sitzenden Hosen, tragen dieselben dümmlichen Fußballfrisuren eines verhinderten Irokesen wie noch am Tag zuvor. Wenn auch der Doc ein wenig zu hinken scheint.

Aber ihr Auftreten ist ein anderes, es scheint, als hätten sie sich ihre Welt erobert. Sie zelebrieren schon das Betreten der Gastwirtschaft, als wären sie Schauspieler, die eine große Bühne betreten.

Wir kommen und ihr müßt alle schauen.

Wir sind Helden.

Und es kommt dem Wirt, der gewohnt ist, Menschen einzuschätzen, so vor, als täten die beiden nur so als ob. Als wäre ihr zur Schau gestelltes Selbstbewußtsein nicht ganz echt, sondern Teil einer Inszenierung, hinter deren Fassade sich immer noch die beiden kleinen Jungs von früher verbergen.

Wie kleine Mädchen, die das erste Mal die viel zu großen Pumps ihrer Mutter aus dem Schrank mopsen, um vor dem großen Spiegel im Schlafzimmer der Eltern die Grande Dame zu spielen.

Der Wirt registriert ihr neues Image mit einem gewissen Interesse, ohne sich etwas anmerken zu lassen. Also spricht er sie nicht auf ihr Gehabe an, sondern setzt ein Pokerface auf, das jeder erfahrene Kneipenwirt in seinem Repertoire hat. Schließlich ist der Kunde König. Nicht unbedingt Herrscher über Leben und Tod, aber doch derjenige, dessen Wunsch einem Gastronomen Befehl ist.

Er nimmt also ihre großspurig aufgegebene Bestellung entgegen, zapft zwei Biere und stellt sie den beiden Halbwüchsigen vor die – im Augenblick hoch getragene – Nase. Diese sehen sich an, dann um, ob die übrigen Gäste davon Notiz nehmen. Dann greifen sie mit geradezu theatralischer Geste ihr Bier und setzen es an ihre Münder.

Der Wirt beobachtet sie und muß nun doch ein wenig lächeln. Der Schluß, den er aus diesem Auftritt der beiden zieht, ist genauso naheliegend wie falsch: Daß er da zwei junge Männer vor sich hat,

die gerade das Wunder der Sexualität kennenge-
lernt haben. Das erste Mal nackt auf einer Frau
gelegen und ungelenk den kleinen Charly ange-
dockt zu haben. Er grinst in sich hinein und denkt
an sein eigenes, erstes Mal, das zwar wenig befrie-
digend gewesen ist, aber ihm immerhin den Glauben an seine eigene Männlichkeit geschenkt hat. Er
hat sich dann nicht mehr wie ein Versager gefühlt,
den keine Frau auch nur registriert.

Wenn er gewußt hätte, wie sehr die Wahrheit mit
nacktem Fleisch zu tun hat, er hätte die beiden
Jungfrauen hochkant aus seinem Etablissement hi-
nausgeworfen.

Das erste Mal vergißt man nie; besonders, wenn es
sich um Mord handelt.

Er überlegt kurz, ob er die beiden darauf anspre-
chen oder zumindest ein unverfängliches Gespräch
über die Damenwelt im Allgemeinen vom Zaun
brechen soll. Zotige Erotik für Anfänger, ein paar
Witzchen unter der Gürtellinie vielleicht. Er läßt es
aber: Wer weiß, ob die beiden sich nicht auf den
Schlips getreten fühlen würden. Eine solchermaßen zur Schau gestellte Sicherheit kann man mit
nur einer einzigen, flapsigen Bemerkung schnell in
tausend Stücke zerbröseln.

Blendend weiß wie Porzellan, aber genauso zer-
brechlich.

Also besser nicht daran rühren.

Und so steht er hinter der Theke, die beiden im Blick, während diese in den Spiegel hinter Robert starren, vor allem auf sich selbst. Das sind wir, wie wir da sitzen und uns selbst beobachten.

Viel mehr gibt es in der Gastwirtschaft nicht zu sehen, die übrigen Gäste schauen nur auf ihr Bier, ohne sich mit jemandem zu unterhalten. Alles, was sonst passiert, ist nicht ihr Bier. Was gibt es auch zu sagen? Man will vor allem etwas trinken. Sich zu unterhalten hätte man zu Hause billiger haben können. Ausgesprochen redselige Rhetoriktalente sucht man in dieser Kaschemme vergebens.

Mit gewissen Ausnahmen. Ab einem gewissen Alkoholpegel.

»Nicht viel los heute«, meint der Doc, ganz ohne zu stottern.

Entweder ist er heute noch völlig nüchtern oder die These mit der Entjungferung stimmt, denkt der Wirt. Da beide aber schon am zweiten Bier nippen, kann das nur bedeuten, daß die beiden tatsächlich einmal zum Schuß gekommen sind, räsoniert er und ist stolz auf seine überragende Menschenkenntnis.

Wenn man so lange schon Wirt ist, dann kennt man sich eben aus.

Oder glaubt das zumindest.

Und die beiden denken bei sich: Wenn ihr wüßtet, was wir getan haben, ihr würdet es nicht glauben.

Aber ihr habt keine Ahnung. Und sie sehen im Blick des jeweils anderen, daß dieser dasselbe denkt.

Und sie weiden sich an ihrem Glücksgefühl, es einmal allen gezeigt zu haben.

Von außen betrachtet sitzen da nur zwei Männer gleichen Alters vor Biergläsern mit unterschiedlicher Füllhöhe, steht da ein gelangweilter Schankkellner hinter der Zapfanlage, der auf ein Zeichen wartet, wenn eines der Gläser leer zu werden droht. Fast so etwas wie ein Stillleben, jedenfalls Stillstand par excellence, äußerlich betrachtet. Aber innerlich rumort es vor allem in Charly, der es am Vormittag sogar gewagt hat, seiner Mutter zu widersprechen. Nicht heftig, nicht widerspenstig, geschweige denn aggressiv oder gar laut. Aber er hat zum ersten Mal nicht alles hingenommen wie ein Naturgesetz. Nicht, daß seine Mutter schon am Morgen betrunken ist und das erste Bier noch im Sessel getrunken hat, wo sie wieder einmal geschlafen hat. Nicht, daß sie als Erstes ihrem Filius vorwirft, er solle sich doch mal endlich Arbeit suchen. Also sagt er mehr zu sich selbst als zu seiner Mutter: »So wie du.«

»Ich?«

»Ja, hast du etwa Arbeit? Also red nicht.«

»Aber ... also, das ist doch ... ich hab immerhin meine Rente.«

Mehr sagt sie nicht. Sondern verfällt in Schnappatmung. Denn mehr als verheiratet gewesen zu sein, hat auch sie nicht zustande gebracht. Hat sie schon

in der Ehe nicht wenig getrunken, brechen nach dem Tode ihres Mannes alle alkoholischen Dämme. Sie versinkt im Hochprozentigen. Was sie sich selbst aber niemals eingestanden hätte. Als sie Charly dies sagen hört, sackt sie im Sessel zusammen. Was bildet sich dieser undankbare Bengel eigentlich ein?
Das wird noch böse enden.

Aber jetzt ist jedes Wort zu viel.

Sie nimmt einen tüchtigen Schluck aus der Flasche, überhört das laute Zuschlagen der Wohnungstür und fällt dezent in ein erfrischendes Koma.

Unglücklich ist, wer nicht vergessen kann, was eigentlich zu ändern wäre.

Charly aber, mit dem Bewußtsein eines Sieges über sich und die Welt, schreitet fast feierlich die Treppe hinunter. Ihm kann nun keiner mehr was. Und wenn es einer versucht, na dann muß man halt andere Saiten aufziehen.
Aber ganz andere.

Wehe, wenn derjenige gerade in einer Wanne säße und ein Bad nähme.

Und der Doc hätte seinem Vater direkt in die Augen sehen können und hätte dem Blick standgehalten. Wenn er ihn denn gesehen hätte. Aber als der Doc seine Schlafstelle verläßt, arbeitet sein Erzeuger schon mehrere Stunden hart am Band, stählt seine Muskeln, um abends dem ersten Familienmitglied eine mitzugeben, das ihm dumm kommt oder wenn ihm das zumindest so vorkommt.

Ein paar Straßen weiter läßt ein korpulenter Mann jenseits seiner besten Jahre gerade in diesem Moment Wasser in eine Badewanne ein. Er atmet durch den Mund, denn obwohl man die Wohnung über Nacht gelüftet hat, sind diese fauligen Dünste nicht zu vertreiben. Möglicherweise hat der Herr Hauptkommissar den Gestank auch nur in der Nase. Da hilft es nichts, seinen Riechkolben in den Wind zu hängen. Wenn dich ein Geruch verfolgt, bist du verloren. Gegen Geräusche kann man sich die Ohren zuhalten, gegen schreckliche Bilder kann man notfalls die Augen verschließen. Übler Geschmack läßt sich vermeiden, indem man etwas schlicht nicht in den Mund nimmt. Oder, wenn man es schon im Mund hat, kräftig mit etwas Alkohol nachspült. Berührungen kann man ebenfalls in aller Regel leicht ausweichen.
Bei Geruch ist das anders, dagegen kann man sich kaum wappnen, will man nicht dauerhaft mit einer Wäscheklammer auf der Nase durch die Gegend laufen. Aber den Herrn Hauptkommissar schreckt selbst intensiver Gestank nicht, er ist mehr der Typ, der zum Tatort zurückkehrt, wenn ihn etwas beunruhigt oder ihm eine Ungereimtheit nicht aus dem Kopf geht. Geht es da mit rechten Dingen zu? Das ist es, was den Beamten noch einmal in die Wohnung gehen läßt, in der der arme Herr Wiese das

Zeitliche gesegnet hat, so daß er nun den Rasen von unten ansehen muß.

Herrn Fammerl beschäftigt das Problem, warum das Badewasser denn eigentlich nicht übergelaufen ist, sondern es tagelang munter vor sich hin gesprudelt hat. Also beugt er sich über die inzwischen geleerte, aber nicht gereinigte Wanne und läßt zur Probe einfach mal Wasser ein. Wie der jüngst Verstorbene hat er vorher den Ablaufpfropfen in den Ablauf gesteckt und wartet nun, was passieren wird.

Es handelt sich um ein eher älteres Modell einer Badewanne, an einigen Stellen ist die Emaille-Beschichtung abgesprungen. Der Überlauf ist groß und kreisrund und befindet sich etwa eine Handbreit unter der Oberkante der Wanne. Langsam steigt das Wasser, wobei aus Gründen der Energieersparnis der verantwortungsvolle Polizeibeamte natürlich nur das kalte Wasser angemacht hat.
In jüngster Vergangenheit ist genug Warmwasser in dieser Wohnung verschwendet worden.

Dann hat der Wasserpegel den Überlauf erreicht und läuft zum Teil ab. Allerdings ist das Spundloch doch zu knapp bemessen, um das ganze nachfließende Wasser zu erfassen, weshalb der Wasserspiegel weiter ansteigt. Kurz, bevor die Wanne überzulaufen droht, stoppt der Polizist die Wasserzufuhr.

Habe ich es mir doch gedacht, geht es ihm durch den Kopf. Bei voll aufgedrehtem Wasserhahn fließt das Wasser über. Die Wanne ist aber nicht übergelaufen in den Tagen, in denen der Wohnungsinhaber das längste und letzte Bad seines Lebens nahm. Also muß jemand dafür gesorgt haben, daß es keine Überschwemmung gab. Derjenige muß Nerven aus Stahl und einen Magen aus Stahlbeton haben. Trotz der Hitze und des unerträglichen Gestankes muß er mehrere Tage lang in der Wohnung ausgeharrt haben, muß die Toilette direkt neben dem Toten benutzt haben und ständig darauf geachtet haben, daß zwar genug heißes Wasser nachläuft, um den Kochvorgang nicht zu unterbrechen. Aber doch höchstens so viel Wasser, daß es nicht überläuft. Moment mal, hätte er nicht auch einfach das Wasser einmal derart regulieren können, daß es nicht überläuft und dann, nachdem er das Ganze eine Zeit lang beobachtet hat, die Wohnung verlassen können? Wäre möglich. Wobei: Was, wenn sich der Wasserdruck änderte?

In einem Mietshaus kann sich der Wasserdruck jederzeit verändern, wenn nur gerade viele Mieter gleichzeitig Wasser abzapfen.

Zwar hat dieser Schleimscheißer Janok ausgesagt, das Wasser wäre »voll an gewesen«, als er es abdrehte. Der hat allerdings wohl kaum kontrolliert, ob der Wasserhahn voll aufgedreht gewesen ist, sondern nur denselben einfach zugedreht. Klar, daß man in dieser prekären Situation – die Leiche unter sich und die Wohnung voller übelriechender

Dampfschwaden – nicht darauf achtet, ob man den Hahn eventuell noch weiter hätte aufdrehen können. Hm, die Auffinde-Situation kann man wohl kaum noch einmal nachstellen.

Das wäre dann doch des Aufwands ein wenig zu viel gewesen.

Nun dämmert es dem Hauptkommissar, daß er einen Fehler gemacht hat: Denn allein das warme Wasser ist zum Tatzeitpunkt gelaufen. Kaltes Wasser wäre in diesem Fall viel gesünder gewesen für den armen Mann, zumindest für die Beweissicherung. Allem Umweltschutz zu Trotze öffnet der Polizist nun den Warmwasserhahn und merkt sofort, daß aus dem Hahn erheblich weniger Wasser kommt als vorhin. Und diese geringere Menge kann der Überlauf bequem schaffen.

Nein, dies führt zu keinem anderen Ergebnis: Es ist wohl doch ein Unfall gewesen.

Jedenfalls ist das Gegenteil nicht zu beweisen.

Zudem ist weit und breit kein Motiv in Sicht. Es gibt bei dem armen Schlucker auch wenig zu stehlen. Und das Wenige ist noch da. Es fehlt kein Geld, sogar der neue Flachbildfernseher und die schicke Stereoanlage stehen noch unberührt an ihrem Platz. Die hätte ein Räuber doch wohl mitgenommen? Keine Spuren eines Einbruchs. Zudem steckte der Wohnungsschlüssel von innen. Die Fingerabdrücke, die man überhaupt noch sichern konnte, stammen allesamt entweder von Janok oder dem

Opfer selbst. Einige rühren allerdings von Kollegen her, die mal wieder ihre Finger nicht im Zaume halten konnten. Obwohl man denen immer wieder einschärft: Am besten, Ihr steckt eure Hände am Tatort in die Taschen. Finger weg von allem, was Ihr seht. Und doch will man immer alles anfassen, was man sieht.

Ältere Fingerabdrücke hat der Dampf weggeätzt. Ob alle Fenster geschlossen waren, läßt sich nicht mehr feststellen. Die Spezialisten von der Spurensicherung haben sofort alle Fenster aufgerissen, was ihnen angesichts des Geruches auch niemand verdenken kann. Die Türen im Flur waren alle zwar geöffnet, da sind sich die Erstzugriffsbeamten sicher. Weshalb eigentlich die Fenster der Wohnung hätten beschlagen sein müssen. Warum das die Nachbarn nicht bemerkt haben? Allerdings ist das hier nicht die Gegend, wo man sich umeinander kümmert. Zu groß ist die Fluktuation in diesem Haus. Dauernd ziehen Leute ein oder aus. Man kennt hier in der Anonymität der Großstadt einander nicht mehr. Und selbst dann, wenn einem etwas auffällt: Was macht man dann? Beim Nachbarn klingeln? Und wenn der nicht aufmacht? Was dann? Die Polizei zu holen ist in diesem Viertel eher unüblich. Es heißt zwar »Pius-Viertel«, nach einer katholischen Kirche, aber heilig ist hier vor allem die Privatsphäre. Fenster beschlagen? Geht mich doch nichts an.

Und die blöden Bullen geht das erst recht nichts an.

Daher haben die Nachbarn auch nichts gemeldet.

Warum das permanente Rauschen des Wassers keiner Menschenseele aufgefallen ist? Ein Nachbar hat zu Protokoll gegeben: »Ach, wissen Sie, bei uns läuft rund um die Uhr die Glotze, da merken wir nicht unbedingt, wenn es irgendwo sonst im Hause rauscht. Ist uns doch egal, jeder soll machen, was er will, solange wir unsere Ruhe haben.«
Wenig erquicklich, da Erkenntnisse zu erwarten.

Fammerl zieht den Ablaufstöpsel und legt geistig den Fall zu den Akten.
Zeit für ein Bier.

Ein paar Straßen weiter bestellen just in diesem Augenblick zwei gut gelaunte Männer zum Erstaunen des Wirtes ihre dritte Halbe. Unschuld verloren, frohlockt er innerlich, während er äußerlich ungerührt zwei Helle abzapft und sie den beiden an der Theke kredenzt.

»Wohlsein!«, sagt der eine und nimmt einen tüchtigen Schluck.
»Prösterchen!«, antwortet der andere und tut es ihm gleich.

Da übermannt den Wirt dann doch die Neugier und er fragt: »Na, gibt's was zu feiern?«
»Zu feiern? Nein, wieso? Was sollte es zu feiern geben?«, äußert Charly mit gespielt harmlosem Gesichtsausdruck. Wobei er seine schauspielerischen Fähigkeiten überschätzt.

»Na, drei Bier habt Ihr noch nie, ich mein ja nur«, murmelt der Wirt.

»Wieso, darf man keine drei Halbe trinken? Nach Meinung der Regierung kann man mit zwei Maß noch Auto fahren«, entgegnet Charly.

»Aber die ist nicht mehr«, ergänzt der Doc, »das war doch der alte Präsident.« Und er ist stolz auf sein politisches Wissen und sieht sich beifallsheischend um. Aber niemand applaudiert.

»Doch, doch«, sagt der Wirt schnell, »ist mir schon recht, wenn die Leut' was trinken. Ich sag ja nichts, ich red ja nur.«

»Reden ist Schweigen, Silber ist Gold«, wirft da der Doc ein.

»Du redest Blech«, kommentiert Charly.

Der Wirt schaut auf das Metall in Charlys Gesicht.

Er sagt aber nichts.

5. Debütanten

In diesem Kapitel suchen zwei einen gemeinsamen Abschluß, der sie trennen wird

Es ist mit allen Reizen dasselbe, denen man nur etwas durch eine neue, ungeahnte Nuance abgewinnt: Die geballte Monsterwelle der ersten Gefühlsregung verlandet allmählich, wird erst zur beachtlichen Sturmwelle und arbeitet sich dann über den gewöhnlichen Wellengang an eine spiegelglatte Oberfläche des Meeres heran, bis sich nichts mehr regt, weder an der Oberfläche noch im Inneren. Hatte man bei der ersten Berührung mit dem Naturereignis noch den Eindruck, unter den Wassermassen an Emotionen zerdrückt zu werden, wobei jede Faser des Seins in eine andere Richtung drängt, bewegt sich nach kurzer Zeit erst immer weniger, dann nichts mehr. Es ist, als herrsche Windstille, als wäre alles angehalten, jede Regung im Inneren gestoppt.

Zeit, das Erlebte wiederzubeleben.

Man kann natürlich den Abnutzungseffekt hinauszögern, indem man in Erinnerungen schwelgt, indem man die verschütteten Gefühle wieder ans Tageslicht holt. Das verlängert das Leiden nur, kuriert es aber nicht. Dabei sind etwa Erinnerungsfotos hilfreich, über die die beiden aber nicht verfügen. Vielleicht hätten sie sich ein paar Trophäen mitnehmen sollen. Haben sie aber nicht. So können sie nicht verhindern, daß von Tag zu Tag das fragile Selbstbewußtsein schwindet, sie von der Theke doch wieder an einen Tisch wandern, bis sie sich irgendwann am Billardtisch wiederfinden und hoffen, daß niemand kommt, der dafür zu zahlen bereit wäre.

Allerdings haben die beiden nun Blut geleckt, sind aus ihrem tristen Käfig ausgebrochen. Und so greifen sie eine Idee auf, die der Wirt ihnen eingepflanzt hat. Ein paar Tage nach ihrem triumphalen Auftritt hat dieser wie zufällig das Gespräch auf die Damenwelt gebracht. Er hat von ein paar sexuellen Eskapaden erzählt, die er für die Jungs eigens ein wenig aufpoliert hat, daß sie nach wilden Ausschweifungen klingen. Ein guter Geschichtenerzähler weiß sein Publikum zu fesseln. Wenn die Wahrheit langweilt, poliere sie ein wenig auf! In Roberts Erzählungen kommen französische Frauen vor, die hochhackig am Hafen vor sich hinstakseln. In knappen Röcken haben sie gerade auf den Wirt gewartet. Sie haben auch nichts Besseres zu tun, als den jungen, deutschen Hengst mit auf einen Plausch in ein gemütliches Stundenhotel zu nehmen. Dort kommt man sich näher, erst menschlich, dann körperlich. Ja, diese exotischen Damen, die muß man mal erlebt haben.
Unvergeßlich.

Denen habe ich gezeigt, was deutsche Liebeskunst ist.

Diese Schilderungen und die Tatsache, daß das berühmte erste Mal noch vor ihnen liegt, mag auch ein Grund dafür gewesen sein, warum sie sich wieder von der Theke entfernt haben, denn es ist ihnen unangenehm, so rüde an die eigene Unzulänglichkeit erinnert zu werden.
Wir wissen selbst, daß wir keine Helden sind.

Das muß man uns nicht noch dauernd aufs Brot schmieren.

Allerdings hat der Wirt den Samen in ihnen gepflanzt, daß es vielleicht an der Zeit wäre, auch diese Grenze zu erobern. Sich einen Kick zu verschaffen und das Selbstwertgefühl wieder auf Vordermann zu bringen. Aber wo sollen sie zum Schuß kommen? In ihrem Leben gibt es nur wenige weibliche Wesen. Seitdem sie nicht mehr zur Schule gehen, sind selbst die oberflächlichsten Kontakte zum anderen Geschlecht eingeschlafen. Und im »Hirschen« ist die Frauenquote denkbar gering. Zudem fühlen sie sich nicht wirklich anziehend, geben dem Herrgott die Schuld, daß er sie optisch so unschön erschaffen hat, daß sich keine Frau nach ihnen verzehren würde.
Sie wissen noch nicht, daß das eine Ausrede ist und Attraktivität nicht unbedingt vom Aussehen abhängt.

Sondern vom Geld.

Nein, das ist ein zynischer Witz. Die Wahrheit ist: Daß das Aussehen allein zählt, will uns die Industrie in ihrem Jugendwahn zwar weismachen. Aber allen Unkenrufen zum Trotz läßt sich Erotik nicht allein am Aussehen festmachen. Sonst hätten die allermeisten Menschen auf diesem Planeten niemals Sex.

Das eigentliche Problem ist wohl, daß die beiden Jünglinge sich selbst nichts zutrauen. Und diese Einstellung, nicht an sich zu glauben, ist es, die abschreckend wirkt auf die Objekte ihrer Begierde.

Aber es gibt durchaus eine Möglichkeit, sich diesen Abschluß ihrer Jugend in ihr persönliches Jugend-Abschluß-Zeugnis zu holen. Einen Ort, wo es jeder noch so heruntergekommene Verlierer zu einem einmaligen Erlebnis bringen kann. Oder auch zu einem mehrmaligen. Ein Ort, der in einer der Geschichten des Wirts eine Rolle gespielt hat. Zwar liegt dieser Ort in der Geschichte des Wirts in Frankreich, aber hierzulande gibt es ebenfalls solche Orte, wo man Sex als schnöde Dienstleistung begreift und gegen noch schnöderes Entgelt jedermann in die süßen Höhen körperlicher Liebe katapultiert.

Charly hat von solch einem Ort gehört. Er liegt unweit seiner Wohnung in einem öden Gewerbegebiet, zwischen einer heruntergewirtschafteten Fabrik für Blechverarbeitung und einem Möbelhaus, das billige Preßspan-Ungetüme vertreibt und auch danach aussieht. Also bringt Charly eines Tages diesen Ort zur Sprache, leise und auf den Billardtisch gestützt. Der Doc hat gleich Interesse an diesem Vorhaben, allein, wie würde man die Frage mit dem Entgelt lösen? Schade, daß man bei Herrn Wiese nicht daran gedacht hat, die Bargeldbestände zu überprüfen, der braucht sein Geld weiß Gott nicht mehr. Ersparnisse haben die beiden nicht. Also ersinnt man den Plan, seine Alten hier und da um ein klein wenig Bares zu erleichtern, nicht viel, aber das würde sich im Laufe der Zeit summieren.

Hauptsache, die merken nichts.

Leider geht diese Taktik nicht auf. Zum einen wird der Doc gleich beim zweiten Griff in die Kasse ertappt und erntet schlimme Worte und noch schlimmere Prügel. Zum anderen befinden sich in den Haushaltskassen beider Familien keine Unsummen, weshalb es Wochen oder gar Monate gedauert hätte, sich den Eintritt ins sexuelle Paradies zu erstehlen. Also ändert man die Vorgehensweise und geht den Weg, den alle gehen, wenn sie vom rechten Wege abkommen wollen: Sie trennten sich von allerhand elektronischem Schnickschnack, den sie im Laufe der Zeit zu Geburtstagen und Weihnachten geschenkt bekommen haben. Sie nehmen so einiges an überflüssigen Gerätschaften unter den Arm und suchen den örtlichen Pfandleiher auf. Ein gedrungener Mann mit Halbglatze, einer Lederjacke und einem türkisch anmutenden Namen. Dieser ist gewohnt, daß sich bei ihm vor allem Drogensüchtige ihres Diebesgutes entledigen, um flüssig zu werden für Substanzen, die sie sich in die Venen verabreichen wollen. Wenn einer dreimal die Woche mit einem Radio kommt und jedes Mal erklärt, das habe er nagelneu von seiner Großmutter geerbt, dann kommt ihm das schon von Berufs wegen kein bißchen merkwürdig vor. Wenn einer mehrmals im Monat dasselbe Modell einer Spielekonsole auf seine Verkaufstheke legt, dann hegt er dennoch keinerlei Verdacht hinsichtlich der Herkunft der Sore. Kein noch so abgerissener Kleinganove erregt sein Mißtrauen.

Hauptsache, die Kasse stimmt.

Also stellt er keine Fragen, als die beiden schüchtern seinen Laden betreten. Die stellt er erst, als er feststellt, daß die Sachen allesamt nicht mehr neu und auch nicht mehr ganz auf dem aktuellen Stand sind: »Hey, was bringt Ihr mir da für Ladenhüter? Das ist hier ein Geschäft, kein Sperrmüll.«

»Aber die Sachen sind noch super in Schuß, wir haben gut auf sie aufgepaßt«, entgegnet Charly.

»Aber wie soll ich den Schrott verkaufen? Dafür kann ich Euch höchstens ... sagen wir: zweihundert geben, mehr ist nich' drin.«

Charly und der Doc, denen genau diese Summe vorschwebt, sehen sich kurz an. Der Doc will schon einschlagen, als Charly nur kühl vorschlägt: »Zweihundertfünfzig und wir sind im Geschäft.«

»Im Geschäft seid Ihr, aber in meinem. Mannomann, das hab ich auch noch nicht erlebt. Na gut, weil Ihr es seid: Zweihundertzwanzig und keinen Cent mehr.«

»Zweihundertdreißig und gut.«

»Mann, Ihr seid aber harte Brocken. Normalerweise kommen die Leute zu mir, ich sage den Preis und das war's. Ihr wollt mich voll ruinieren? Also gut, weil ich heute meinen sozialen Tag hab: Zweihundertfünfundzwanzig, aber das ist mein letztes Wort.«

»Einverstanden.«

»Deal. Und hier ist die Kohle. Aber hängt das bloß nicht an die Glocke, daß Ihr so viel rausgeholt habt, sonst kann ich dicht machen.«

Den Spruch bekommen all seine Kunden zu hören.

Charly und der Doc freuen sich über den sozialen Tag des Ladeninhabers, wobei dieser natürlich ebenfalls Grund zur Freude hat: Selbstverständlich kann er das Zeug gut verkaufen, notfalls über das Internet. Dort findet sich auch für den letzten Plunder noch jemand, der schon immer genau danach gesucht hat.

Also stecken die beiden die Geldscheine in ihre Hosentaschen und verlassen den Laden, um einen anderen Laden aufzusuchen, gar nicht weit davon entfernt. Aber es ist leider noch viel zu früh.

Die Öffnungszeiten des Etablissements sind eher auf die späten Abendstunden ausgelegt.

Und so haben sie Zeit, sich seelisch auf das vorzubereiten, was ihnen bevorsteht. Wo kann man das besser als in ihrer Stammkneipe? Dort können sie sich besser Mut antrinken und die Getränke mögen auch billiger sein als in der gehobenen Rotlichtszene. Die beiden finden sich an der Theke im »Hirschen« wieder, sehr zur Belustigung des Wirts, der auf eine Wiederbelebung des erstmaligen Erlebnisses tippt und damit gar nicht so falsch liegt. Also trinkt man Bier, linst in den Spiegel, sieht den Wirt an, der merkwürdig grinst und findet, daß heute die Zeit aber wirklich nur extrem langsam vergeht. Man darf sein Bier nicht zu schnell trinken, die Kohle soll anderswo verfeuert werden, nicht hier, wo man gewissermaßen nur parkt. Also nuckelt man an den Getränken, tauscht Blicke aus und beginnt, sich Gedanken darüber zu machen, welchen Typ Frauen man denn eigentlich bevorzugt. Blond? Oder doch rassiges Schwarz? Oder kann auch eine Blondine Rasse haben? Warum eigentlich nicht? Und was ist an Rothaarigen auszusetzen? Das kann doch ganz apart aussehen. Langes Haar? Oder kess und sportlich kurz? Große Titten? Oder doch die kleinen, die in die Hand passen? Total rasiert? Oder sündig mit wuscheligem Pelz?

Ja, die Qual der Wahl.

Und Robert, der Wirt, gibt seinen Senf dazu, spricht von den Vorzügen afrikanischer und asiatischer Frauen, von »kleinen Weibern«, bei denen »die schönen Dinge alle nahe beieinander« liegen und von »großen Schicksen«, die »dafür von den schönen Dingen viel mehr« haben. Kurz, man unterhält sich von Mann zu Mann über Dinge, von denen man, der Wirt eingeschlossen, keine Ahnung hat. Blödes Geschwafel von Männern, die einander imponieren wollen. Zoten wirbeln durch den Raum, Frauen werden zu wilden Bestien, die alle nur das eine im Sinn haben, was im Grunde aber genau umgekehrt nur die drei im Sinn haben. »Alles Schlampen außer Mutti«, wie eine grotesk verkürzte These des Machismo lautet. Dummes Gerede, mit dem man an jedem Stammtisch punkten kann. Aber auch nur dort.

Und so verfliegt die Zeit plötzlich wie im Flug, fast zu schnell.

Denn nun gibt es kein Zurück mehr und man muß sich seinen Ängsten stellen.

»W-w-wollen w-w-wir w-w-wirklich?«, fragt deshalb der Doc auf der Straße seinen Freund.

»Jetzt ziehen wir's auch durch. Du hast's ja gehört: Die warten auf uns. Und worauf warten wir? Also los.«

»N-n-na g-g-gut«, meint der Doc und bemerkt, wie sein Freund an seinem Drahtverhau im Gesicht spielt. Der ist nervös, denkt er. Dem geht auch die Muffe. Jemand hat ihm mal erzählt, daß es geradezu eine Leistung sei, mit einer Professionellen zu schlafen: »Das ist die schönste Frau, die du je gesehen hast und nun mußt du mit ihr schlafen. Gar nicht so einfach.«

Der Doc hat damals durchaus durchschaut, daß ihm sein Klassenkamerad diese schlichte Handlung noch als Heldentat verkaufen wollte, um sie auch vor sich schön zu reden.

Aber momentan ist er sich da gar nicht mehr so sicher.

Ihm werden die Knie weich.

»U-u-und w-w-wenn ich n-n-nicht k-k-kann?«

»Mensch, wir haben einen kaltgemacht. Und da wollen wir jetzt kneifen?«, fragt da Charly.

»N-n-niemals.«

»Also. Bangemachen gilt nicht. Außerdem sind das die schönsten Frauen, die du je gesehen hast.«

Das ist es ja, denkt der Doc, sagt es aber nicht laut. Was seine Klassenkameraden schon als Schulkinder geschafft haben, das würde er doch jetzt auch schaffen?

Und schon steht man vor dem stimmungsvoll beleuchteten Betrieb, dem das rote Licht ein wenig von seiner Schäbigkeit nimmt. Und nachdem man nochmal Luft geholt hat, klingelt Charly.

Geöffnet wird von einer wirklich atemberaubenden Dame in einem sehr knapp geschnittenen Bikini. Anders als in den Modemagazinen hat sie anscheinend extra ihre Schamhaare nach außen gebürstet, sodaß man sie deutlich links und rechts aus ihrem Allerheiligsten wegstehen sehen kann, das so heilig allerdings nicht ist. Der Doc und Charly wagen kaum hinzusehen. Sie mustern nur ganz verstohlen ihren wogenden Busen.

Sie hat ein Tattoo rund um den Bauchnabel.

Ihr Parfüm stinkt zum Himmel.

»Ihr seid wohl zum ersten Mal da, was?«

»Ja, wir ...«

»Kein Problem. Erledigen wir erstmal das Finanzielle. Das macht Fuchzig pro Schwanz. Darin enthalten sind zehn Minuten mit Gummi, Getränke gehen extra. Allerdings werdet Ihr nicht gerade auf dem Trockenen sitzen wollen, oder? Und eine Dame erwartet auch, daß man sie zu was einlädt, alles klar?«

Den beiden ist im Augenblick nichts klar, es ist ihnen, als liefe vor ihren jungfräulichen Augen ihr bisheriges Leben wie in einem Film ab. Merkwürdigerweise fallen ihnen unbedeutende Begebenheiten aus ihrer Kindheit wieder ein. Charlys Mutter tanzt mit engem Bikini und Speckröllchen peinlicherweise am Strand herum, während der echte Vater des Docs seiner Mutter zu Weihnachten rosa Reizwäsche schenkt mit den Worten: »Daß der Kahn wieder flott wird.«

Die eigenen Eltern haben Sex? Niemals.

Haben wir nicht einmal selbst.

Währenddessen finden sich die beiden an einer Bar wieder, inmitten einer Plüsch-Explosion. Kissen mit staubigen Fransen schlafen auf einer schäbigen Couch. Frauen in albernen Posen auf großformatigen Postern sind sogar noch schöner als die weiblichen Angestellten dieses ehrenwerten Hauses. In einer Ecke hängt ein Fernseher, der einen harten Porno zeigt, allerdings ohne Ton. Stattdessen läuft leise so etwas wie Fahrstuhlmusik, während an einem kleinen Tisch eine kleine Dame auf dem Schoß eines älteren Herrn sitzt und etwas Pinkfarbenes aus einem Champagnerglas schlürft. Das Licht ist gedämpft, es riecht nach schwerem Parfüm türkischer und Schweiß deutscher Machart.

Hinter der Bar räuspert sich eine Dame, die bereits bessere Zeiten erlebt hat und die beiden drehen sich zu ihr um. Rotes Haar, überdeutlicher Lidstrich, tiefes Dekolleté. Sie sieht die beiden erwartungsvoll an und Charly sagt, wie in Trance: »Zwei Bier, bitte.« Zur Sicherheit ergänzt er: »Kleine, bitte.«

Die Dame setzt ein grimmiges Lächeln auf und flötet: »Das könnt Ihr gleich haben. Zuerst darf ich dann mal zur Kasse bitten.«

»Und wo ist die Kasse?«, fragt Charly.

»Wo die ist? Na, hier. Das macht Hundert.«

»Hundert? Aber ich dachte: Fünfzig.«

»Ja, aber ihr seid doch wohl zu zweit.«

Charly schlägt sich vor die Stirn: »Ach, klar, natürlich.«

Und er zieht das Bündel Geld aus der Tasche und zählt die gewünschte Summe auf den Tresen. Immer das Gleiche, denkt die Dame. Sicher von ihren Vätern hierher geschickt, daß sie auch mal sehen, wo der Frosch die Locken hat. Diese Jugend, wie soll das nur weitergehen mit der Menschheit, wenn man mit Zwanzig noch nicht mal richtig gevögelt hat. Ich selbst bin mit Fünfzehn entjungfert worden. Und da war ich noch spät dran.

Meine Mutter war mit Fünfzehn schon mit mir schwanger.

Sie krallt sich das Geld und verzieht sich hinter eine Nische, die durch einen Perlenvorhang vom Gastraum abgetrennt ist. Da kommt die Empfangsdame und fragt: »Wer will zuerst?«

»Sie?«, fragt Charly.

»Ja, die anderen haben gerade zu tun. Also, wer von euch will mich jetzt ficken?«

Charly und der Doc sehen sich an.

»So lange kann ich nicht warten«, sagt die Schöne im Bikini und greift sich Charlys Hand. Der läßt sich widerstandslos aus dem Gastraum führen, durch einen kleinen, dunklen Flur in ein Zimmer, in dem nur ein Bett und ein kleiner Nachttisch stehen. Er sieht sich kurz um, als interessiere er sich für die Einrichtung, will in Wahrheit aber nur Zeit gewinnen. Als er seinen Blick wieder auf die Dame richtet, ist diese bereits nackt. Sie geht zu dem Nachtkästchen und nimmt etwas aus einer Schale. Dann geht sie zu Charly und drückt es ihm in die Hand. Dieser sieht sie an, anstatt auf das runde, weiche Etwas zu blicken, das nun auf seiner Hand liegt.

»Na, was ist? Runter mit den Klamotten.«

Charly dreht sich zur Wand und nestelt an seiner Kleidung, zieht sich erst das T-Shirt über den Kopf, wobei es sich zunächst hartnäckig an einem seiner Piercings verfängt. Schließlich kann sich Charly davon befreien, reißt ein Loch in den Stoff und wirft es einfach auf den Boden. Er öffnet seine Hose und läßt sie einfach an seinen Beinen hinuntergleiten. Charly steigt aus den Hosenbeinen und dreht sich um. Die Dame liegt mit gespreizten Beinen auf dem Bett und schaut zur Decke. Er kann ihr Geschlecht sehen und ist eingeschüchtert und erregt zugleich. Also schiebt er auch seine Unterhose an sich hinunter und steht nur noch in Socken da. Mit dem Mute der Verzweiflung geht er auf das Bett zu.

Sein steifes Glied wiegt sich im Takt der Schritte.

»Erst den Präser«, befiehlt die Dame und Charly versucht, die Umhüllung des Kondoms abzubekommen, das er immer noch in seiner Hand hält. Diese ist hartnäckig, will nicht so recht wie er im Grunde auch nicht so recht will. Schließlich findet er die Sollbruchstelle und zerteilt mit Schwung die Plastik-Verpackung in zwei Teile, wobei das Präservativ zu Boden fällt. Er geht in die Knie und fingert auf dem Teppich herum. Zwar ist es im Zimmer schummrig, aber er ertastet es rasch und hebt es auf. Angesichts dieser ganzen mechanischen Handlungen hat Charly ganz vergessen, Angst davor zu haben, seinen Mann nicht stehen zu können. Aber angesichts der entblößten Scham der Dame auf dem Bett ist sein Penis immer noch riesengroß. Nach einigen Versuchen hat er sich die Gummihaut übergezogen und legt sich neben die Dame. Diese setzt sich mit professioneller Gelassenheit auf den Jüngling, das Glied in der Hand. Gewohnt, auf diese Art den Geschlechtsverkehr vorzutäuschen, fängt sie an zu stöhnen.

Und ein paar Stöße später kommt es Charly, das erste Mal, wie er denkt, in einer echten Frau.

Jedenfalls ist es das erste Mal in einer Hand, die nicht seine eigene ist.

»Du warst echt geil, Mann. Können wir gerne mal wiederholen«, sagt die Dame, ganz Dienstleistungsfachkraft, und steigt von ihm herunter. Diese Worte gehen Charly runter wie Öl. Und er will wissen: »Waren Sie auch da?«

»Klar, wie gesagt: War geil.« Solche Kunden würde sie sich öfter wünschen, nicht diese Ochsentour mit den geilen, alten Böcken, die dann aber nicht abspritzen können, wenn es darauf ankommt.

Dicke Brieftasche, aber der Johannes macht sich im entscheidenden Moment dünne.

Charly zieht sich an und ein wunderbar warmes Glücksgefühl durchzieht ihn. Jetzt bin ich auch ein

Mann, aber was für einer. Jetzt kann er dem Wirt eine Geschichte erzählen. Obwohl, das würde er lieber sein lassen. Der denkt doch, Charly hätte schon längst seine Jungfräulichkeit verloren. Wobei: Vielleicht kann man die Geschichte ein wenig aufhübschen, wenn man sie weitererzählt. Immerhin ist der Wirt ein echter Mann von Welt. Um dem zu imponieren, muß man sich schon ein wenig Mühe geben.

»Ich geh dann mal«, sagt Charly beim Rausgehen, ganz locker und lässig.
»Klar. Und sag deinem Freund, er kann jetzt ficken kommen.«
»Sag ich ihm. Und ...«
»Und was?«
»Sie waren auch gut. Wollte ich nur sagen.«
»Danke.«

Mann, der ist ja putzig, geradezu rührend.

Dann sitzt Charly an der Bar. Allein, denn sein Freund ist gerade anderweitig beschäftigt. Der Doc hat sich schon ausgiebig beim Anblick des gezeigten Films angewärmt und sucht nun mit einem gewissen Druck das Zimmer mit der Empfangsdame auf. Sie liegt noch auf dem Bett, in Erwartung leichter Arbeit. Der Doc stellt sich in die Ecke des Raumes, mit dem Rücken zum Bett und schält sich aus seiner Kleidung. Mist, vielleicht hätte er doch frische Unterwäsche anziehen sollen. Aber dafür ist es jetzt zu spät. Hat sie die Unterhose gesehen? Er dreht sich nach ihr um. Nein, sie liegt da wie ein halbes Hähnchen und schaut zur Decke. Zögerlich geht er auf sei zu. Und er entpuppt sich als noch einfacher zu befriedigen als Charly. Er schafft es nicht einmal in die Hand der Dame, er ejakuliert schon beim Überstreifen des Kondoms.

Immerhin hat er einmal eine echte Frau nackt gesehen und hat auch das billige Vergnügen gehabt, zum Preis eines Orgasmus' mit Gummi einen solchen ohne Gummi gehabt zu haben.

Charly aber ist mit sich und seiner Welt wieder im Reinen. Und so schaut er sich im Raum um. Ein paar Damen sind wohl gerade frei geworden und sehen auch sehr freizügig aus. Sogar eine mollige ist dabei, mit Gesichtspiercings, was Charly besonders anspricht. Eine der Damen gähnt mit offenem Mund, eine andere wippt mit ihren mörderisch hohen Absätzen unter dem Barhocker. Der Porno scheint aus einer Endlosschleife zu stammen. Die Fahrstuhlmusik nimmt man nach einiger Zeit nicht mehr wahr. Er sieht, wie der ältere Mann mit der Dame von vorhin, die nun nicht mehr auf seinem Schoß sitzt, in Streit gerät. Um was es geht, versteht er nicht, weil Englisch geredet wird, aber er sieht das Frauenzimmer wild gestikulieren. Er sieht, wie die ältere Dame auf die beiden zugeht und den Mann anbrüllt, diesmal auf Deutsch. Er bekommt mit, daß der Mann nicht zahlen will und ihm die Rechnung mit nur einer Flasche Schampus ganz ohne Austausch von sonstigen Flüssigkeiten offenbar zu hoch erscheint. Und er kann sehen, wie sich der Mann offenbar weder von der geballten Sexualität der jungen, noch von der geballten Stimmkraft der älteren Dame bändigen läßt und beide wegschubst. Und Charly sieht sich selbst, als sei er nicht mehr in seinem eigenen Körper, er sieht sich aufstehen und zu dem lauten Dreier hinübergehen. Mit seinem neuen Selbstbewußtsein sieht er sich selbst, wie er den älteren Mann am Kragen packt und erst einmal kräftig durchschüttelt. Dies nutzt die ältere Dame, um dem Gebeutelten in die Innenseite seines Jacketts zu fassen und ihm den Geldbeutel zu entnehmen. Diesen öffnet sie und entnimmt ihm ein Bündel Geldscheine, ohne sich lange damit aufzuhalten, diese auch noch zu zählen. Das Portemonnaie bugsiert sie anschließend zurück an seinen angestammten Platz. Dann gibt sie Charly ein Zeichen mit dem Daumen und geht Richtung Ausgang. Charly hält den Mann immer noch am Kragen und zieht ihn Richtung Tür. Diese hat die Dame bereits geöffnet und Charly schiebt den verdutzten Mann nach draußen, wo er ihn losläßt.

Der Mann glotzt nur blöd, der hat den dicken Typen mit den Piercings eigentlich für einen Kunden gehalten.
Aber klar, so laufen nur Zuhälter herum.

Und schon findet sich Charly mit der älteren Dame allein im Flur wieder. Diese sieht ihn anerkennend an. Charly vermutet, daß ihr auch imponiert hat, wieviel Spaß er gerade einer ihrer Angestellten bereitet hat. Die ältere Dame aber hat etwas anderes im Sinn. Tatsächlich hat sie vor kurzem einen männlichen Angestellten verloren, der in etwa die Aufgabe gehabt hat, die Charly gerade erledigt hat. Wenn sich nämlich genügend Alkohol in den Mägen und Lust in den Köpfen so mancher Männer befinden, bauen sich Kräfte auf, gegen die es gegebenenfalls mit roher Gewalt entgegenzuhalten gilt. Männer neigen gerade in dieser schwülstigen Atmosphäre dazu, jeglichen Anflug von Gedanken an Emanzipation und Zivilisation im Keime zu ersticken. Frauen sollen höchstens mal ein erigiertes Glied in den Mund, aber ansonsten diesen nicht allzu voll nehmen. Wenn sie aber dieses Weltbild angesichts der Rechnung allzu ernst nehmen, ist es zuweilen notwendig, sie beim Gang an die frische Luft freundlich, aber bestimmt zu begleiten.

Der ehemalige Angestellte hat von dieser Tätigkeit eine Menge verstanden.

Das war aber auch alles, von allem anderen verstand er herzlich wenig.

So hat er versucht, sich beruflich zu verändern und ein wenig in die Einbrecherbranche hineinzuschmecken. Just an seinem neuen Teilzeit-Arbeitsplatz ist er zu seiner Überraschung von ein paar Polizisten angetroffen worden. Er wohnt jetzt mit ein paar Arbeitskollegen in einem großen Gebäude, in dem sich die meisten Bewohner wünschen, sie

hätten lieber das Ausbrecher- als das Einbrecher-
gewerbe erlernt.

Daher ist die Stelle als Rausschmeißer gerade va-
kant geworden.

Die ältere Dame findet zwar Charlys Bierbauch erschreckend, aber genauso erschreckend würden
ihre Kunden den Drahtverhau in seinem Gesicht
finden. Er ist nicht gerade klein und hat gerade gezeigt, daß er zur rechten Zeit einen unangenehmen
Freier ins Freie verfrachten kann. Sein Anblick verheißt nichts Gutes und genau das ist es, was ein An-
gestellter mit dem von der älteren Dame gewünschten Bewerberprofil ausstrahlen soll. Auch der
dümmliche Gesichtsausdruck paßt wie die Faust
aufs Auge der schwierigeren Kunden. Zudem wirkt
Charly selbstsicher, jedenfalls jetzt, nachdem ihn
die Atmosphäre ihres Betriebes anscheinend an-
geheizt hat.

Und so fragt sie ihn: »Du brauchst nicht zufällig
'nen Job?«
Und Charly hört sich sagen, ohne zu zögern: »Klar,
warum nicht?«
Und er hört die Dame fragen: »Was kannst du
denn?«
Und Charly, mit der erstarkten Gewißheit, auch
mal an seine Grenzen gehen zu können, hört sich
selbst zu seinem eigenen Erstaunen antworten:
»Alles, ich kann alles. Was müßte ich denn genau
tun?«

»Na, du müßtest hier ein wenig aufpassen, daß die Gäste nicht frech werden, daß sie löhnen und keinen Streß machen. Die Bullen wollen wir hier nicht, wir sind unsere eigenen Bullen. So manche hochgestellte Persönlichkeit verkehrt hier, da brauchen wir keinen, der schnüffelt.«

»Und was wäre da für mich drin?«, fragt Charly mit einem Ton, als wäre er genau der, für den die Dame ihn offenbar hält.

»Na, einen Fuffi am Tag und vielleicht ein paar kleine Extras.« Wobei sie bewußt offen läßt, was genau unter »Extras« zu verstehen ist. Wenn Charly ihr Mann ist, weiß er schon, was er als Nebenleistungen zu erwarten hat.

Wie aus der Pistole geschossen kommt es aus Charly heraus: »Ich bin ihr Mann.«

Sie geben sich die Hand. Etwas Schriftliches kann ich wohl kaum erwarten, denkt Charly bei sich. Muß ich das dem Arbeitsamt melden?

Oder kann ich die Soziokohle weiter kassieren?

Wenn's mal läuft, denkt er sich und begleitet die Dame zu seinem neuen Arbeitsplatz. Dort sitzt nur noch ein einziger Kunde, den Charly allerdings gut kennt: Es ist der Doc, der so aussieht, als ob er gute Laune hätte. Zumindest sieht dieser wiederum seinen Freund bis über alle Ohren grinsen, weswegen der Doc sich nicht die Blöße geben will, daß sich sein erstes Mal im ganzen Zimmer verteilt hat. Also setzt er ein Lächeln auf, das signalisieren soll, auch er habe Grund zum Strahlen.

Das Lachen vergeht ihm aber gleich, als Charly ihm Neuigkeiten mitteilt, an die keiner der beiden auch nur im Traum gedacht hätte. Daß er jetzt öfter hierher kommt und dafür sogar noch Geld bekommt.

Mann, muß der gut gewesen sein, denkt der Doc bei sich. Laut aber sagt er: »Und was wird dann aus mir?«

Darauf weiß Charly allerdings auch keine Antwort.

6. Angeber

In diesem Kapitel läßt sich einer zu einer Äußerung hinrei-
ßen, die er besser für sich behalten hätte

Geteiltes Leid ist halbes Leid. So kann man eine
Phase der Krankheit, der Schwäche oder auch der
Arbeitslosigkeit leichter ertragen, wenn man sie zu
zweit erleidet. Jemand, der sich in derselben Situation befindet, kann einen Teil des Leidensdrucks
von einem nehmen. Während sich Zeitgenossen,
die sich nicht in einer derartigen Lage befinden, die
Befindlichkeiten der armen Geplagten kaum wirklich nachvollziehen können, hat ein Leidensgenos-
se dieselben Probleme, dieselben Ängste, denselben Grad an Hilflosigkeit angesichts des bösen
Schicksals, das einen so unbarmherzig beutelt.

Wir sind zwar in einer beschissenen Lage, aber immerhin in derselben.

Auf dieser Basis funktioniert die Symbiose zwischen dem Charly und dem Doc. Alle in ihrer Umgebung halten sie im Grunde für völlige Versager,
arbeitslos und unfähig und auch nicht willens, sich
aus dieser Misere zu befreien. Nieten, auf denen jeder herumtrampelt. Denen nie jemand anerkennend auf die Schulter klopft: Gut gemacht. Sie bekommen nie Dankbarkeit zu spüren, nie eine Auf-
munterung. Aber die beiden geben sich gegenseitig
Kraft. Einer ist dem anderen Beispiel dafür, daß sie

nicht allein und auch nicht allein an ihrer Situation schuld sind.

Jedenfalls können sie sich das wechselseitig versichern.

Sie sind ohne ihr Zutun zum Spielball des wütenden Geschicks geworden.

Wer weiß aber, ob sie sich mit ihrem Zutun überhaupt in das Spiel eingemischt hätten.

Jedenfalls gibt es da immer noch jemanden, den es genauso hart getroffen hat. Der sich auch gegen die Pfeile und Speere des Schicksals wappnet, indem er die häufigste Taktik in solchen Fällen anwendet, die alle Verlierer nutzen: Schlichtweg alles zu ignorieren, was einem unangenehm vorkommt. Wegzuschauen, wenn einem sein schweres Los mit zittriger Hand großbuchstabige Zeichen an die Wand schreibt. Nur die Achseln zu zucken, wenn viele Fingerzeige darauf deuten, was die Lösung der mißlichen Lage sein könnte. Wenn einem jemand sagt, man solle sich halt Arbeit suchen, dann geht man am besten zum Computer und spielt den Helden, der man im wirklichen Leben niemals sein würde. Wenn man kein Geld mehr hat, weil man keines verdient, dann sucht man sich freundliche Mitmenschen, die einem welches aus dem Einkommen leihen, das sie durch mehr oder weniger ehrliche Arbeit verdient haben. Wenn man keines bekommt, dann sucht man die Automaten nach verlorenem Geld ab oder die Mülltonnen nach Pfandflaschen. Oder man klaut etwas, was man sich im

Kaufhaus unter den Arm klemmen kann und bringt es ins Pfandhaus. Wenn einem die Decke zu Hause auf den gelangweilten Kopf fällt, dann zieht man los, um in einer Kneipe mit einem großzügigen Wirt ein wenig der Enge seiner Gedanken zu entfliehen.

Dann steht man Seite an Seite am grünen Tisch und tut nichts, als Kugeln zu versenken und im Nichts eines inhaltsleeren Tages zu versinken.

Nun aber steht Charly Abend für Abend im Gewerbegebiet seinen Mann und lernt, die Gläser halbwegs zufriedenstellend zu spülen. Zwar sind sie nur leidlich sauber, was aber angesichts der Zielvorstellung der Kunden und des schummrigen Lichts an Charlys erster Arbeitsstelle kaum jemals jemand rügen würde. Höchstens die Herren vom Ordnungsamt, aber es ist bisher immer gelungen, auch diese höchst zufriedenzustellen. Charly wischt die Zimmer aus, wenn diese weniger frequentiert werden, leert die Aschenbecher und Müllkörbe. Er holt den Damen etwas aus den umliegenden Schnellimbissen zu essen. Er wechselt Glühbirnen und hilft auch dem einen oder anderen Gast, sich an die gute Erziehung zu erinnern, die mancher Kunde in seiner großbürgerlichen Jugend zwar ausreichend genossen hat, aber angesichts der Rechnung zuweilen vergißt.

Gute Kunden kommen ins Paradies, schlechte Kunden werden aus diesem rabiat hinausbegleitet.

Manchmal hilft es schon, wenn sich Charly vor einem Mann in Unterhosen aufbaut, die Arme vor der Brust gekreuzt. Die Arme in Brezelstellung, ein mächtiger Bauch und Blech im Gesicht, dieser Anblick ist zuweilen Anstoß genug, daß der Gast keinen Ärger macht.

Der Mensch wächst mit seinen Aufgaben. Und Charly wächst. Und sein Selbstbewußtsein mit ihm. Hier ist er erwünscht, hier ist er jemand. Hier verläßt man sich auf seine Hilfe, hier findet er Anerkennung und so etwas wie Freundschaft. Zwar ist die Ehrfurcht gegenüber der einen oder anderen Dame und auch die Unterdrückung eines ständig latenten Sexualtriebs zunächst schwer in den Griff zu bekommen. Wenn man sich aber erst einmal an einen Zustand gewöhnt, dann freundet man sich mit ihm an, dann wogen die Brüste nicht mehr derart aufsehenerregend, dann klingt das permanente Gestöhne vorgetäuschter Lust nicht mehr allzu exotisch. Das ist in etwa so, als würde man direkt unter den Niagara-Fällen wohnen. Zuerst kann man an so etwas wie Schlaf gar nicht denken. Dann aber kann man irgendwann gut schlafen, ja, mehr noch: Ohne die ständige, unanständige Geräuschkulisse kann man nach einer gewissen Zeit kein Auge mehr zutun.

Ganz ohne eigenes Zutun.

Bei Charly tritt der Zustand ein, daß er nicht mehr zwischen Traum und Wirklichkeit unterscheiden kann. Er kann auch kaum mehr zwischen Tag und Nacht unterscheiden. Er läßt sich einfach fallen und geht in seiner neuen Tätigkeit auf. Er lebt gewissermaßen nur noch für seine Aufgabe, verbringt praktisch jede wache Minute dort, wo er nunmehr hingehört.

Ab und zu kann er sogar am Arbeitsplatz schlafen. Ab und zu legt sich sogar die eine oder andere Dame zu ihm. Vor allem die mollige hat es ihm angetan. Ihren echten Namen sagt sie ihm nicht, aber insgeheim nennt er sie »Charlene«. Das paßt doch zu seinem Spitznamen.

So ist er äußerlich und innerlich sehr beschäftigt.

Zeit für den Doc bleibt da nicht mehr viel.

Er hat zwar mal vorsichtig das Gespräch gegenüber seiner resoluten Chefin darauf gebracht, ob man hier nicht noch einen tüchtigen Arbeiter gebrauchen könnte. Aber dieser zaghafte Versuch, auch den Freund mit ins Boot zu holen, wird von der Puffmutter ohne Umschweife zurückgewiesen. Mit den rauen Worten, die in diesem Gewerbe nun einmal zum Umgangston gehören: »Scheiße, nein, nun schau erst mal, ob du den Scheiß hier packst, bevor du noch einen weiteren Scheißer hier anschleppst.«

Dieser fäkalen Eindeutigkeit hat Charly nichts entgegenzusetzen.

Und er bringt das Thema nicht noch einmal aufs Tapet.

Und so findet sich der Doc eins ums andere Mal alleine im »Hirschen« wieder, starrt stumm auf sein Bier und denkt im Grunde an nichts. Wenn, dann sinniert er darüber, wie es geschehen konnte, daß er sogar unter Verlierern nur zweiter Sieger wurde. Bei seinem ersten Besuch als übrig gebliebener Teil eines vormaligen Duos fragt der Wirt noch erstaunt: »Na, wo ist denn deine bessere Hälfte?«

Und der Doc hebt müde den Blick und sagt: »J-J-Job.«

»Wie meinen?«

»Na, d-d-der h-h-hat n' J-J-Job. W-w-willste's sch-sch-schriftlich h-h-haben?«

Die mündliche Auskunft genügt dem Wirt. Und so hakt er nicht weiter nach. Zwar hätte er zu gerne gewußt, wer solch einem Schwiegermutterschreck wie dem Charly mit all dem Metallverhau im Gesicht eine Arbeitsstelle gibt. Als Horrorgestalt in einer Geisterbahn? Als abschreckendes Beispiel für Schüler, die die Schule nicht ernst nehmen? Als Schein-Verlobter eines verwöhnten Millionärs-Töchterleins, das ihre Eltern mal richtig schocken und nebenbei davon überzeugen will, daß der braun gebrannte Tennislehrer doch keine so schlechte Wahl wäre?

Dahinter steckt sicher eine interessante Geschichte.

Allerdings eine, die Robert nicht kennt.

Und so stellt der Wirt seine Lauscher auf und hört sich um. Ihm kommt zu denselben, daß sich Charly doch tatsächlich ins »Paradies« eingeschlichen hat. Man munkelt, er sei dort so etwas wie der Rausschmeißer. Robert, der Wirt, auch nicht unerfahren mit renitenten Gästen, vergleicht im Geiste das Bild des armseligen Turnbeutelvergessers mit dem Klischeebild, das er von einem Ausputzer hat und findet herzlich wenig Gemeinsamkeiten. Wie hat es dieser verlauste Kerl nur geschafft, in die Nähe all dieser jungen, bildhübschen Liebesdienerinnen zu kommen? An einen Ort, an den zu gelangen andere Männer zahlen müssen; und das nicht zu knapp. Um dem Ganzen die Krone aufzusetzen, auch noch dafür Geld bekommt. Geld, das aus den Einnahmen der Damen stammt. Die Kunden zahlen also gewissermaßen für ihren eigenen Rauswurf, wenn dieser ansteht.

Nein, das muß man diesem verdammten Hurensohn lassen: Da hat er das große Los gezogen.

Robert, der Wirt, blickt auf das Häuflein Elend, das da nun allein vor ihm sitzt, das ohne Charly noch kläglicher aussieht und in ein halb volles Glas starrt, mit mittlerweile abgestandenem Inhalt. Stille liegt auf der Szene, auch wenn in der Ecke an einem Tisch ein alter Säufer sitzt, der die üble Angewohnheit hat, seine Fingerknochen knacken zu lassen, wenn ihm langweilig ist. Und ihm ist wohl gerade sehr langweilig. Also verbiegt er seine Finger, daß es laut durch die ganze Kneipe schallt. Ein unangenehmes Geräusch. Der Wirt sieht zu ihm hinüber und denkt: Sieht so die Zukunft des Docs aus? Ein einsames Bier in der Ecke und sich nicht anders bemerkbar machen können, als seinen Gelenken Geräusche zu entlocken? Ein Klang, der gleichermaßen unangenehm wie nervtötend ist und sich anhört, als leide der Verursacher hierbei unendliche Schmerzen.

Weh tut das allerdings nur in den Ohren.

Der Alte in der Ecke unterhält sich mit seinen Knochen, während es auch im Doc knackt, wenngleich nicht vernehmlich. Als wäre Sand in seinem Getriebe, läuft es in ihm nicht mehr rund, sein ganzes Leben scheint nun vollends aus den Fugen zu geraten. Hat ihm Charly noch so etwas wie Halt gegeben, bricht nun dieser einzige Fixpunkt, den es in seinem Dasein gegeben hat, völlig weg. Das Leben des Docs war nie im Gleichgewicht, nun gerät alles ins Wanken. Da bleibt ihm nichts anderes übrig, als sich in sein Bier zu verkriechen. Gerade jetzt, als alles gut zu laufen schien. Dieser Moment, als er mit Charly neben dem eben noch quicklebendigen Till Wiese gestanden hat und plötzlich dessen Beine aus dem Wasser geragt haben, da hat er sich seinerseits lebendig gefühlt, als wäre all das Leben und das Selbstwertgefühl des Badenden just in dem Augenblick des Todes in den Doc gefahren.

Und auch in den Tagen danach, da hat sich das Leben so gut angefühlt, da ist er schon morgens mit dem Gedanken aufgewacht, daß auch er seinen Platz hat, wenn nicht im großen Universum, dann doch in seinem kleinen Mikrokosmos. Angefüllt mit dem erregenden Gefühl, in die Biographie ei-

nes Menschen nachhaltig eingegriffen zu haben –
ja, der wichtigste Mensch für den Verstorbenen am
Ende seines irdischen Daseins gewesen zu sein,
ohne daß dieser auch nur irgendetwas geahnt hat,
als er da so frech wie Oskar in seiner Wanne saß –
ist ihm das Leben wieder lebenswert, aufregend,
bunt und fühlbar erschienen. Vorher taub geworden in der täglichen Routine des Zeit Totschlagens,
hat man nun auf sich aufmerksam gemacht, hat etwas totgeschlagen oder besser gesagt: ertränkt und
kann nun wieder den Puls der Zeit hören.
Und fühlt wieder den eigenen Herzschlag, als wenn
man doch noch lebe.

Man ist noch da, ist noch nicht abgeschrieben.

Aber es ist auch wichtig, hierbei in Charlys Gesicht
zu sehen und in diesem zu lesen, was einem selbst
im Kopf herum geht. Nein, nicht geht: Es läuft,
springt, tanzt. Charly weiß, was los ist. Sonst weiß
das niemand auf der ganzen, einsamen Welt. Und
der Doc kann schlecht sonst jemandem erzählen,
was sie beide zusammen getan haben. Man sitzt
nebeneinander und kann die Gedanken des anderen geradezu hören und sich daran weiden, daß
man solch einen Mitwisser an seiner Seite weiß.
Sich ohne Worte darüber verstehen, was ohnehin
unaussprechlich ist.

Aber nun ist Charly nicht da, ist nie da, hat keine
Zeit für den Doc. Ist immer in diesem Bordell, ein
bloßer Handlanger, der für Ordnung sorgt, eine

bessere Putzfrau, nein: ein Putzmann, der die Müll-
eimer entleert, ist nur noch bei der Arbeit rund um
die Uhr, während der Doc alleine dasitzt und sich
auch so fühlt. Einsam auf sein Bier zu starren, das
ist nicht abendfüllend, das fühlt sich nicht lebendig
an. Das ist nur ein Warten auf etwas, von dem man
sicher sein kann, daß es niemals eintrifft. Nur die
Zeit vergeht, aber sehr langsam, während der
Schaum vom Gerstensaft verschwindet.
Verschwindet wie man selbst.

Als sähe man Farbe beim Verblassen zu.

Der Doc fühlt sich zunehmend leer. Früher hat er
auch Leere gespürt, aber durch die Anwesenheit
Charlys hat der Doc dieses Gefühl nicht an sich he-
rangelassen. Auch ist da etwas, tief in seiner Seele,
was sich der Alleingelassene aber niemals eingestehen würde: Da gibt es so etwas wie Wut, Ärger,
Zorn darüber, daß Charly eine bezahlte Stelle gefunden, sich aus dem Sumpf befreit hat und nun
dazugehört zu denen, die von niemandem abhängig sind, die nach Hause kommen und etwas
durch ihrer Hände Arbeit selbst verdient haben.
Die nicht ihre Mutter anbetteln müssen, wenn sie
sich mal eine Halbe in ihrem Stammlokal genehmigen wollen. Da ist die Eifersucht und auch, ja: der
Neid, der am Doc nagt.
Das schale Getränk vor ihm hebt seine Stimmung
nicht übermäßig.

Er ist an einem Tiefpunkt angelangt.

Der Wirt, gewohnt, atmosphärische Stimmungen intuitiv zu erfassen, findet es an der Zeit, ein kleines Gespräch über was auch immer anzuzetteln, um den traurigen, jungen Mann ein wenig aufzumuntern. Aber worüber? Klar, daß das Thema Frauen unangebracht wäre, so niedergeschlagen, wie das Häuflein Elend da ihm gegenüber sitzt. Denn diese Art Blick verheißt Liebeskummer, etwas anderes kommt dem Wirt auch nicht in den Sinn. Daß der Doc alleine hier ist, ohne seine bessere Hälfte, dieses Piercing-Monster namens Charly, das kann nur bedeuten, daß man sich überworfen hat. Und das kann nur wegen einer Frau gewesen sein, das ist doch klar. Also gilt es zu vermeiden, über Frauen oder etwas über Charly oder was mit ihm zusammenhing zu reden. Aber was kann man erzählen, wenn doch alles, was er vom Doc und dessen Leben weiß, auch mit Charly zu tun hat?

Smalltalk ist die Kunst, heiße Luft zu verbreiten, ohne heiße Eisen anzutasten.

Aber hat er da nicht neulich gelesen, daß sich da jemand, ganz in der Nähe, selbst getötet hat? Ein Gast hat ihm sogar eine phantastische Geschichte dazu aufgetischt. Natürlich ist das alles erstunken und erlogen, so etwas kann niemals passieren. Aber als Thema für ein belangloses Schwätzchen ist es allemal geeignet, den Doc ein wenig aus seiner Lethargie zu reißen.
Also setzt er an: »Hast du schon gehört? Also, da soll sich so ein Typ, na, den kenn ich sogar, den

kennt Ihr, ich meine: du doch auch, der hat Euch doch mal ‚Nichtstuer‘ genannt, erinnerst du Dich? ... Nicht? ... Na, egal, der ist oft hier, naja: der war oft hier, hat sich ein Pils reingepfiffen und ist dann ab nach Hause. Der war aus dem Osten, hat er mir mal erzählt, aus der Gegend von Potsdam, wo immer das liegen mag. Na, wie dem auch sei, der legt sich also in die Wanne, mit einer Flasche Hochprozentigem, wie es heißt.«

Bier, denkt der Doc, der die Geschichte mit einem gewissen Herzklopfen verfolgt, es war Bier. Mann, der erzählt mir, ausgerechnet mir, der ich besser weiß als alle Menschen auf dieser Welt, was geschehen ist, also, der erzählt mir, ausgerechnet mir, was ich und Charly getan haben.
Und er fühlt, wie ihm heiß wird.

Ich habe sein Interesse, der versucht es zu verbergen, aber ich habe ihn, denkt der Wirt und fährt fort: »Na, der war vermutlich schon so ein wenig angedudelt und schläft wohl in der Wanne ein.«

Von wegen eingeschlafen, denkt der Doc und hätte am liebsten hinausgeschrien, wie es wirklich war. Wenn man sich allein fühlt, dann will man auch etwas zu erzählen haben. Aber er kann sich gerade noch zurückhalten.

»Na, und das heiße Wasser läuft und läuft. Bis er hinüber ist, ertrunken oder der Kreislauf, wie auch immer. Jedenfalls dauerte es mehrere Wochen, bis der gefunden wurde.«

So lange, denkt der Doc und wundert sich, daß den Verstorbenen über lange Zeit niemand vermisst hat.

»Und was soll ich dir sagen: Der war richtig gekocht, das hat mir der Dings erzählt, der, naja, wie der auch immer heißt, der ist dort Hausmeister. Also, der ist von einem Monteur von den Stadtwerken gefragt worden, ob in dem Haus ein Rohr gebrochen ist oder so. Also haben sie gesucht und im Keller war nichts. Dann sind sie hoch, der Monteur wollte nicht, aber der Hausmeister hat darauf bestanden, komisch, ist sonst gar keiner von der überkorrekten Sorte. Der hebt eigentlich nicht die Hand, wenn man einen Freiwilligen sucht, wenn du verstehst, was ich meine. Wie auch immer, im obersten Stock, also, da haben sie dann Wasser rauschen hören.«

Im ersten Stock, du Dummkopf, rumort es im Doc und er wäre am liebsten aufgesprungen und hätte allen Anwesenden ins Gesicht gebrüllt, wie es wirklich war.

Die Geschichte packt ihn, denkt der Wirt zufrieden und redet sich jetzt so richtig in Fahrt: »Der Hausmeister denkt sofort: Da ist etwas nicht in Ordnung und bricht kurzerhand die Tür auf. Der Monteur hatte noch Bedenken, aber er nimmt seinen

Schraubenzieher, am Schloß angesetzt und einmal fest gedrückt und die Tür springt auf. Da kommen die Nebelschwaden durch die Tür, dem Monteur wird gleich schlecht. Aber der Hausmeister geht rein und findet den oder was von ihm übrig geblieben ist in der Wanne. Das Wasser läuft immer noch. Der ist natürlich tot, mausetot. Das war wohl einfach ein Unfall. War einfach Pech. Aber schon ziemliches Pech.«

Wenn du wüßtest, denkt der Doc. Dir würde glatt die Kinnlade runterfallen.

Aber der Wirt behält sein Kinn im Zaum und fährt fort: »Die Polizei lobt dann den Hausmeister noch, weil er so mutig war, das muß fürchterlich gerochen haben, wie Nudelsuppe, nur eben nicht mit Nudeln, sondern mit dem Typ, ach, ja, der hieß ‚Mark‘, den kennst du doch auch, nicht wahr? Der immer gesagt hat: ‚Gib mir mal 'ne Mark‘, weil das der Penner immer gefragt hat, also, dieser Penner vom Bahnhof, nee, der lebt schon lange nicht mehr. Der soll sich totgesoffen haben, habe ich gehört. Ist nach einem Saufgelage unter seiner Brücke einfach umgefallen und war hin. Den kannte ich sogar, der war früher mal Rechtsanwalt, unglaublich, was? Aber hat die Finger nicht vom Alkohol lassen können. Egal, das hat den Mark tierisch aufgeregt, der hat das immer gesagt, daß ihn das so genervt hat. Da hatte er seinen Spitznamen weg. Den kennst du doch, den Mark, oder?«

Der Doc nickt. Und wie ich den kenne. Aber das werde ich dir nicht auf die Säufernase binden.

»Den kenne ich gut, den Mark«, schallt es da von der Seite. Und zwar von dem Alten, der immer mit den Fingern knackt. »Ihr habt ja alle keine Ahnung.«

»Aber du, du kennst dich aus, was?«, spöttelt der Wirt, den dieser Einwurf ärgert.

»Jawohl«, gibt der Alte zurück.

»D-d-du h-h-hast d-d-doch k-k-keinen Sch-Sch-Schimmer«, wirft der Doc ein. Daß sich auch noch der Dämlack aus der Ecke einmischt, das ist ihm dann doch zu viel.

»Aber du, was?«, kommt es vom Tisch des Gelenk-knackers.

»U-u-und ob.«

»So siehst du aus. Keine Ahnung von nichts, aber blöd daherreden.«

»Ich w-w-weiß z-z-zumindest, d-d-daß es kein Un-fall w-w-war.«

»Sondern?«

»M-M-Mord. Astreiner M-M-Mord.«

»Aha, und woher willst du das wissen?«

»D-d-das w-w-weiß ich eben.«

»Das ist doch Bullshit.«

»I-i-ist es n-n-nicht.«

»Warst du etwa dabei?«

»U-u-und w-w-wenn es s-s-so w-w-wäre?«, wird der Doc jetzt lauter und steht auf.

»Wie gesagt: Bullshit.«

»G-g-gar k-k-kein B-B- ...«

»Doch Bullshit. Du weißt rein gar nichts.«

»D-d-doch. W-w-weil ich ihn k-k-kaltgemacht h-h-habe!«, schreit der Doc jetzt und ballt beide Hände zur Faust, so fest, daß die Knöchel weiß anlaufen. Er erstarrt und blickt um sich.

Der Wirt versucht einen Scherz, indem er einwirft: »Kaltgemacht? Im heißen Wasser?«

Aber keiner achtet auf ihn.

Der Alte in der Ecke schaut auf die Fäuste des Doc, sieht, wie dessen Gesicht dunkelrot angelaufen ist und dann blickt er in seine Augen. Und da liegt etwas, was er nicht so recht deuten kann. Aber es macht ihm Angst, richtiggehend Angst.

Und der Alte verstummt und starrt wieder in sein Bierglas.

Oder tut jedenfalls so. Denn kurz lurt er noch einmal aus den Augenwinkeln nach dem Doc.

Aber so, daß dieser es nicht bemerkt.

Der Wirt schweigt. Er blickt auf den Doc. Er kann nicht recht deuten, was da gerade passiert ist. Aber auch er entdeckt etwas in Docs Gesichtsausdruck, was ihn erschreckt, ja schockiert. Da ist etwas, was er dem Jungspund nie zugetraut hätte, etwas Brutales, Gewalttätiges. Warum nur hat sich der Doc soeben plötzlich echauffiert? Warum ist er aus der Haut gefahren? Das sieht ihm gar nicht ähnlich. So hat der sich noch nie verhalten. Und was soll dieser Spruch von wegen, er hätte jemanden kaltgemacht?

Der kann doch keiner Fliege was zuleide tun. Wobei: Sicher kann man sich da angesichts dieses lautstarken Auftritts nicht mehr sein. Viel hat der doch gar nicht getrunken.

Irritiert läßt sich der Wirt hinter dem Tresen auf einen Hocker plumpsen. Und läßt die Arme sinken.

Der Doc aber denkt daran, daß er eben in aller Öffentlichkeit einen Mord gestanden hat und greift in seine Hosentasche. Er ist ganz zittrig. Sein Herz will ihm schier im Leib zerspringen. Ungeschickt zieht er einen Schein hervor, wobei auch noch einige Geldstücke zutage befördert werden, die über den Fußboden rollen. Ohne darauf zu achten, wirft der Doc das Papiergeld auf die Theke. Dann stapft er mit schnellen Schritten nach draußen, ohne sich nochmal umzusehen. Als wäre er auf der Flucht, als könnte er gar nicht schnell genug aus dem Lokal entfliehen. Er spürt die Blicke des Alten in der Ecke im Rücken.

Egal, Hauptsache raus hier.

Der Doc hat gar nicht ausgetrunken, sinniert der Wirt und läßt den Zehn-Euro-Schein entgegen seiner sonstigen Gepflogenheiten zunächst unberührt auf dem Tresen liegen. Komisch, das hat der noch nie getan: Ein halbes Bier stehen lassen. Und so viel Trinkgeld. Wohl doch nicht das richtige Thema, um ihn auf andere Gedanken zu bringen.

Höchstens auf dumme Ideen.

Der Alte in der Ecke indes beginnt wieder, seine
Finger zu verbiegen, wobei er verstohlen in Rich-
tung Theke blickt. Dabei wirkt er gedankenverlo-
ren.
Allerdings ist ihm gerade eine höchst interessante
Idee gekommen.

Damit sollte sich doch etwas anfangen lassen.

7. Anzeiger

In diesem Kapitel versucht sich einer als Verräter eines großen Geheimnisses

Jetzt sollten wir uns dem älteren Mitmenschen in der Ecke zuwenden. Da er in der weiteren Geschichte eine nicht unerhebliche Rolle spielen wird, sollten wir ihm auch einen Namen geben. Einen Namen, der zu ihm paßt.
Dafür müssen wir ein wenig seinen Charakter beleuchten.

Er gehört zu der Spezies, die nie die Leistung eines anderen würdigen können. Ihm gefällt nie etwas, was ein anderer vollbringt. Sei es Eifersucht, sei es, daß er an seine eigene Unzulänglichkeit erinnert wird, wenn der andere etwas erreicht, was ihm selbst nicht gelingen will, wenn der andere etwas zuwege bringt, was er selbst niemals schafft. Er hat in seinem Leben nicht viel auf die Reihe gebracht, ist in der Justiz beschäftigt gewesen, bis ihn eine chronische Krankheit in den vorzeitigen Ruhestand zwingt. Bei dieser Krankheit handelt es sich um ein Zipperlein, das sich in den Ohren seiner Zeitgenossen eher nach Ausrede für chronische Faulheit anhört als nach wirklichen Beschwerden: Rückenschmerzen.
Denn seit wann wäre ein Justizwachtmeister als Balletttänzer angestellt? Um morgens das Gericht aufzuschließen, mittags ein paar gerichtliche

Schreiben einzutüten und abends zu prüfen, ob man keinen bösen Buben auf der Toilette vergessen hat, hätte die Konstitution des Alten allemal ausgereicht. Wer weiß auch, welche körperlichen Anforderungen an Justizbedienstete in Form von Pflege der Gartenanlagen oder Schleppen der oftmals umfangreichen Aktenpakete gestellt werden. Sie schieben die Mülltonnen durch die Gegend, tragen schwere Möbelstücke umher, weil ständig das Personal wechselt und die Zimmer neu gestalten werden müssen. Und sie müssen ständig präsent sein, wenn wieder mal ein Drucker nicht druckt oder ein Rechner nicht rechnet.

Von gelegentlichen Auftritten als Wache, wenn Gefahr droht, gar nicht zu sprechen. Denn die Beschuldigten, von den Justizangehörigen zärtlich »Kunden« genannt, sind zuweilen störrisch, manchmal sogar aggressiv. Dann gilt es, mit Schlagstock und Uniform Präsenz zu zeigen. Meist genügt der Anblick der Staatsmacht, um Schlimmeres zu verhindern. Aber Handgreiflichkeiten sind schon vorgekommen, da muß ein Wachtmeister auch einmal hinlangen können.

Da muß man körperlich fit sein.

Dann darf man ab und zu einen Zeugen, der alternative Fakten bezeugt, in Gewahrsam nehmen und in die kleine Zelle im Keller sperren.

Aber die ständige Pflicht, sich für seine medizinisch begründete Frühpension rechtfertigen zu müssen, nagt doch sehr am ohnehin nicht übermäßig großen Selbstbewußtsein des Pensionärs nach dessen vorzeitigen Ausscheiden aus dem aktiven Dienst. Seine Reaktion ist eine Überkorrektheit in allem, was er tut und wahrnimmt. Das macht ihn nicht eben beliebt bei seinen Mitmenschen. Denn er zögert auch nicht, selbst kleine Vergehen gegen die Ordnung und Sauberkeit bei den zuständigen Behörden anzuzeigen.

Überraschenderweise erfreut das auch die Bediensteten der Behörden nicht übermäßig. Denn es erfordert erhebliche Mühe, der Anzeigenflut Herr zu werden. Von der Glaubwürdigkeit eines Sittenwächters, der die Gesetzesverstöße gleich bündelweise zu den Amtsstuben bringt, ganz zu schweigen. Diese Erbsenzählerei eines Mannes, der nun statt nur nach Feierabend rund um die Uhr den anderen im Wege sitzt und rechtsstaatliche Kommentare von sich gibt, hat nach fast zwanzig glücklichen, aber distanzierten Ehejahren seine Ehefrau aus der kleinen Drei-Zimmer-Wohnung getrieben. Was wiederum aufgrund der damit sich rapide verschlechternden Versorgungslage den Alten regelmäßig aus dem Haus treibt, geradewegs in die Stammkneipe an der Ecke.
Wo er vor einem Bier sitzt und seine Gelenke knacken läßt, so, als müßte er permanent prüfen, ob er überhaupt noch vorhanden ist. Oder er in seinem eher nicht erfolgreichen Verlauf seines bisherigen Lebens nicht selbst verloren gegangen wäre, ausgelöscht in der Sinnlosigkeit seines Daseins.

Die gnadenlose Inhaltslosigkeit des Alltags läßt einen Menschen schnell altern. Zudem spricht dieses unbeliebte Individuum einem weiterem Altersbeschleuniger tüchtig zu: Dem Alkohol. Und so sieht er mindestens zwanzig Jahre älter aus, als er tatsächlich ist. Das hat allerdings den Vorteil, daß er bald wirklich aussieht wie ein Rentner und sein Nichtstun nicht mehr erklären muß.

Wenn man ihn überhaupt wahrnimmt.

Welchen Namen trägt also solch ein Individuum, das die Lokale rund um uns frequentiert, in die die wenigsten von uns gehen würden? Leider muß ich Ihnen sagen, daß er tatsächlich ganz profan »Richard Horster« heißt, aber von allen nur »Horsti« genannt wird. Was manche Zeitgenossen zu der falschen Schlußfolgerung veranlaßt, er heiße »Horst«.

Und so wird er etwa vom Wirt auch gerufen.

Horsti hat ebenfalls von der fürchterlichen Geschichte des Herrn Wiese gehört. Und jetzt ist er Zeuge davon geworden, wie der Doc infolge Alkohols und Einsamkeit behauptet hat, er habe den Mark getötet. Was zur Folge hat, man ahnt es schon, daß, kaum hat der Doc schnellen Schritts die Lokalität verlassen, Richard Horster es plötzlich sehr eilig hat, die Zeche zu bezahlen und ebenfalls aus dem Lokal zu stürmen.

Er lenkt seine Schritte schnurstracks zur nächstgelegenen Polizeistation in der Gewißheit, daß die

Aussage, die er gleich machen würde, wie eine Bombe einschlüge. Er ist nicht zu borniert, um zu merken, daß seine häufigen Besuche auf der Polizeiwache dort auf ein eher gemischtes Echo stoßen. Aber diesmal nicht, diesmal würden sie ihm aus der Hand fressen, man würde ihm eingehend danken, daß er zur Aufklärung dieser Angelegenheit beigetragen hat. Der Polizeidirektor persönlich wird es sich nicht nehmen lassen, ihn für seine Aufmerksamkeit zu belobigen. Sie sind unser Mann der Stunde, wie können wir alle Ihnen nur danken. Nehmen Sie als Zeichen unserer tiefen Verbundenheit zumindest die Ehrenbürgerschaft der Stadt entgegen.

Händeschütteln, Applaus, Blitzlichtgewitter.

Ein großer Moment.

Wie ein Film läuft dieser Triumph in seinem Kopf ab. Also tritt er fast ein wenig heiter in den Vorraum und beschwingt an die Panzerglasscheibe heran, hinter der der wachhabende Beamte sich soeben einen Kaffee in einen dieser witzigen Kaffeebecher eingießt, die sich bei Behörden so großer Beliebtheit erfreuen. Zum Geburtstag haben sich die lieben Kollegen nicht lumpen lassen und ihm eine Tasse geschenkt mit der Aufschrift »Schmeckt dieser Kaffee wieder sch ... warz«.

Welchen Eindruck ein solcher Spruch auf einen Hilfe suchenden Bürger macht, dafür hat der Beamte im Laufe der Jahre allerdings das Gefühl verloren.

Leider hat der Polizist, wie das auch unter Gesetzeshütern leider vereinzelt vorkommen mag, ausgerechnet heute nicht die beste Laune. So hat sich am Morgen ein Gespräch mit seiner Gattin über die Erziehung des gemeinsamen, halbwüchsigen Sohnes zu einem handfesten Streit entwickelt, aus dem der arme Polizist die Quintessenz gewonnen hat, daß er seine Vorstellungen einer harten Hand, die noch niemand geschadet habe, nicht durchsetzen kann und dieser undankbare Lackel wohl trotz einiger schulischer Defizite zum Geburtstag ein Mofa geschenkt bekommen wird. Solchermaßen nicht der Herr im Haus, kommt ihm dieser amtsbekannte Querulant gerade recht, der da so unangenehm gut gelaunt vor ihm steht.

»Sie wünschen?«, fragt der in alle Höhen und Tiefen der Polizeiarbeit gut eingearbeitete Beamte mit der Art Intonation, die es dem Bittsteller nahelegt, daß er besser keine Wünsche hätte; und wenn, dann nicht gerade gegenüber der Polizei.
Herr Horster aber hat Wünsche. Auch er hat so seine Erfahrungen gemacht mit diversen Stimmungslagen diverser Beamter mit oder ohne Erfahrung und auch mit oder ohne übermäßigen Diensteifer. Also sagt er nur knapp, in der Hoffnung, es würde die Wirkung nicht verfehlen: »Es geht um Mord.«
Ein Paukenschlag, der üblicherweise alle Türen öffnet.

Im Fernsehen vielleicht. Aber nicht in dieser kleinen, bayrischen Großstadt.

So wird der arme, ältere Mitmensch nur mäßig freundlich, aber bestimmt gebeten, sich auf die harte Besucherbank zu setzen und zu warten: »Ich sage es den Kollegen.«

Wer der Behördensprache mächtig ist, der erkennt sofort, daß dieser Ankündigung die Zeitangabe fehlt. Und das nicht ohne Grund, denn es gilt erst einmal, die Spreu vom Weizen zu trennen. Wer gewillt ist, länger zu warten, der hat möglicherweise tatsächlich ein Anliegen. Allerdings ist Zeit kein Problem für den frühpensionierten Herrn Horster, für den es letzten Endes einerlei ist, ob er seine Zeit in einer ungemütlichen Kneipe absitzt, wo man etwas konsumieren und bezahlen muß.

Oder im Wartebereich einer ungemütlichen Polizeistation, wo man völlig kostenfrei sitzen kann.

Zuweilen aber auch umsonst.

Als nun die erste Stunde fast wie im Fluge vorüber ist und der unverbesserliche Querulant erwartungsgemäß mehrmals nachgefragt hat, kommt uns aus einem Nebeneingang auf Anruf des Wachhabenden ein Herr entgegen, den wir schon kennen. Herr Andreas Fammerl schält seine beachtliche Gestalt aus der Türe und sieht den Wartenden mürrisch an: »Sie wünschen?«

Allerdings ist sein Ton weniger kampferprobt und nicht annähernd so abschreckend wie der vom

Wachhabenden, der allerdings an seiner Pforte auch eingehender üben kann.

Und Herr Horster entgegnet: »Ich weiß, wer den Wiese ermordet hat.«

Das verfehlt seine Wirkung nicht. Denn hier trifft die kühne Behauptung eines Wichtigtuers auf die vage Vermutung eines Hauptkommissars. Denn weit hinten in dessen verbeamtetem Hinterkopf schlummert durchaus noch die Idee, der arme Till könnte gewaltsam aus dem Leben geschieden sein. Solches Mißtrauen ist allerdings nicht Ergebnis langer Zugehörigkeit bei den Behörden; es ist Herrn Fammerl vielmehr angeboren.

Wer allzu vertrauensselig ist, hält sich nicht lange als Polizist.

Also geschieht genau das, was Herr Horster sich er-hofft hat: Er stößt auf Interesse. Das mag damit zu-sammenhängen, daß seine Physiognomie dem Herrn Hauptkommissar nicht so geläufig ist wie manch anderen Polizisten, die eher mit der Verfol-gung minderschwerer Delikte befaßt sind. Mord ist nun mal ein eher seltener Tatbestand, der auch kaum angezeigt werden kann, ohne daß man zu-mindest ein Mordopfer vorweisen kann. Andere Delikte sind meist Teil einer großen Verschwörung. Verschwörungen aber kann man immer anzeigen. Denn daß sie nicht beweisbar sind, ist in den Augen von Querulanten der beste Beweis dafür, daß sie vorliegen. Denn die große Verschwörung, die hinter allem steckt, verhindert gerade, daß die Wahrheit ans Licht kommen kann.

Bei Mord aber sollte es eine Leiche geben, damit auch klar ist, daß es sich um einen solchen handelt. Was hier der Fall ist.

Und so wird der Erzquerulant durch lange, dunkle Gänge geführt, vorbei an vielen Zimmern, hinter deren Türen Verbrecher vom Schreibtisch aus gejagt werden. Wobei die Hälfte der kostbaren Arbeitszeit für Papierkrieg aufgewendet wird und die Polizei sich dabei gewissermaßen selbst durch die Computer jagt.

Dann ist man an einem Raum angelangt, der unvorteilhaft mit ausrangierten Möbeln vollgestellt ist. Der Boden ist in allzu neutralem Grau gehalten, gnadenlos beleuchtet von kalten, nackten Neonröhren. Auf einem Aktenfuchs verdorrt ein Zimmerpflänzchen vor sich hin, an der Wand pinnen bunte Postkarten, wo die Kollegen angeblich schon überall in Urlaub waren. Die Schränke haben schon bessere Zeiten gesehen, wenn auch nicht hier.

Der Mobiliaretat der Behörden wird allenthalben überschätzt.

Wenn man noch nie dagewesen ist.

Herrn Horster wird ein Platz angeboten, den dieser dankbar annimmt. Die Dankbarkeit wäre eventuell geringer ausgefallen, wenn er gewußt hätte, welche Unmenschen bereits auf diesem Stuhl gesessen haben. Bevor sie dann gesessen haben.

Der Hauptkommissar nimmt Horster gegenüber Platz und schaut ihn erwartungsvoll an: »So, Sie wissen etwas über den Toten in der Wanne.«

Dieser ist nun in seinem Element. Er räuspert sich kurz, was er für dramaturgisch effektvoll hält, blickt seinem Gegenüber auf den Nasenrücken, damit dieser meint, er blicke ihm in die Augen, und beginnt: »Ja, das kann man so sagen. Also, ich sitze gerade in meinem Stammlokal ‚Zum Hirschen‘, da kommt ein Typ rein, der ist des Öfteren dort. Der wird überall nur der ‚Doc‘ genannt, den richtigen Namen weiß ich nicht. Eigentlich ein trauriger Fall, einer, der noch nie in seinem Leben gearbeitet hat. Liegt Vater Staat auf der Tasche. Sollte man alle in ein Arbeitslager …, aber wem sage ich das. Jedenfalls redet der mit dem Wirt, der kann Ihnen das auch bestätigen. Der heißt ‚Robert‘, habe ich das schon erwähnt? … Nicht? … Na gut: Also, die reden über den Mark, der da, aber das wissen Sie ja. Und der Typ wird immer unruhiger, bis er schließlich aufspringt, hochrot anläuft und schreit: ‚Ich habe den kaltgemacht.‘«

Ich bin zu gut für diese Welt, denkt der Kommissar mit erstarrter Miene, fragt aber nur: »Ist das alles?« Und im Stillen verflucht er diesen blöden Knilch an der Wache, der ihm diesen Dünnbrettbohrer geschickt hat. Dabei hat man dem Kollegen doch zum Geburtstag diese geschmackvolle Kaffeetasse geschenkt. Und das ist der Dank dafür! Der läßt jemanden durch, der in einer Kneipe gehört hat, wie irgendsoeinen Bierdimpfl in seinem Rausch mit ei-

nem Mord geprahlt hat. Solche Blödmänner kommen doch täglich zu Dutzenden zur Polizei. Wenn man diesem Schwachsinn immer nachginge, hätte man viel zu tun. Dabei hat man doch Arbeit bis über beide Ohren. So einen wimmelt man ab. Den läßt man warten, bis er schwarz wird. Bis er von selbst geht. Oder man pfeift ihn zusammen, daß der den Teufel tut und nie wieder seinen unnützen Kadaver in eine Polizeistation bewegt.
Den, wenn er erwischt.

Den Wachhabenden, nicht den angeblichen Mörder.

»Ja, das ist ja sehr interessant, Herr, äh ...«
»Horster, Richard Horster.«
»Herr Forster, wir ...«
»Horster, mit ,H' wie Horst.«
»Hochinteressant, ich meine ... Wie auch immer, wir werden der Sache nachgehen, Sie hören von uns, wir sind Ihnen wirklich sehr dankbar für Ihre ... äh ... Mitarbeit.«
»Und wie wollen Sie mich erreichen, so ganz ohne Adresse?«
»Das machen wir schon, schließlich sind wir die ... äh ... Polizei.«

Er erhebt sich und komplimentiert seinen Gast mit sanftem Nachdruck nach draußen. Der will zwar noch etwas sagen, aber da hat der Herr Hauptkommissar schon mit geübtem Schwung die Türe zugehauen und setzt sich wieder an seinen Schreibtisch.

Jetzt will er dem Typen unten an der Wache mal seine Meinung geigen. Er hat schon den Hörer in der Hand, da klopft es.

Das ist sicher wieder dieser aufdringliche Mistkerl. Frechheit, es nochmal zu probieren. Und noch größere Unverschämtheit: Der wartet gar nicht ab, bis jemand »Herein« ruft, sondern öffnet gleich die Türe.

Eine Kinderstube haben die Leute, das glaubt man nicht.

Aber zur großen Überraschung des Herrn Fammerl steht nicht Richard Horster, sondern ein Kollege von der Drogenfahndung im Türrahmen: »Kann ich dich mal sprechen? Oder wolltest du gerade telefonieren?«

»Nicht so wichtig. Komm rein. Was gibt's?«

Fammerl wirft den Hörer zurück auf den Apparat. Der Kollege, ebenfalls ein alter Haudegen der Kriminalpolizei, tritt ein und setzt sich keck auf den Besucherstuhl. Wobei er weiß, wer da schon so alles gesessen hat. Aber ein Polizistenhintern kann viel ertragen.

»Also, wir haben da einen Tipp bekommen.«

»Na, was zwitschert denn dein Vögelchen so?«

»Na ja, das Vögelchen ist ein Gastwirt, der immer mal wieder ganz brauchbare Hinweise liefert. Die Kneipe läuft nicht gerade gut. Wenn einer schon sein Lokal auch ‚Zum Hirschen‘ nennt, der muß ja selber … Der läßt immer irgendwelche Loser umsonst Billard spielen. Wie dem auch sei, der hat mich gerade angerufen und mir gesteckt, daß jemand ihm gegenüber behauptet hat, der hätte den Typ da neulich in der Wanne ‚kaltgemacht‘. Du brauchst mich gar nicht so anzuschauen, ich habe den natürlich sofort gefragt, ob der nüchtern war. ‚Nüchtern wie ein kleines Kind‘, hat der gesagt.«

»Und die Quelle ist glaubwürdig?«

»Wie gesagt: Der hat schon ein paar Mal ins Schwarze getroffen. Ist einer meiner zuverlässigsten Informanten: Wenn es Unsinn wäre, wäre ich nicht zu dir gekommen. Da kann durchaus was dran sein. Der Typ soll übrigens ‚Doc‘ heißen ...«

»‚Doc‘, bist du dir da ganz sicher?«, fragt Fammerl und springt auf.

»Klar doch, aber ...«

»Danke für den Tipp!«, ruft Fammerl, schnappt sich seine Jacke und rennt aus dem Zimmer.

Und läßt einen erstaunten Kollegen zurück: Der Fammerl, sonst ist er doch immer so gemütlich?

Der nicht ganz so Gemütliche aber hetzt die Treppen hinunter und reißt die Tür zur Wache auf. Der Wachhabende dreht sich um und sieht den Herrn Hauptkommissar keuchend mit hochrotem Kopf auf ihn zustürmen. Er ahnt nichts Gutes und stammelt: »Also, den habe ich nicht abwimmeln können, der wollte einfach nicht gehen, ich habe alle Register ...«

»Wie heißt der Mann? Wer ist das?«

»Das war der Richard Horster, der kommt des Öfteren und ...«

»Ja, den Namen weiß ich, aber hast du seine Anschrift?«

»Hast du ihn nicht danach gefragt? ... Die kann ich dir geben, die habe ich im Computer.«

»Immer her damit, immer her damit.«

»Gut, ich suche sie. ... Wo ist sie denn? ... Ich dachte ...«

»Jetzt mach schon!«

»Ich find sie jetzt gerade nicht. Dabei dachte ich ...«

»Aber die Adresse der Gastwirtschaft ‚Zum Hirschen‘, die hast du?«

»Also, die weiß ich auswendig. Die kann ich dir aufschreiben.«

Und mit einem Zettel in der Hand läuft der Herr Hauptkommissar aus der Wache.

Nanu, wo der doch eher zu den Gemählichen gehört, wundert sich der Wachhabende und ignoriert einen Bürger, der von außen an die Panzerglasscheibe klopft, um sich Gehör zu verschaffen.
Vergebliche Liebesmüh, denkt der Polizeibeamte.
Noch so einen Querulanten laß ich heute nicht rein.
Klopf nur, da kannst du lange warten, bevor du hier reinkommst. Bis du schwarz wirst.
Das kann ich nicht hören.
Das ignoriere ich nicht einmal.

Was, wie wir sicher alle wissen, die höchste Form der Mißachtung in Bayern ist.

8. Einladungen

In diesem Kapitel schmückt sich einer mit fremden Federn,
weil er hofft, daß dann ein anderer Federn läßt

In flotter Marschgeschwindigkeit lenkt der Hauptkommissar seine Schritte zu der uns inzwischen
wohlbekannten Kneipe. Freiheit für Rösler, denkt
er, was für ein Unsinn. Diesen Gladbeck-Geiselneh-
mer muß man doch sitzen lassen, bis er vermodert
ist. Obwohl: Gab es nicht auch mal einen Terroris-
ten mit einem ähnlichen Namen? Egal. Was die
Leute immer für einen Nonsens an die Wände sprü-
hen. Glaubt der Urheber wirklich, eine Schmiererei
an irgendeiner Wand kann die Behörden dazu ver-
leiten, einen verurteilten Straftäter freizulassen?
So ein Einfaltspinsel.
Aber den blöden Sprayer erwischt man sicher nie.

Denn wenn man einen Dummen sucht, hat man
einfach zu viele Verdächtige.

Mit diesem Gedanken betritt er den Gastraum. Diese Kaschemme versprüht den Charme eines Ver-
einsheims, denkt er. Diese Holz-Sauna-Verklei-
dung, macht man das heutzutage überhaupt noch?
Fehlen nur die billigen, verstaubten Plastikpokale,
weil man mal bei irgendeinem Fußballturnier nicht
Letzter geworden ist. Nicht wirklich für ihn überraschend ist die Bierschwemme vollkommen leer.
Nicht einmal hinter dem Tresen steht jemand. Kein

Wunder, daß es der Wirt nötig hat, sich als Spitzel zu betätigen, denkt Fammerl. Aber wen bespitzelt er überhaupt, so sich hier doch keine Menschenseele aufhält?

Der Polizeibeamte spielt schon mit dem Gedanken, sich wieder aus dem Staub zu machen, als er hört, wie sich hinter ihm eine Tür öffnet. Er dreht sich um. Da steht der Wirt, der lediglich auf dem Klo gewesen ist. Er trocknet sich gerade seine Hände an seiner Schürze ab, als er seinen neu angekommenen Gast erblickt.

»Tut mir leid, auch ich mußte mal. Was kann ich für Sie tun?« Womit Robert eigentlich meint, was denn dieser alte Dickbauch sich in denselben zu schütten gedenkt.

Aber Fammerl antwortet: »Nun, Sie haben da neulich was gehört, was mich interessiert.«

»Also, Pferdewetten nehme ich schon lange nicht mehr ... Sind Sie von der Polizei?«

»Ja, bin ich. Woher ... Egal, Sie haben einem Freund von mir geflüstert, also, ihm hat ein Vögelchen geflötet, daß da jemand mit Morden angibt.«

»Ach, und Sie haben sicher einen Ausweis dabei?«

»Aber klar doch, also sieht man mir den Bull ... Polizisten nicht an?«

»Doch, aber Aussehen ist gut, Kontrolle ist besser.«

Und er bekommt einen leicht lädierten Ausweis unter die Nase gehalten.

»Also, was wollen Sie?«

»Also, für den Anfang mal ein Bier.«

»Ach, ich dachte ... Na gut.«

Dann nimmt Fammerl das Glas in seine Hand und einen tüchtigen Schluck.

»Ah, das tut gut. Wo war ich?«

»Sie sprachen von einem Vögelchen.« Dabei zwinkert der Wirt seinem Gast verschwörerisch zu.

»Ah ja, genau. Also, was war das?«

»Nun, ich saß hier gestern, volle Bude, wie jeden Tag. Zumindest, wenn es ein wenig später ist. Ist noch zu früh für die meisten. Diejenigen ohne Job sind noch im Bett, die mit Job sind bei der Arbeit. Aber, wie auch immer: Da sitzt also dieser Typ ...«

»Der ‚Doc‘«, ergänzt der Hauptkommissar.

»Na, wenn Sie es ohnehin schon wissen. Also, der ist normalerweise eher der Schweigsame in Person. Neigt ein w-w-wenig z-z-zum Stottern, wenn Sie verstehen, was ich meine. Nicht gerade der Gewinnertyp, wenn Sie verstehen, ... äh klar verstehen Sie das. Na, und ich erzähle ihm gerade von dem Typen, der da tot in seiner Wanne gefunden wurde. Der Mark, der war hier auch oft zu Gast. So einer vom Bau. Stets nur ein Pils, aber egal. Jedenfalls bin ich gerade am Erzählen, da wird der Doc richtig wepsig, gar nicht seine Art. Er springt auf jeden Fall vom Stuhl auf, wird knallrot im Gesicht und schreit, ja schreit: ‚Ich hab den kaltgemacht, ich alleine und kein anderer.‘ Und dann rennt er raus, wie von der Tarantel gestochen. Trinkt sein Bier nicht aus, gibt sogar Trinkgeld, das hat der noch nie gemacht. Und weg war er.«

»Und hatte er schon einen sitzen, ich meine: Hatte er schon so einiges intus?«

»Nein, der trinkt nie viel, kann der sich gar nicht leisten, der lebt noch bei Mutti und die hält ihn kurz. Viel Geld für Bier ist da nicht drin. Nein, der war nüchtern wie ein kleines Baby.«

»Und das war nicht nur blödes Gerede?«

»Nein, den hätten Sie mal sehen müssen, wie der geschaut hat, da war etwas im Blick, da ist mir richtig Angst und Bange geworden. Das war unbeschreiblich. So etwas habe ich noch nie, das vergesse ich meinen Lebtag lang nicht, das war nicht nur Geschmarre.«

»Und was ist das für ein Typ? Kennen Sie den näher?«

»Der kommt schon eine Weile hierher, ist eigentlich eher ein armes Würstchen, Sie wissen schon, keinen Schulabschluß, keine Lehrstelle gefunden, keine Freundin, keine eigene Wohnung. Ist für alle nur der Fußabtreter. Jetzt hängt er rum, weiß nichts mit sich anzufangen.«

»Und wie heißt er in Echt?«

»Hm, das weiß ich auch nicht, alle nennen ihn hier ‚Doc'. Aber der Charly müßte es wissen.«

»Der Charly? Wer ist das?«

»Mit dem hängt er normalerweise immer ab. Aber Charly war gestern nicht mit dabei. Er war schon lange nicht mehr mit von der Partie. Der hat jetzt einen Job.«

»Und wo finde ich den Charly?«

»Also, man munkelt, der arbeitet im ‚Paradise Club', das ist ...«

»Ich weiß, das ist ein Puff im Gewerbegebiet. Das kann ich mir sparen. Da öffnet man mir nicht mal die Tür. Die mögen mich wohl nicht.«

»Woran das wohl liegt?«, murmelt der Wirt, allerdings leise.

»Nein, am besten, ich warte hier auf den Doc und nehme ihn mal so richtig ins Gebet.«

»Ob der was sagt, wenn die Polizei ihn ausquetschen will?«

»Na, das werde ich ihm doch nicht auf den Bauch binden. Ich bin einfach ein ganz normaler Gast, der hier sein Bier trinkt.«

Der Wirt denkt: Ob der einem Fremden gegenüber irgendetwas preisgibt? Er sagt dies aber nicht laut. Stattdessen fragt er: »Einer von denen, die einen Job haben? Oder einer von den anderen?«

»Ist doch egal. Sieht man einem Menschen doch nicht an, ob er einen Job hat.«

»Doch, das sieht man einem Menschen an«, meint da der Wirt. »Wenn man so lange wie ich hier hinter dem Tresen steht, dann sieht man das.«

Aber auch nur dann, wenn man seine Gäste bei uns hinhängen will, weil man das nötig hat, denkt der Polizeibeamte, sagt es aber ebenfalls nicht laut. Stattdessen nickt er nur, stützt sich mit den Ellenbogen auf der Theke ab, legt sein Kinn in die Hände und macht sich auf eine lange Wartezeit gefaßt. Seufzt und denkt, daß er statt hier jetzt in seiner Stammkneipe sitzen und ein Bier trinken könnte. Als ob das ein großer Unterschied wäre.

Was aber macht man in einer Kneipe, in der sich niemand außer einem selbst befindet und der Wirt auf seinem Stuhl hinter der Bar vor sich hin dämmert? Mit dem Wirt, den man nicht die Bohne kennt, mühsam ein Gespräch in Gang bringen? Worüber? Über die Schlechtigkeit der Welt? Oder das Wetter? Über Politik? Wobei: Das kann gefährlich sein, wenn man so einen Eiferer vor sich hat. Warten, daß jemand kommt, mit dem man reden könnte? Aber den kennt man auch nicht. Was soll man mit dem dann bereden? Das Gute im Menschen? Über das Saufen?
Gefährliches Thema, da mag sich mancher auf den Schlips getreten fühlen.

Überhaupt, was für Gäste kommen hier wohl in diese heruntergekommene Pinte, mit verblassten Photographien von Fußballspielern an der Wand, die inzwischen sogar für eine Anstellung als Trainer zu alt geworden sind? Nationalspieler, die selbst eingefleischten Fußballanhängern kaum mehr geläufig sind? An Tischen zu sitzen, die übersät sind von Schnitten, Brandstellen und undefinierbaren Flecken? Immer ein Bier vor sich, als säße man immer am selben Platz mit demselben Getränk. Aber es handelt sich um eine lange Reihe von Halben. Die den Schmerz darüber betäuben, daß man in der Welt da draußen keine wichtigere Rolle spielt als die, jeden Tag nur hierherzukommen und bei einem Bier über die Ungerechtigkeit der Welt da draußen zu räsonieren. Ein Teufelskreis, aus dem man sich nicht befreien kann. Geborene Verlierer. Gefangen im Versagen. Hoffnungslosigkeit im Herzen und den Geschmack von Gebrautem auf der Zunge, die Augen ins Nichts gerichtet, die Hände um das Glas oder vor sich verschränkt, während anderswo das Leben tobt.

Der Kommissar merkt, daß sein Fuß eingeschlafen ist. Er bewegt vorsichtig die Zehen, um ihn wiederzubeleben, aber das gelingt ihm nicht. So steht er auf und geht vorsichtig ein paar Schritte.

»Wollen Sie schon gehen?«, fragt der Wirt unvermittelt.

Der Kommissar hat fast vergessen, daß er nicht allein ist und erschrickt über die unvermittelte Ansprache. Er schüttelt nur müde den Kopf und setzt sich wieder. Da geschieht tatsächlich etwas: Eine hagere Gestalt öffnet die Tür und steht einen Moment lang unschlüssig im Türrahmen, eine Hand gegen die massive Tür gestützt. Dann tritt das Menschlein ein. Der Wirt sieht kurz den Hauptkommissar an und macht mit den Augenbrauen ein Zeichen. Aber der Polizist hat sich ohnehin schon gedacht, wen er da vor sich hat. Der Neuankömmling mustert kurz den ihm unbekannten Mann an der Theke. Er überlegt einen Augenblick, ob er sich nicht doch lieber an einen Tisch setzen soll. Dann wählt er einen der Barhocker am Tresen, allerdings in gebührendem Abstand zum Kommissar.

Der Wirt zapft seinem neuen Gast unaufgefordert ein Bier ab und stellt es ihm vor die Nase. Dieser sieht es nicht an, dafür aber den Wirt: »D-d-daß, w-w-was ich da g-g-gestern ...«, beginnt er zögerlich, »ich m-m-meine, das h-h-hab ich n-n-nicht s-s-so ...«

»Klar, versteh schon«, lügt der Wirt. »Hast ein bißchen zu viel gehabt. Kann ja mal vorkommen. Kommt in den besten Familien vor. Kein Problem.«

Der Kommissar nutzt die Gelegenheit und fragt mit aufreizender Harmlosigkeit in der Stimme: »Was war denn gestern?«

»W-w-was g-g-geht d-d-das S-S-Sie an?«

»Also, das war gestern so ...«, setzt der Wirt an.

»D-d-das w-w-war n-n-nichts!«, zischt der Doc und wirft dem Unbekannten einen mißbilligenden Blick zu.

»Also, wenn da so geheimnisvoll getan wird, dann interessiert einen das natürlich besonders«, läßt der Kommissar nicht locker und sieht den Doc herausfordernd an.

»Also, wir sprachen da gestern über den Toten ...«, beginnt der Wirt wieder.

»Den Toten? Welchen Toten?«, fragt der Polizist, als wüßte er nicht Bescheid.

»Na, dem aus der Badewanne. Der sich, nun, äh, tot gekocht hat. Oder den jemand ...«

»Es w-w-war ein Unf-f-fall!«, wirft da der Doc ein.

»Aha, wieso totgekocht? Ist er in seinen Kochtopf gefallen? Muß ein großer Kochtopf gewesen sein. Andernfalls hätte er nur seinen Arsch tot gekocht«, versucht der Hauptkommissar einen Scherz, um das Eis zu brechen.

Aber er bricht nur das in dieser Kneipe ungeschriebene Gesetz, daß Neulinge keine Witze machen dürfen.

Und erntet aus für ihn unerfindlichen Gründen nur mitleidige Blicke.

Über den Tod macht man hier wohl keine Scherze. Schließlich bin ich hier nicht in der Polizeikantine.

»Der hat solange heißes Wasser eingelassen, bis er totgekocht war«, erläutert der Wirt, als wäre dem Herr Kommissar der Sachverhalt unbekannt.

»Kein schöner Tod«, meint der nur und betrachtet scheinbar interessiert seine Fingernägel.

»D-d-davon k-k-kann m-m-man w-w-wohl ausgehen«, ergänzt der Doc und verwirrt den Kommissar: Offenbar sind Anflüge von Humor hier doch nicht vollständig verboten.

»War er wenigstens gut durch«, versucht er noch eins drauf zu setzen. Mit schwarzem Humor knackst du jedes Mißtrauen, dann sitzt man bald wie alte Freunde nebeneinander und tauscht die wildesten Geheimnisse miteinander aus.

Aber nicht in dieser Kneipe. Denn soeben hat der Herr Polizeibeamte das Gespräch vollends abgewürgt. Denn auf weitere Versuche des Kommissars reagiert der Doc nicht mehr. Der Wirt ist hierbei wenig hilfreich, denn es kommen Gäste und immer noch mehr Gäste, die sich auf die verschiedenen Tische verteilen und alle ihr Standardgetränk fordern, ohne etwas zu sagen. Es gibt offenbar noch ein weiteres ungeschriebenes Gesetz in diesem Etablissement: Daß nie mehr als eine einzelne Person an einem Tisch sitzen darf. Deshalb hat der Wirt mit quietschenden Schuhen weite Wege zu gehen, während der Doc und sein Häscher wenige Meter voneinander entfernt dasitzen und sich anschweigen.

Die Spannung ist aber zum Greifen nahe.

Ich muß mit ihm in Kontakt kommen, denkt der Kommissar. Und das möglichst bald, bevor ich zu betrunken dazu bin. Ich kann nicht stundenlang vor meinem Bierglas sitzen, ohne daß dies auffällt. Ich muß was tun. Aber was? Weitertrinken?

Nicht, daß ich dann zu betrunken und nicht mehr Herr der Lage bin.

Er versucht, krampfhaft ein Gespräch in Gang zu bringen: »Ja, die Welt ist schlecht. Weißt du, woran das liegt? Weil es das Gute in der Welt doppelt schwer hat: Es hat nämlich gleich zwei Gegenteile: ‚Böse‘ und ‚Schlecht‘. Alle Menschen versuchen zwar, gut zu sein. Aber die meisten sind entweder schlecht oder böse. Oder beides. Oder manchmal gut, manchmal böse. Manchmal auch schlecht. Also auch mal gut. Das ist alles eine Frage der Perspektive. So mancher ist für den einen der Gute, für den anderen der Böse. Gut, mancher ist nur aus Versehen böse. Oder schlecht. Oder gut.

Hängt irgendwie auch vom Erbgut ab, ob einer böse ist oder nicht.«

Aber der Doc läßt den Polizeibeamten böse auflaufen und schaltet sich in dessen Monolog schlicht nicht ein. Westentaschen-Philosophie muß nicht unbedingt jeder kommentieren.

Wenn jemand so vor sich hinplappert, dann schaltet der Doc schon aus schlechter Gewohnheit auf Durchzug. Daß jemand an der Bar große Reden schwingt, ist auch nicht so selten. Der Alkohol lockert Zungen. Da hält sich mancher Quartalssäufer für Cicero, gibt aber, nüchtern betrachtet, nur Geplapper von sich. Der Kommissar merkt das schnell und verstummt wieder.

Wie kann er dieses Eis nur zum Schmelzen bringen?

Da fällt ihm der älteste Eisbrecher der Welt ein:
»He, Junge, ich lade dich zu einem Bier ein, okay?«
»Ich b-b-bin k-k-kein J-j-junge und außerdem n-n-nicht sch-sch-schwul.«
»Das wollt ich damit gar nicht sagen«, beschwichtigt der Kommissar.
»S-s-sind S-S-Sie s-ch-sch-schwul?«
»Nein. Aber ich kenne hier keinen. Und du scheinst ... ist ja auch egal, also, wie wär's? Mein Angebot steht noch.«

Jemand mit Spendierhosen kommt dem Doc eigentlich nicht ungelegen. So oft kommt es nicht vor, daß ihm einmal etwas Gutes passiert. Er darf sich nur nicht wieder so gehen lassen wie gestern. Schön die Klappe halten, sonst haben sie dich schnell am Allerwertesten.

»Ok-k-kay.«

Und der Kommissar rückt näher und hebt die Hand. Aber der Wirt ist gerade zu beschäftigt, um ihn zu bemerken.
»Wen muß man denn hier ficken, um was zu trinken zu bekommen?«
Da lacht der Junge kurz auf, sehr zur Freude des Polizisten. Das wars, ich habe ihn.
Der Wirt hört das und sieht zu ihnen herüber. Lachen, in diesen traurigen Räumen? Was ist denn hier los? Er sieht die beiden einträchtig nebeneinander sitzen. Und daß der Ältere die Hand hebt. Der will noch eins. Sieh mal an, der Bulle besäuft sich im Dienst. Was, der gibt dem Doc auch eins aus? Der füllt ihn also ab, um ihm dann sein Geheimnis zu entlocken. Nicht ungeschickt.
Und gut für mich.

Hoffentlich verträgt der Lange was, dann wird's nicht billig für den Herrn Hauptkommissar.

»Kommt sofort.«

Leider gestaltet sich das Gespräch mit dem jungen Mann als zäh. Er trinkt nur sehr zaghaft, auch das ständige Anprosten beschleunigt diese Taktik nicht. Dafür spürt der Herr Kommissar, der schon einige Zeit nichts mehr gegessen hat, den Alkohol. Ich darf nicht so große Schlucke nehmen. Der nippt nur an seinem Bier, komisch, der sollte doch ausnutzen, daß ihn jemand einlädt. Klar: Der will nicht betrunken werden.

Der hat Angst, sich dann zu verplappern.

Ich bin auf dem richtigen Weg.

Aber der Weg scheint eine Sackgasse zu sein. Der Kommissar ist langsam am Verzweifeln. Es läuft nicht, wie er sich das vorgestellt hat. Das Thema des Toten muß er auch nochmal zur Sprache bringen, aber dabei nicht zu plump vorgehen, mehrmals hat es schon zu einem Verstummen des Doc geführt. Da hat der Kommissar eine Idee, die er für brillant hält. Daß er sie für gut befindet, ist wohl – das hätte er nüchtern auch sofort zugegeben – allein der Wirkung des Alkohols zuzuschreiben. Aber im Augenblick hat er keinen besseren Einfall. Also sieht er sich verschwörerisch um und beugt sich dann zu dem jungen Mann hinüber: »Soll ich dir mal ein Geheimnis anvertrauen?«

Der andere sieht ihn nicht an, sondern sagt nur: »W-w-welches?«

»Der Tote in der Wanne, du weißt schon ...«

Da sieht der Jüngling demonstrativ in die andere Richtung.

Also erhebt der Herr Hauptkommissar seine Stimme, um den neben ihn Sitzenden zu erreichen und sagt, ungeachtet der übrigen Gäste, in normaler Sprechstimme: »Den habe in Wirklichkeit ich kalt gemacht.«
Triumphierend lehnt er sich leicht zurück und sieht den jungen Mann an.

Das habe ich mir fein ausgedacht: Ich nehme ihm die Tat ab, er wird mir widersprechen, damit nicht ich, sondern er die Lorbeeren erntet.
Und schon habe ich ihn.

Der Doc dreht sich zu ihm um und wirft ihm einen erstaunten Blick zu.
Gleich wird er mir erzählen, daß er es war, der den Till Wiese vom Leben zum Tod befördert hat. Gleich habe ich sein Geständnis. Ich wußte es, den knacke ich. Der hat keine Chance. Der ist jung und unerfahren und ich habe schon so manchen Bösewicht bei den Eiern gepackt und ins Kittchen verfrachtet.
Na los, jetzt leg schon los! Du willst doch wohl nicht, daß ich alter Sack den ganzen Ruhm einheimse? Der redet gleich, der platzt schon fast vor Wut, der will jetzt raus mit der Wahrheit, das sehe ich ihm doch glatt an der Nasenspitze an.

»S-s-sie s-s-sind j-j-ja b-b-betrunken.«
»Was?« Der Kommissar fällt fast vom Stuhl.

»D-d-danke f-f-für d-d-das B-B-Bier«, sagt der Doc, steht auf und geht.

Wie kann man sich so irren. Der ist eine viel härtere Nuß, als ich dachte. Den muß ich ganz anders anpacken. Vielleicht hätte ich sagen sollen, ich sei arbeitslos.
Die ganze Aktion ein Schuß in den Ofen.

Aber hier irrt Fammerl ein zweites Mal. Und das mit unabsehbaren Folgen. Denn am Nebentisch sitzt ein Mann, den wir schon kennen. Er hat beim Betreten der Kneipe gleich den Herrn Hauptkommissar wiedererkannt, der ihn so unsanft aus dem Büro geworfen hat. Nanu, was macht der denn hier? Und der redet mit dem Doc, das ist interessant. Da muß man doch gleich mal ein Ohr riskieren, was da getuschelt wird. Gut, daß der ihn noch nicht bemerkt hat. Schweigend ins Gesöff vertieft. Der feine Herr Hauptkommissar, auch nicht besser als die anderen Bullen. Gott sei Dank hat er mich nicht gesehen.
Aber was ist das? Der Bulle wars selbst. Hat er jedenfalls gerade gesagt. Laut und deutlich zu verstehen. So ist es also. Klar, deswegen hat er mich derart schnell aus seinem Büro haben wollen. Der will nicht, daß an der Sache nochmal gerüttelt wird. Und jetzt überprüft er einfach mal, ob dieser Doc irgendetwas weiß.
Der meint, er sei ein ganz Schlauer. Aber da hat er sich verrechnet. Denn mit mir hat er nicht gerech-

net. Hat er mich auch nicht gesehen? Nein, jetzt geht er.

Manchmal ist es doch gut, unsichtbar zu sein.

Na, so was. Wer hätte das gedacht. Diesmal werden sie mir besser zuhören, die blöden Bullen, die werden mir noch aus der Hand fressen.
Wenn ich ihnen stecke, daß ausgerechnet einer aus ihrer Mitte eine bestialische Tat begangen hat.

Die werden mir in Zukunft besser zuhören. So geht man doch mit einem zukünftigen Ehrenbürger nicht um! Wenn ich erst mal den Platz in der Geschichte bekomme, der mir eigentlich zusteht, dann setze ich euch alle auf die Straße, das werdet ihr schon sehen!
Ihr werdet noch alle bitter bereuen, wie ihr mit mir umgesprungen seid!

Aber dann ist es zu spät für eine Entschuldigung.

9. Vorsprechen

In diesem Kapitel dringt einer in Sphären vor, in die zu ge-
langen er oft zu träumen gewagt hat

Sich nicht durch Rückschläge entmutigen zu lassen
ist eine Eigenschaft, die ausgesprochen hilfreich
sein kann. Sich wie ein Stehaufmännchen nach
Tiefschlägen wieder aufzurappeln, von denen das
Leben reichlich gespickt ist, und erneut der Herausforderung zu stellen, schafft gute Voraussetzungen
dafür, daß man es weit bringen kann. Nicht am Boden liegen bleiben, sondern den Mund abputzen
und beharrlich weitermachen. Wie Don Quichotte.
Die Windmühlen mahlen auch nur mit Wind.
Allerdings wird Hartnäckigkeit nicht allenthalben
als Charakterstärke ausgelegt.

So kann zum Beispiel allzu energisches Vorgehen,
um in das Herz einer jungen Dame zu gelangen,
auch leicht einmal als Belästigung oder gar übles
Nachstellen ausgelegt werden.
Der kluge Mann weiß, wann er verloren hat und
wann er das Feld räumen muß.

Vielleicht ist das mit das Wichtigste im Leben: Unterscheiden zu können, wann man noch gewinnen
kann und wann man sicher verloren hat.

Das Gefühl für diesen Punkt, an dem man auch einmal zurückstecken muß, ist Herrn Richard Horster

leider völlig unbekannt. Er hat die Eigenschaft der Hartnäckigkeit im Übermaß. Ja, hätte er so viel Kraft auf die Ausübung seines Berufes gelegt wie nunmehr auf sein Steckenpferd als privater Ordnungshüter, er wäre wohl noch in Amt und Würden. Aber wie es bei verkannten Begabungen oftmals der Fall ist: Die Mitmenschen haben für die Halsstarrigkeit des Herrn Horster herzlich wenig übrig. Erfolg bringen seine Aktionen selten ein.

Dagegen kennt er alle Spielarten, mit einem Anliegen abgewiesen zu werden. Er hat die ganze Palette der Kunst des Abwimmelns erleben müssen: Vom freundlichen Ignorieren über die höfliche Abfuhr bis zum brutalen Hinauswurf hat er schon alles genossen.

Er steht aber immer wieder auf der Matte.

Was ihn zeitweilig durch frustriertes Aufgeben der Gegenseite zum Erfolg gebracht, manchmal aber auch ein blaues Auge eingebracht hat.

Diesmal sitzt er, wieder unangenehm guter Laune, im Empfangsbereich der Polizeidirektion und wird von einem erfahrenen Beamten in bemerkenswert geschickter Art und Weise ignoriert. Nochmal laß ich diese Dumpfbacke nicht durch, den Anschiß vom letzten Mal will ich nicht wieder erleben.

Diesmal kannst du sitzen und warten, bis du schwarz wirst.

Nicht mit mir, mein Lieber.

So sitzt der ehrbare Verfechter der privaten Anzeige lange Zeit geduldig auf seinem Stuhl, macht aber von Zeit zu Zeit auf sich und sein Ansinnen aufmerksam. Freundlich wird er jeweils vom Zerberus an der Wache darauf hingewiesen, daß es nun nicht mehr lange dauern kann und schon bald ein Kollege kommt. Im Augenblick ist viel zu tun und da kann es halt auch mal eine kurze Zeit dauern, bis wieder Kapazitäten frei werden, schließlich kann man nicht hexen.

Allerdings verändert sich der Ton im Laufe der Zeit allmählich.

»Jetzt warte ich schon eine Stunde. Wann kommt denn endlich jemand?«
»Sie werden sich leider noch eine Weile gedulden müssen. Bitte nehmen Sie doch wieder Platz.«

»Sie, Sie haben mich doch hoffentlich nicht vergessen? Ich warte jetzt schon geraume zwei Stunden.«
»Ich hab's Ihnen doch schon x-mal erklärt: Wir haben hier im Augenblick alle Hände voll zu tun. Also nerven Sie mich nicht und bleiben Sie sitzen.«

»Also wirklich, ich lasse mich doch nicht veralbern. Drei Stunden sitze ich mir hier schon meinen Hintern wabbelig, das kann doch gar nicht sein, jetzt rufen Sie doch schon jemanden.«
»Setzen Sie sich und lassen Sie uns in Ruhe hier arbeiten.«

»Was glauben Sie eigentlich, wie Sie mit den Bürgern umspringen können? Vier Stunden warte ich hier jetzt schon, das ist doch eine Unverschämtheit.«

»Gib Ruhe und pflanz dich hin, sonst fliegst raus.«

Jene Leser, denen die Feinheiten des behördlichen Umgangstons geläufig sind, werden sicher bemerkt haben, wie man soeben vom distanzierten »Sie« zu einem Nähe suggerierenden »Du« gefunden hat. Allerdings tut dem Herrn Horster diese Intimität anscheinend nicht gut, denn er hat genug und räumt das Feld.

Lange hat er es heute ausgehalten, denkt der wachhabende Beamte.

Aber ich bin auch nicht schlecht.

Mit Zorn im Herzen und der Stiernackigkeit eines spanischen Zuchtbullens lenkt Herr Horster seine Schritte gen Westen. Daß er darauf nicht gleich gekommen ist. Gut, wenn man noch einen Plan B in seinem Gepäck hat.

Mit einer Anzeige gegen einen Polizisten geht man natürlich nicht zur Polizei.

Damit geht man zur Staatsanwaltschaft.

Nun hat er bis vor einigen Jahren in dieser Institution noch selbst gearbeitet. Also weiß er, wie dort der Laden läuft. Dennoch ist er den dort Beschäftigten in nicht allzu guter Erinnerung geblieben. Mit seiner rechthaberischen Art hat er es sich zum Schluß mit allen gründlich verdorben. Aber, wie er die Behörde kennt, wo die Fluktuation groß ist, müssen längst ein paar neue Gesichter in diese Trutzburg der Gerechtigkeit Einzug gehalten haben. Wenn er einen jungen, noch eher unerfahrenen Staatsanwalt zu fassen bekäme, dann könnte er sich durchaus Gehör verschaffen. Er darf nur nicht diesem bärbeißigen Leitenden Oberstaatsanwalt in die Hände fallen.

Dann stände er wohl nur allzu schnell wieder auf der Straße.

Wer ist denn mittlerweile für das Kapital zuständig? Damit sind im Fachjargon keineswegs politisch links gerichtete Straftaten gemeint, sondern schlicht die Kapitaldelikte, insbesondere Mord und Totschlag. Sehr gut, da steht ein Name, den Herr Horster noch nicht kennt. Dr. Günther Günther.

Und noch besser: Der auch Herrn Horster noch nicht kennt.

Den Ablauf kennt Horster nur allzu gut. In den Vorraum kommt man ohne Probleme. Aber vor der Treppe muß man eine gläserne Tür passieren, die nur auf Anfrage per Knopfdruck vom Wachpersonal geöffnet wird. Aber so genau schauen die Herrschaften an der Pforte gewöhnlich nicht hin. Es gilt also, seriös aufzutreten, dann wird die Tür auf ein kurzes Kopfnicken hin geöffnet. Allerdings erfaßt er sofort, daß dort momentan ein Kollege Dienst hat, den und vor allem der ihn gut kennt. Also zieht Herr Horster den Hut tiefer und schleicht sich seitlich neben die Sicherheitstür, dort, wo sich eine Anschlagtafel befindet. Er tut, als studiere er die Aushänge und wartet ab, daß jemand Einlaß begehrt und ihn gewissermaßen mitnimmt. Und so kommt es dann auch: Ein jüngerer Mann wird durchgewunken und hält dann dem älteren Mann mit dem tief sitzenden Hut freundlich die Tür auf.

Wer sagt denn da noch, daß die Jugend von heute keine Manieren mehr hat?

Er schlüpft durch den Türspalt und, um etwaige Zweifel des Wachtmeisters zu zerstreuen, winkt er unbestimmt mit der Hand nach hinten, den Blick nach vorne gerichtet.

Er kommt sich fast ein wenig wie ein Dieb vor. Allerdings will er nichts mitnehmen, im Gegenteil: Er will etwas da lassen: Eine Information, die mächtigen Wirbel verursachen wird. So erklimmt er die Treppe, jedoch wachsam, ob nicht unversehens eine ihm bekannte Persönlichkeit auftauchen könnte, die seine Tarnung und seine ganze Mission gefährden könnte. Aber es ist weit und breit niemand zu sehen. Auch der junge Mann verschwindet schnell in der Leere der nackten Gänge. Eine Tür klappt zu und Herr Horster ist allein auf weitem Flur. Er gelangt ohne Probleme in den obersten Stock und steht vor dem Zimmer des Kapitalreferenten.

Der ihn noch nicht kennt, aber gleich kennenlernen wird.

Er klopft an und tritt auf Aufforderung herein: »Guten Tag, mein Name ist Horster und ich habe ein wichtige Mitteilung zu machen.«

»Herr, äh, setzen Sie sich. Worum geht es denn?«

»Sie haben doch den Fall mitverfolgt von dem armen Tropf, der da in seiner Wanne totgekocht wurde?«

»Selbstverständlich. Ein schlimmer Unfall.«

»Kein Unfall, kein Unfall. Ich habe da Informationen, die auf Mord schließen lassen. Habe ich Ihre Aufmerksamkeit?«

»Mord? Ich bin ganz Ohr.«

»Also, ich weiß, wer der Täter war. Sie werden es nicht glauben.«

»Sie wissen sogar, wer der Täter ist? Aber woher?«

»Er hat mir gegenüber die Tat zugegeben. Ja, das hat er.«

»Und wer ist es?«

Herr Horster will gerade tief Luft holen, denn er genießt es, daß ihm endlich einmal jemand Aufmerksamkeit schenkt. Und dann nicht irgendsoein Wicht von Polizist, sondern ein echter Staatsanwalt. Aber er kommt nicht zu einer Antwort, denn in diesem Augenblick öffnet sich die Tür. Und als er sich umdreht, sieht er in zwei Augen über einem mächtigen Schnurrbart, wobei sich die eben noch lebhaften Augen beim Anblick des Herrn Horster schlagartig verdunkeln: »Was ist denn hier los?«

Man muß wissen, daß sich die Staatsanwaltschaft als Team versteht, als verschworene Gemeinschaft, als untrennbare Einheit. In vielen Kaffeepausen täglich werden Fälle besprochen, werden Taktiken und Vorgehensweisen ausgetauscht, wird den alten Hasen so mancher Kniff im unermüdlichen Kampf gegen das Verbrechen abgerungen, wird so manche Anekdote aus dem bunten Alltag des Sitzungsdienstes wortgewaltig in die Runde geworfen. Natürlich wird auch Kaffee getrunken, aber der lohnt das Kommen nicht. Man will sich vielmehr austauschen, Rat geben und Ratschläge einholen. Sich gegenseitig helfen. Und auch gegenseitige Besuche der verschiedenen Referenten in den Diensträumen der Kollegen sind eher die Regel denn die Ausnahme, um einfach einmal die Ansicht eines anderen zu hören. Was meinst du denn zu folgendem Problem? Und so ist es dem werten Behördenchef just in diesem Moment eingefallen, eine Angelegenheit, die im Ministerium bereits auf Interesse gestoßen war, die aber mit unserem Fall nichts zu tun hat, mit seinem Kapitalreferenten zu erörtern. Das Ministerium ist immer daran interessiert, die Arbeit der Staatsanwaltschaft zu erschweren. Schließlich will es seine Existenz rechtfertigen.

Die beste Taktik dabei ist es, das Ministerium auszubremsen, ohne daß es dieses merkt.

Aber kaum hat der Eintretende die Klinke in der Hand, schon fallen seine stechenden Augen mit einem hohen Maß an Mißbilligung auf einen Gast, den er in diesem Hause grundsätzlich nie mehr zu sehen wünscht.

»Das ist der Herr, äh, ...«, setzt der Kapitalreferent an.

»Horster, ich weiß. – Was machen Sie hier?«

»Ach, Sie kennen ihn? Er hat wichtige Informationen ...«

»Wichtige Informationen? Darauf hätt ich wetten können. Schon wieder mal jemanden anzeigen, was?«

»Diesmal habe ich was, was Sie interessieren wird ...«, beginnt der ungebetene Gast zaghaft. Aber dem mächtigen Gegenwind des Behördenchefs hat Don Quichotte wenig entgegenzusetzen: »Mich interessiert nichts, aber auch gar nichts, was Sie zu sagen haben.«

»Aber es geht um Mord ...«

»Nur, wenn Sie nicht auf der Stelle von hier ...«

»Aber ein Polizist ...«

»Unterbrechen Sie mich gefälligst nicht! Das tue ich ja auch nicht! Hier ist schon lange kein Polizist mehr ermordet worden, Gott sei Dank. Und jetzt verschwinden Sie!«

»Aber der Polizist ist der Mörder ...«

»Das wird ja immer schöner, auch noch das eigene Nest beschmutzen. Hauen Sie ab, sonst lasse ich Sie von den Wachtmeistern hier rausschleifen!«

»Aber ...«

»Kein Aber! Raus! Und zwar ein bißchen plötzlich!«

Konsternierter Blick.

»Oder soll ich wirklich die Hunde loslassen?«

Natürlich sind damit keine realen Hunde gemeint. Sondern die Wachtmeister, die diese Aufgabe sicher genießen würden, den ungebetenen Gast unsanft aus dem Gebäude zu geleiten.

Weil sie mit diesem noch ein Hühnchen zu rupfen haben.

Herr Horster merkt, daß auch sein Plan B gescheitert ist und räumt das Feld. Der Kapitalreferent läßt sich von seinem Behördenleiter erklären, wem er da gerade fast auf den Leim gegangen wäre. Einem amtsbekannten Querulanten, dem man nichts, aber auch rein gar nichts glauben darf. Der es nur darauf anlegt, Ärger zu bereiten. Dessen Anzeigen alle ausnahmslos zu nichts führen. Verfahren, die auf seine Anzeigen hin in Gang gesetzt worden sind, haben bislang immer eingestellt werden müssen. Der würde noch seine Großmutter hinhängen, wenn er sich dafür auch nur ein bißchen Aufmerksamkeit verspräche.

Solch einen setzt man ohne Weiteres an die Luft, bevor er nichts als heiße solche und unnötigen Papierkram verursacht.

»Aber, warum ich eigentlich gekommen bin ...«

Weiter unten wird das laute Organ des Leitenden Oberstaatsanwalts zunehmend gedämpfter, während Herr Horster mit hängenden Schultern die Treppe hinabsteigt.

In seinem Kopf plant er gerade sein weiteres Vorgehen.

Denn ein paar Asse hat er selbstverständlich noch im Ärmel.

Da gibt es noch die übergeordnete Generalstaatsanwaltschaft. Die hält zwar meistens zu den untergeordneten Staatsanwaltschaften, fordert aber immerhin Berichte an, was den Staatsanwälten zumindest Arbeit verursacht.

Und wenn das nichts nützt, bleibt noch das Ministerium. Das untersteht dem Minister und dieser mißversteht seine Aufgabe vor allem als Dienstleistung am Bürger. Außerdem denkt er als Erstes an Wählerstimmen. Bürgerbegehren werden von ihm zwar auch meist abgeschmettert, aber immerhin per persönlicher Unterschrift unter einem höflichen Formbrief.

Wenn alle Stricke reißen, hat man noch den Rettungsanker aller berufsmäßigen Störenfriede: den Petitions-Ausschuß des bayerischen Landtags. Dort hört man sich jeden Blödsinn an, immer und zwar nicht nur kurz vor den Wahlen. Es kann eine Angelegenheit nicht absurd genug sein, um nicht trotzdem dort ernst genommen zu werden. Eine Tankstelle im Naturschutzgebiet? Kann man doch mal diskutieren. Ein Elternmörder macht geltend, daß er als Vollwaise doch milder zu betrafen sei?

Aber, wie so oft im Leben: So manches kommt anders als geplant. Während man schon im Kopf ein Schreiben mit wuchtigen Worthülsen vorformuliert, erregt am Eingang ein heftig gestikulierender

Mann das Interesse. Ein Mann, der offenbar schon an der gläsernen Tür zu scheitern im Begriffe ist. Anfänger, denkt Horster und hält ihm die Tür auf, als er nach draußen geht. Aber schon ist der Wachtmeister zur Stelle, der seinen ehemaligen Kollegen erkennt und ruft: »Horsti, alter Querkopf, wie bist du denn hier rein gekommen? Mach, daß du Land gewinnst, aber dalli, dalli.«

So finden sich denn zwei an der frischen Luft vor dem Gebäude der Staatsanwaltschaft wieder, die sich zwar nicht kennen. Aber diese Begebenheit solidarisiert die beiden im Nu und man glaubt sich in derselben Lage wie der andere. Jedenfalls Horster glaubt das.
Denn der andere hält sich für einzigartig.

Daher kann niemand anderes in seiner Situation sein.

Sein Interesse an dem vermeintlichen Schicksalsgenossen ist vielmehr beruflich begründet. Um dies zu erklären, müssen wir uns den jüngeren der beiden Männer ein wenig genauer anschauen. Sein Nachname ist »Hirschberger«, aber er wird überall nur »Hischi« genannt. Leider hat er das Pech, daß sein Vater ein eingefleischter Anhänger von amerikanischen Zeichentrickfilmen ist. So hat dieser seinen Sohn ausgerechnet auf den Namen »Walt« taufen lassen, nach dem angeblichen Erfinder von Micky Maus und Donald Duck. Klar, daß das Kind damit überall gehänselt wird, wenn und wie es nur

geht: »Der Hirsch, der sieht den Walt vor lauter Bäumen nicht!« Deswegen ist er dazu übergegangen, sich mit einem selbst gewählten Spitznamen vorzustellen: »Hischi«. Und dieser ist ihm geblieben, auch wenn er aus dem Alter eigentlich heraus ist, in dem der Nachname einfach abgekürzt und schlicht mit einem »I« versehen wird.
Die meisten Menschen legen das ab, wenn sie glauben, zu erwachsen dazu zu sein.

Eigentlich hat er immer Fotograf werden wollen, die Fotografie ist seine ganze Leidenschaft. Schon, um sich mit der Realität auf Fotopapier von der Illusion der Comic-Hefte seines Vaters abzugrenzen. Da Leidenschaft aber selten einen Mann ernährt, hat er sich auf eine Tätigkeit zurückgezogen, die zumindest artverwandt ist und bei der er auch ab und zu einen Schnappschuß anbringen kann: Den Journalismus.
Angefangen hat er bei einem örtlichen Provinzblatt.

Und ist dort hängen geblieben.

Er hat geheiratet und sich damit ortsgebunden gefühlt. Seine Frau ist eine »Hiesige«, eine »geborene Schanzerin«, weil innerhalb der Stadtmauern zur Welt gekommen. Er aber stammt von außerhalb, da ist für die Eingeborenen egal, woher. Ingolstädter wird man nur durch Geburt, alle anderen sind Zugereiste. Aber er akklimatisiert sich rasch. Große Sensationen kann man sich hier nicht erhoffen.

Prominenz sucht man hier vergeblich, sofern man nicht gewisse Leute persönlich fragt, die sich selbst natürlich für überaus prominent halten.

Heutzutage ist Berühmtheit nicht mehr unbedingt dadurch gekennzeichnet, daß man auch wirklich berühmt ist.

Aber Walt Hirschberger klagt nicht. Es gibt hier eine Menge zu entdecken, wenn man nur daran glaubt, daß es in der kleinen Welt der kleinen Donaustadt von Interesse sein kann. Und daß etwas von Interesse ist, das kann und muß man den Lesern einfach richtig verkaufen. Wenn man ihnen nur lange genug einredet, die Ansammlung dickbeiniger Hupfdohlen der verschiedenen Faschingsgesellschaften seien eine Attraktion, widerspricht irgendwann niemand mehr. Oder wenn man die weitgehend sinnfreien Zitate des Sponsors des örtlichen Vorzeige-Fußballvereins nur groß herausstellt, vermögen die stoischen Abonnenten irgendwann deren tieferen, philosophischen Hintergrund zu erkennen. Auch eher unbegabte Kommunalpolitiker lassen ihre phänomenale Sichtweise der Dinge vom Stapel, so daß nach einer gewissen Eingewöhnungszeit darüber hinweg gesehen werden kann, was da teilweise an Stammtischgerede verbreitet wird.

Ein wichtiger Teil der Arbeit ist die Berichterstattung über die Rechtsprechung der lokalen Gerichte. Denn so klein die unbedeutende Stadt an der Donau ist, so nennt sie nicht nur ein altehrwürdiges Amtsgericht, sondern auch Bayerns jüngstes Landgericht ihr eigen. Freilich ist Hischi nicht vom Fach, was dazu führt, daß die Richter sich nicht immer zutreffend zitiert wiederfinden. Man muß allerdings Juristerei studiert haben, um Urteile in ihrer ganzen Schönheit erfassen zu können. Aber die Reportagen des wackeren Journalisten sind zumindest immer fair.

Er bemüht sich wenigstens redlich.

Das ist leider nicht bei allen Pressevertretern selbstverständlich.

Allerdings ist Hischi gar nicht an der gläsernen Tür gescheitert. Er weiß vielmehr, daß es bei Behörden wichtig ist, sich auch und gerade mit dem einfachen Dienst gut zu stellen. Ein Schwätzchen mit dem Wachtmeister lohnt immer. Dann hat man einen Fuß in der Tür und erfährt gelegentlich mal etwas Interessantes. Ein kleiner Witz zur rechten Zeit ist nie verkehrt, um in Kontakt zu bleiben. Und so hat ihn Herr Horster soeben (ohne dies zu bemerken) bei einer Parodie auf einen eher unangenehmen Politiker ertappt, welcher die erfrischende Angewohnheit hat, seine hohlen Phrasen mit ausladenden Gesten zu begleiten. Dies deutet Herr Horster, der sich nicht vorstellen kann, daß man bei der Staatsanwaltschaft auch willkommen sein könnte, falsch. Daß der Journalist gerade an der Pforte gescheitert ist und sich gestenreich dagegen gewehrt hat. Aber Hischi klärt die Situation selbstverständ-

lich nicht sofort auf. Mit dem Instinkt der schreibenden Zunft wartet er die Entwicklung vielmehr einfach einmal ab. Manchmal muß man der Realität die Gelegenheit geben, sich unverfälscht zu zeigen. Der Typ scheint ein Geheimnis zu haben. Ob da für die »Ingolstädter Nachrichten« etwas abfallen könnte?
Wenn man zu früh mit der Wahrheit herausrückt, verdirbt man vielleicht noch alles.

Wer weiß, was der Abend noch bringen wird.

Und dieser Walt Hirschberger, vollbärtig, mit leichter Tonsur am Hinterkopf, groß gewachsen, schlägt nun dem alten Richard Horster vor, man sollte sich doch mal bei einem kleinen Umtrunk so richtig ausquatschen. Bei einem Bier redet es sich doch viel leichter. Wobei der jüngere der beiden von Anfang an vorhat, vor allem den älteren reden zu lassen. Man setzt sich ins gemütliche Café Maximilian am Rande der Altstadt und beginnt, sich auszutauschen. Wobei der Austausch vor allem darin besteht, daß Horsti in einen Rederausch verfällt. Er bemerkt gar nicht, daß der Andere gar nicht zu Wort kommt. Wenn man sich erst einmal in Rage geredet hat, dann vergißt man alle Höflichkeit, auch den anderen einmal zu Wort kommen und ein wenig Dampf ablassen zu lassen.

Das ist aber auch eine Geschichte, die Hischi da zu hören bekommt. Vor Aufregung bekommt er ganz rote Ohren. Den schickt mir der Himmel, denkt er.

Soll ich ihm sagen, daß ich von der Presse bin?

Ach, ich laß ihn einfach noch ein bißchen reden.

10. Schlagzeilen

In diesem Kapitel geht etwas nur unter Druck in Druck

Es ist ein weit verbreiteter Irrtum, daß Journalismus im Wesentlichen daraus besteht, daß der Journalist irgendetwas aufschnappt, es zu Papier bringt und dann wird es sofort gedruckt. Nein, der emsige Schreiberling schnappt irgendetwas auf, bringt es zu Papier, dann streicht der Redakteur davon die Hälfte weg und erst dann geht es in Druck.
Nein, das ist nur Spaß.

Es mag solche Schmierfinken geben, die aus halbgaren Fakten halbwegs stimmige Artikel zimmern, die nur dazu dienen, Stimmung zu machen. Aber der ehrbare Pressevertreter wendet in aller Regel ein Verfahren an, das da heißt: Recherche. Er sucht im Internet, was eventuell über den Informanten schon verbreitet wird. Er klemmt sich ans Telefon und ruft alle möglichen Stellen an, von denen er glaubt, sie können ihm weiterhelfen.
So einer ist der Hischi: Einer von der alten Garde.

Ein Sammler von Informationen.

Die Staatsanwaltschaft allerdings gibt an, es liefe gar kein Ermittlungsverfahren gegen einen Polizeibeamten wegen Mordes. Verfahren wegen Strafvereitelung im Amt (wobei man keine Namen nennen darf) und ebenfalls solche wegen falscher Verdäch-

tigung (auch hier darf man aus Gründen des Daten-
schutzes keine Verdächtigen benennen) gäbe es,
aber keine wegen eines Kapitaldeliktes. Das übliche
Zeug halt, aber keine Besonderheiten. Ob man das
glauben kann, ist nicht so ganz klar: Die wollen
vielleicht nicht als Nestbeschmutzer dastehen. Das
kann alles Mögliche heißen. Durch solch eine Auskunft darf man sich nicht entmutigen lassen. Daß
die Polizeiführung heftig dementiert, hat nichts,
aber auch gar nichts zu bedeuten. Die würden kaum
einen aus ihren eigenen Reihen der Presse zum
Fraß vorwerfen.
Das also abhaken.

Selbstverständlich gibt er auch demjenigen, dem er
in seinem Bericht auf die Zehen tritt, die Gelegenheit, sich dazu zu äußern.

»Fammerl.«

»Grüß Gott, hier spricht Hirschberger.«

»Der Hischi, alles klar. Was gibt's?«

»Also, ich sitze da an einer Geschichte, in der Sie
eine gewisse Rolle spielen.«

»Und die wäre?«

»Gegen Sie soll ermittelt werden. Hat mir mein Informant erzählt.«

»Ach, die alte Geschichte. Ich schwöre Ihnen, das
war doch … äh total aufgebauscht. Alles nur heiße
Luft. Sie werden doch nicht jeden Schmarrn glauben?«

»So idiotisch hat sich das aber gar nicht angehört,
was er mir erzählt hat.«

»Der kann doch viel erzählen. Ich habe den nicht mal angefaßt. Der war doch wie neu. Und jedem geht doch mal der Gaul durch.«

»Sie sprechen vom Opfer. So neu ist der aber nicht mehr. Und da ist Ihnen der Gaul aber schon wirklich ganz schön durchgegangen. Wenn das nicht sogar die Untertreibung des Jahres ist. Sie geben es also zu?«

»Gar nichts gebe ich zu. Die Anzeige ist doch zurückgezogen worden. Von ‚Opfer‘ kann nicht die Rede sein.«

»Na, das erstaunt mich aber, wie kaltschnäuzig Sie das sehen. Der war immerhin tot. Da sollte man doch von ‚Opfer‘ sprechen können.«

»Tot? Der war doch nicht tot? Hat er das behauptet, ich meine: Wie kann er noch was erzählen, wenn …? Von was zum Teufel sprechen Sie denn überhaupt?«

»Ich spreche von dem Toten in der Badewanne. Den sollen Sie auf dem Gewissen haben.«

»Von dem …? Aber ich dachte, Sie sprechen von dem Schiffschaukelbremser, den ich ein wenig intensiv vernommen … Wie kommen Sie denn darauf, daß ich jemanden getötet habe?«

»Ich habe da so meine Quellen.«

»Wer war das, raus damit!«

»Sie wissen, daß ich keine Informanten preisgebe. Muß ich auch nicht. Also, stimmt es oder stimmt es nicht?«

»Natürlich stimmt das nicht. Wenn Sie das schreiben …«

»Was dann?«

»Dann gnade Ihnen Gott.«

»Mehr haben Sie nicht zu sagen?«

»Doch, aber das werden Sie nicht drucken, Sie I-Tüpferl-Zähler. Wie können Sie es wagen, meine Ehre in den Dreck zu ziehen, Sie alter Tintenkleckser. Wenn ich mit Ihnen fertig bin ...«

Und Hischi, der schnell bemerkt, daß das Gespräch eine wenig konstruktive Wendung nimmt, beendet es, indem er einfach den Hörer auf die Gabel knallt. Hm, die Reaktion des Hauptkommissars ist merkwürdig. Wenn er Dreck am Stecken hätte, hätte er sofort abgeblockt. Er hat den Vorwurf aber gleich auf ein etwas rabiates Verhör bezogen. Diese Vernehmung am Rande der Legalität ist Hischi schon zu Ohren gekommen. Aber man hat es unter der Decke gehalten, weil es sich gegen einen amtsbekannten und auch der Presse nicht unbekannten Pädophilen gerichtet hat. Und man will seitens der Zeitungen nicht den Eindruck erwecken, man würde sich jetzt für Kinderschänder einsetzen.

Man muß nicht alles drucken, was die Leute ohnehin nicht lesen wollen.

Und Herrn Hirschberger kommen Zweifel an der Sache. Auch kennt er den Herrn Fammerl schon eine Weile. Das ist ein Hansdampf in allen Gäßchen, der zu viel trinkt und seine Wirkung auf Frauen hoffnungslos überschätzt. Ein grober Klotz, der gerne einmal übers Ziel hinausschießt. Ein Grobian und Hitzkopf. Zu Verdächtigen ist er nicht immer freundlich. Da läßt der die Samthandschuhe ab und zu mal stecken. Aber ein Mörder? Das sieht ihm gar nicht ähnlich. Und die Reaktion auf das Telefonat spricht Bände. Anscheinend war er wirklich vom Vorwurf überrascht. Auch fragt Hischi sich wirklich, ob der Informant der Verläßlichste ist. Im Internet lesen sich manche seiner Angriffe auf alle möglichen Institutionen etwas sperrig. Solch einen Zeitgenossen nennt man in Justizkreisen wohl »Querulant«. Daran kann man sich nur die Finger verbrennen. Er beschließt, die Sache erst einmal auf Eis zu legen.

Der Kommissar würde schließlich nicht weglaufen.

Und wenn: Dann kann man die Sache immer noch auf die Titelseite knallen.

Und in der Redaktionskonferenz ist der Chef der Lokalredaktion derselben Meinung. Ein vernünftiger Mann, dem so schnell keiner was vormacht. Wenn die Sache nicht Hand und Fuß hat, dann kann man sie nicht bringen. Solch ein Knüller muß schon wasserdicht sein. An heißen Eisen kann man sich sonst ganz unschön die Finger verbrennen. Besonders, wenn sie nicht halten, was sie versprechen. Wenn die Staatsanwaltschaft schon dementiert, daß gegen den Fammerl ein Ermittlungsverfahren läuft, dann soll man das auch für bare Münze nehmen. Der Redakteur kennt den Leitenden Oberstaatsanwalt, den er in Gedanken nur den »Leidenden« Oberstaatsanwalt nennt, persönlich vom Kar-

tenspielen. Dem kann man trauen. Wenn da was läuft, dann sagt der das.
Also: Was haben wir sonst noch für die heutige Ausgabe?

Herr Fammerl sucht anderntags vergeblich nach einem Artikel, in dem dieser Schmierfink Hischi Lügen in die Welt hinausposaunt. Gott sei Dank, das hätte erheblichen Ärger geben können. Wenn der Leiter der Kriminalpolizei davon gelesen hätte, ein echter Korinthenkacker vor dem Herrn, wäre vielleicht herausgekommen, wie der Herr Hauptkommissar dem Doc ein Geständnis hat entlocken wollen. Dieser Erbsenzähler von Chef hätte das nicht unter »Cleverness« verbucht. Sondern unter der Überschrift »Verbotene Vernehmungsmethoden«. Und das hätte er ihm niemals durchgehen lassen.

Wir sind die Guten, wir müssen sauber arbeiten.

Wo er den Fammerl ohnehin schon wegen der Sache mit der angeblichen Gewaltanwendung im Verhör dieses Kinderfickers auf dem Kieker hat. Das hätte böse enden können, für alle Beteiligten.
Den Fammerl, den muß man im Auge behalten.

Dann aber treten Umstände ein, mit denen niemand gerechnet hat. Denn der Besitzer der Zeitung ist ein Mann, der eher wirtschaftlich denn journalistisch denkt. Und dann sieht er sich auf einem Treffen der Zeitungsherausgeber auch noch dem Vorwurf ausgesetzt, er habe nur eine höchst provinzielle Zeitung, deren Bedeutung außerhalb der Region gleich Null wäre. Dort liest man nur von Themen, die jenseits der Stadtmauern keine Sau interessieren würden. Kein Wunder, wenn man nicht mal die Nummer Eins in der Stadt, sondern hinter einem kleinen Blatt wie dem Donaukurier nur zweiter Sieger ist. »Ingolstädter Nachrichten«, das klingt wie die Anzeigenblättchen, mit denen Schüler nachmittags die Briefkästen der Bürger vollstopfen. Das kratzt dann endgültig am Selbstbild des Verlegers, der beschließt, künftig mehr auf Sujets zu setzen, die überregional Furore machen sollen.

Zudem sind die Auflagenzahlen auch schon einmal besser gewesen.

Also ruft er die Ressortleiter seiner Zeitung zusammen und erläutert die Lage. Die Ansichten der anderen Verleger gibt er nur andeutungsweise wieder. Jedenfalls soll man dem Blatt tunlichst zur Weltgeltung verhelfen.
Ob nicht irgendjemand etwas in der Schublade hat, mit dem man die Zeitungslandschaft mal ein wenig aufmöbeln könne. Hierbei sehen die meisten betreten zu Boden, denn man hat sich eigentlich von seinem Selbstverständnis her nie auf einer Stufe mit effekthaschenden Boulevardblättern gesehen.
Was auch so bleiben soll.

Aber der Leiter der Lokalredaktion hat wohl nicht schnell genug zu Boden geschaut. Auch ist dem wachsamen Auge des Verlegers nicht entgangen, daß er kurz ein wenig grimmig gegrinst hat. Das kann nur bedeuten, daß man dort noch ein As im Ärmel hat, das man aber noch nicht auspielen will.

»Sie haben doch was?«
»Also, eigentlich nicht, wenn Sie mich so fragen.«
»Und uneigentlich? Ich sehe Ihnen doch an der Nasenspitze an, daß Sie noch einen Trumpf in der Hand halten.«

Kurzes Zögern.

»Hm, ja, da gäbe es tatsächlich etwas, das einer Sensation gleichkäme. Ist aber noch alles andere als wasserdicht.«
Der Herausgeber hört nur das Zauberwort »Sensation«. Ob ein U-Boot wasserdicht ist, scheint ihn dagegen nicht zu interessieren. Er ist schon Feuer und Flamme: »Sensation? Sensation? Das ist doch genau das, was wir brauchen. Erzählen Sie!«
»Also, wir haben da einen Hinweis bekommen, daß ein Polizeibeamter einen Mord zugegeben haben soll.«
»Mord? Durch einen Polizisten? Das klingt doch super. Weiter!«
»Die Quelle ist allerdings ein wenig fragwürdig. Da können wir kaum schreiben: ‚Hauptkommissar unter Mordverdacht‘. Im Grunde wissen wir so gut wie nichts.«
»Stellen Sie sich doch nicht so an. Alles eine Frage der Formulierung. Dann schreiben wir eben, ich

sehe schon die Schlagzeile: ‚Steht Hauptkommissar unter Mordverdacht?' Dann kann uns keiner ans Bein pinkeln.« Der Zeitungsbesitzer malt regenbogenförmige Schlagzeilen in die abgestandene Luft der Konferenz.

»Und wenn wir völlig daneben liegen?«

»Dann gibt es immer noch die Möglichkeit der Gegendarstellung. Seien Sie doch nicht so zimperlich. Haben Sie denn alle Kreide gefressen? Wir wollen doch die Leute aufrütteln. Raus aus dem Dornröschenschlaf. Wir sind die Presse. Nur wir stehen zwischen dem Chaos und der Information der Menschen. Also, so wird es gemacht. Morgen will ich das auf der ersten Seite lesen, kapiert? Und jetzt Abmarsch, die Arbeit ruft.«

Der Ober sticht den Unter. Der Leiter der Lokalredaktion hat nun die undankbare Aufgabe, den Herrn Hirschberger dorthin zu stechen, wo es weh tut: Mitten hinein in sein Journalistenherz. Auch vornehm verpackte Sätze wie: »Du weißt doch, daß wir in der Vergangenheit immer mal wieder was gedruckt haben, was ein wenig wacklig war!«, helfen da nicht weiter.

»Aber diese Story geht am Krückstock, wenn überhaupt. Sie beruht im Grunde allein auf der Aussage eines Wichtigtuers«, widersetzt sich Hischi. »Das läuft auf reine Spekulation hinaus.«

»Deswegen muß man es ja auch geschickt formulieren.«

»Wenn etwas Unsinn ist, kann man es noch so geschickt formulieren, es bleibt doch Unsinn.«

»Also, die Öffentlichkeit hat ein Recht darauf zu erfahren, was läuft. Darunter fallen eben mal Fakten, die noch nicht doppelt gesichert sind.«

»Aber das widerspricht jeglicher journalistischen Sorgfalt. Wenn es nicht von mindestens zwei Seiten bestätigt wird, bringt man es nicht. Punkt.«

»Es ist, wie es ist: Der große Oberboss will es so. Und so wird es gemacht.«

»Na, der hat auch leicht reden: Sein Name steht nicht unter dem Artikel.«

»Wenn das das einzige Problem sein sollte: Man kann jeden Namen darunter setzen, den man darunter setzen will. Oder wir lassen den Namen einfach weg. Noch besser: Wir setzen den Namen des Bosses ein!«

»Bist du jetzt unter die Arschkriecher gegangen? Wir waren uns doch einig, daß wir sie Sache nicht bringen. Und nur, weil der Obermotz jetzt einen auf Yellow Press machen will, knickst du ein? Da muß man mal ‚nein' sagen, wenn es die Sache erfordert.«

»Du hast leicht lachen. Du hast auch nicht drei Kinder zu ernähren. Wenn der mich auf die Straße setzt, nur, weil ich jetzt mein Gewissen entdecke, was meinst du, was mir dann meine Frau erzählt?«

»Also, ich soll deiner Frau zuliebe Quatsch mit Soße schreiben?«

»Nein, du sollst die Fakten ein wenig aufbereiten und das war's. Überhaupt ist jetzt ausgeredet. Du schreibst das jetzt und Punkt.«

Offenbar hat der Unter noch einen Unter unter sich. Und Hischi schleicht von dannen und setzt sich bedröppelt an seinen Computer. Über die Überschrift muß er sich glücklicherweise keinen Gedanken machen, die hat dieses Herzchen von einem Herausgeber schon vorformuliert.
Aber wie soll man den Rest zu Papier bringen?

Er sitzt lange da und grübelt über den Inhalt des Artikels nach. Geht ihm das Verfassen eines Artikels sonst leicht von der Hand, wollen die Worte heute so gar nicht aus der Tastatur purzeln. Immer wieder löscht er Sätze, bis ihm eine Formulierung gefällt. Zeile um Zeile reiht sich aneinander, bis die gewünschten drei Spalten schließlich mit Text gefüllt sind. Es ist eine rekordverdächtige Ansammlung von Konjunktiven geworden; ein Bericht, der mit Fragezeichen nur so gespickt ist, womit er mehr Fragen aufwirft als beantwortet. Mann, aus wenigen Fakten viele Worte zu stricken, denkt der wackere Lokalreporter.

»Scheiße, warum bist du nicht Fotograf geworden?«, sagt er schließlich zu sich selbst. Wenn man ihm dieses Geschreibsel nicht aufgezwungen hätte, er hätte alles sofort gelöscht. Ein Klick und alles wäre weg. Aber er hat den Chef im Nacken. So speichert er das Pamphlet und schickt es dem Lokalchef per E-Mail zu, weil er ihn heute nicht noch einmal zu Gesicht bekommen will.
Dann nimmt er seine Jacke und geht nach Hause.

»Mann, hatte ich einen schweren Tag«, klagt er gegenüber seiner Frau.

»Ach«, will ihn diese trösten: »Vergiß nicht: Die Zeitung von morgen ist übermorgen nur noch Verpackung für frischen Fisch.«

»Wenn du wüßtest.«

Der Chefredakteur hat schon auf seinen morgigen Aufmacher gewartet. Er überfliegt den Artikel, streicht nur den einen oder anderen Konjunktiv, natürlich nur aus rein stilistischen Gründen, ersetzt das eine oder andere Fragezeichen durch einen Punkt und speichert das Ganze. Keine Sternstunde des investigativen Journalismus, aber diese Vokabel hat schon das Privatfernsehen verdorben. Warum also soll man sich einen Kopf über etwas machen, was die Leute in einer Woche schon vergessen haben? Er sendet das Machwerk hinüber in das Stammhaus, wo im Keller die Druckmaschinen ihrer Arbeit harren.

Und schon bald spucken sie emsig Papier aus.

Sie rattern das Papier voll mit Schriftzeichen.

Frisch gedruckt, gehen die Zeitungen bündelweise an die Kioske und Austräger. Von dort gelangen sie in die Häuser der Menschen oder von der Ladentheke jungfräulich in die Hände der Pendler, die sich auf dem Weg zur Arbeit im Zug noch ein wenig darüber informieren wollen, was in der Welt da draußen so los ist.

Faschingsgarde stellt sich vor. Schön. Da gibt es nackte Beine zu sehen.
Die Steuern werden erhöht. Ja, da hat wieder mal jemand seine Wahlversprechen gebrochen.
Wieder Unfalltoter auf der Autobahn. Ist doch mir wurscht, mit meiner sportlichen Fahrweise hat das doch nichts zu tun.
Steht Hauptkommissar unter Mordverdacht? Ach, die haben doch alle Dreck am Stecken.

Man kann sich leicht vorstellen, daß die Stimmung im Hause Fammerl am nächsten Morgen getrübt ist. Dieses Schwein! Hat er es doch tatsächlich geschrieben. Es steht zwar nicht der Name von diesem verdammten Hirschen unter dem Artikel. Aber ich weiß genau, wer das verbrochen hat. Dem haben sie wohl ins Gehirn geschissen.
Na warte, dich wenn ich erwische.

Dann zeige ich dir, wer hier ein Mörder ist.

II. Niederschläge

In diesem Kapitel bekommt unerwünschter Besuch einen
Fehltritt zu sehen und macht gleichzeitig einen solchen

Wut ist ein schlechter Ratgeber. Den Rat, gleich
dem Erstbesten einfach mal in seine blöde Visage
zu boxen, ignoriert man besser. Auch ist es ratsam,
tapfer der Eingebung zu widerstehen, alles kurz
und klein zu schlagen und auf allem, was dann am
Boden liegt, noch wie ein Rumpelstilzchen her-
umzutrampeln. Nein, die erste Rage hält man am
besten aus, läßt den Zorn ein wenig erkalten, bevor
man konkrete Maßnahmen ergreift. Vielleicht
schläft man sogar eine Nacht darüber, bevor man
sich mit hochrotem Kopf auf den Weg macht, sich
eine Menge Ärger einzuhandeln.

Man kann aber auch diese vermaledeite Zeitung
packen und aus dem Haus rennen, als wäre der
Leibhaftige hinter einem her. Man kann mit
stampfenden Schritten die Treppe hinunter-
springen, das druckfrische Presseerzeugnis in der
Rechten, in der Linken den Hut, weil keine Zeit
mehr war, ihn sich bei all der Hast noch aufzusetzen.

Und so stürmt Herr Fammerl durch den jungen,
verregneten Tag, weil er diesem verschissenen
Schmierfink von Journalisten an die Gurgel will.
Bis zu seinem Auto.

Er reißt die Tür auf und wälzt sich ins Innere. Er läßt den Motor aufheulen und drückt das Gaspedal durch. Was nur hat ihm der arme Wagen getan? Er fährt schneller, als die Polizei erlaubt. Aber die Polizei, das ist er schließlich selbst. Strafzettel? In seiner Situation ist ihm das herzlich egal. An jeder roten Ampel trommelt er ungeduldig auf dem Lenkrad herum, als könnte er damit die Grünphase beschleunigen. Dann hupt er ungehalten, als dieser langsame Sonntagsfahrer vor ihm nicht gleich losfährt. So fahr doch, du Nieselprieme. Und dann hält sich diese Knalltüte sogar noch an die Geschwindigkeitsbegrenzung. Da hilft auch die Lichthupe nichts, im Gegenteil, das nimmt dieses Verkehrshindernis sogar noch zum Anlaß, seine Geschwindigkeit nochmal zu drosseln.

Weil ihn das Verhalten dieses blöden Rasers hinter ihm völlig verunsichert.

Das hinter mir ist sicher die Zivilpolente, da fahre ich mal extra langsam.

An der nächsten geraden Strecke nutzt der Polizist die Gelegenheit zu überholen und schert knapp vor dem nahenden Gegenverkehr wieder ein. Das war aber haarscharf, fast hätte es gekracht. Wozu sein Leben riskieren, nur um ein paar Minuten früher dort zu sein, wo dieses Schwein arbeitet. Nur ein paar lausige Minuten, aber erkläre das mal einem Raser, dessen Herz ebenfalls rast und der vor unbändiger Wut im wahrsten Sinn des Wortes kaum zu bremsen ist.

Und so hastet er seinem Ziel entgegen: Der Zeitungsredaktion.

Sie ist in der Innenstadt untergebracht, weil man anscheinend denkt, daß dort die Lokalredaktion am sinnigsten und besten angesiedelt wäre. Und um das Ganze so transparent wie möglich zu gestalten, sitzen die Damen und Herren von der lokalen Presse hinter großen Glasfenstern und können von allen Passanten bei ihrer Arbeit beobachtet werden. Der Kommissar nähert sich gerade im Sauseschritt, denn soeben hat er sein Fahrzeug in zweiter Reihe geparkt. Er rennt auf den Eingang des Gebäudes zu und reißt die Türe auf.

»Wo ist er?«, schreit er die sehr blonde, sehr junge, sehr Kaugummi kauende Dame am Empfang sehr laut an.
»Wo ist wer?«, fragt diese zwischen zwei Kaubewegungen zurück, allerdings sehr freundlich.
»Dieses Schwein.«
»Wir haben hier keine Tiere«, kontert die Blondine schlagfertig und sieht sich beifallsheischend um. Aber keiner der schreibenden Zunft schaut auch nur von seiner Tastatur auf. Daß hier irgendwelche Pappnasen reinschneien und sich mal ausgiebig ausbrüllen, ist nun wirklich keine Seltenheit und keinen müden Blick mehr wert.
»Ich meine doch diesen Schmierfinken, diesen Hischi, den Hirschberger.«
»Ah, Sie suchen einen Finken, kein Schwein. Zoologisch sind diese beiden Tiere nicht direkt miteinan-

der verwandt. Der ist leider außer Haus. Soll ich ihm etwas ausrichten?«

»Daß er sich seinen Scheißartikel in den Arsch schieben soll, sonst tue ich's!«

» ... in den Arsch schieben ... Gut, notiert. Und von wem soll ich ihm das ausrichten?«

Dem Herrn Kommissar geht die schlagfertige Art dieser jungen Schnepfe allmählich ganz schön auf den Senkel.

»Sie wollen mich wohl verarschen?«

»Ich finde, das kriegen Sie selbst schon ganz gut hin.«

Da fällt dem übergewichtigen Herrn mit der überlauten Stimme kurzzeitig nichts mehr ein und er schnaubt ein- zweimal verächtlich, bevor er sich brüsk umdreht und die Szene genauso schnell verläßt, wie er sie betreten hat. Betreten ist allerdings das Schweigen jetzt nicht, vielmehr sehen sich jetzt die Mitarbeiter der Zeitung an und einer sagt: »Immer wieder schön, wenn die Kundschaft zufrieden ist.«

Nur der Chefredakteur, dem der Herr Hauptkommissar nicht unbekannt ist, denkt bei sich: Das kommt davon, wenn man sich über die journalistischen Sorgfaltspflichten hinwegsetzt.

In der Haut des Kollegen möchte ich jetzt nicht stecken.

Woher weiß der Fammerl denn überhaupt, daß der Hischi den Artikel geschrieben hat? Müßte der nicht eher auf den Boss sauer sein?

Der Herr Hauptkommissar ist aber schon längst wieder auf Achse. Er legt einen Kavalierstart hin und steuert auf eine Auseinandersetzung hin. Die Begegnung mit diesem Hungerhaken aus Wasserstoff und Kaugummi hat seine Laune nicht eben gebessert. Was bildet sich diese arrogante Ziege ein? Vielleicht hätte er ihr vorhin sagen sollen, wohin sie sich ihre Antworten stecken kann, aber das ist jetzt egal. Jetzt gilt es, dem wahren Verursacher seines unbändigen Zorns diesen spüren zu lassen. Aber kräftig, dem muß mal einer Bescheid stoßen. Dem muß mal einer die ungeschminkte Wahrheit geigen, dem muß mal einer so richtig einen vor den Latz, nein, das vielleicht nicht.
Aber seinem Ärger sollte man ordentlich Luft machen.

Sonst sucht sich die Wut ein Ventil und kommt an einer Stelle zum Vorschein, wo man sie gar nicht brauchen kann.
Bei sich selbst.

Also schaltet Fammerl schnell einen Gang höher und fährt zur Privatwohnung des Journalisten. Wehe dir, wenn du einem Polizeibeamten auf die Zehen steigst. Der kennt deine Adresse, Kunststück, ist eine kleine Stadt, wo jeder jeden kennt.

Also zügelt der Herr Hauptkommissar zwar nicht sein Temperament, dafür aber seine Geschwindigkeit.

Und hält am Straßenrand an, direkt vor den Granitblöcken, die vor dem Haus des Journalisten zu bewundern sind.

Die Stunde der Genugtuung ist gekommen.

Früher hätte man so etwas mit Pistolen im Morgengrauen gelöst. Die gute, alte Zeit. Bis auf das frühe Aufstehen hatte das durchaus was für sich. Jetzt aber muß man sich auf das rein Verbale beschränken. Aber auch damit kann man einen Menschen geistig zusammenfalten. Wenn man dem anderen nur laut genug in seine blöde Fresse schreit, dann kann das durchaus die Knie weich werden lassen. Ich bin schon härteren Brocken als dem gegenüber gestanden. Und die haben alle gestanden, wenn ich nur präsent genug war. Habe mich von meiner Menschenkenntnis und Intuition leiten lassen und so manchen Bösewicht zur Strecke gebracht. Ich bin mit allen Tricks und Kniffen ausgestattet und du bist nur so ein verdammter Sesselfurzer.

Mit dir fahre ich doch schon vor dem Frühstück Schlitten!

Wenn ich mit dir fertig bin, dann bist du aber fix und fertig!

Also springt Fammerl aus seinem Wagen und läuft quer über die Straße. Ein Wagen muß mit quietschenden Reifen bremsen, aber das interessiert ihn nicht. Er ist nicht aufzuhalten. Dafür hält der Wagen an, der Fahrer gestikuliert, aber das kümmert Fammerl nicht.

Wenn er in Fahrt ist.

Ein Reihenhaus neben dem anderen. Er sieht auf die Klingelschilder, aber kein Hirschberger. Ein Haus weiter das Gleiche. Der wohnt hier gar nicht. Glaube nicht alles, was so ein Schwachkopf dir im Suff erzählt.

Aber nein: Da steht der Name. Da wohnt der Idiot.

Fammerl klingelt Sturm. Journalist, der schläft sicher lange. Wenn er Frühaufsteher wäre, er hätte sicher etwas Besseres mit seinem armseligen Leben angefangen.

Warum macht der denn nicht auf, hat der Tomaten auf den Ohren?

Eine andere Ursache, warum niemand öffnet, fällt dem Beamten nicht ein. Er hätte auch unterwegs sein können, um das Lokalkolorit der kleinen Stadt einzufangen und in blumige Artikel zu verwandeln. Vormittags, da erwischt man all die wichtigen Leute noch, die es nicht nötig haben, früh aus den Federn zu steigen.

Fammerl läßt seinen Finger einfach auf der Klingel. Der muß doch da sein?

Dann, nach einer halben Ewigkeit, wird von innen ein Schlüssel im Schloß umgedreht. Und dem Herrn Fammerl reckt sich ein müdes Gesicht durch den Türspalt entgegen, oben mit ungekämmtem Haar, unten mit Bartstoppeln. Eine Hand hält die Tür vor den Körper, um zu verbergen, daß der Herr von der Presse um diese Zeit noch in seinem Pyjama steckt.

»Was wollen Sie denn?«, kommt es mit kratziger Stimme vom ungewaschenen Pressevertreter.

»Was werde ich schon wollen?«, herrscht ihn der hellwache Polizeibeamte an. »Ja, was glauben Sie denn?«

»Glauben ist nicht meine Stärke. Ich halte mich eher an ...«

»Sie saugen sich was aus ihren Fingern und ich muß darunter leiden. Was habe ich Ihnen denn eigentlich ...«

Dem Inhaber der Wohnung ist das überlaute Organ des überraschenden Gastes sichtlich unangenehm, so früh am Vormittag. Keinen klaren Gedanken im Kopf, sondern nur einen leichten Druck. Hat man am Vorabend doch mehr getrunken, als nicht nur dem Kopf, sondern auch dem dazugehörigen Körper gut getan hat. Einen Grund zum Trinken braucht man zwar nicht unbedingt, weil ungehemmtes Saufen seinen Grund in sich trägt. Aber der Journalist hat einen gewichtigen Grund, weil er anders nicht damit klargekommen ist, daß er sich in seinem Artikel vom Vortag von jeglicher journalistischer Fairness verabschiedet hat. Der Denkapparat des Übernächtigten funktioniert noch nicht so recht zu dieser gar nicht frühen Stunde. Also macht er einen schweren, taktischen Fehler und bittet den Herrn von der Mordkommission herein. Statt das Naheliegende zu tun und diesem Fettwanst einfach die Tür vor der Säufernase zuzuschlagen, schlägt er vielmehr vor: »Wollen Sie auch einen Kaffee?«

So etwas macht man nur, wenn man wirklich noch keinen rechten Durchblick hat.

Der müde Reporter dreht sich um und droht, aus dem Sichtfeld des Polizisten zu entschwinden. Also hinterher. Das ursprüngliche Begehren des Ordnungshüters ist zwar ein anderes, aber dafür muß er diesem unverschämten Burschen unbedingt gegenüberstehen. Mag auch eine gewisse Beißhemmung beim Polizeibeamten eintreten gegenüber einem verkaterten Mitmenschen. Aber das Verhalten des Journalisten verwirrt momentan den Besucher so stark, daß er fast seine Wut vergißt. Zumindest bringt der Journalist den Polizisten kurz aus dem Konzept. Also nimmt er dieses freundliche Angebot einzutreten doch lieber an. Und folgt dem Mann im Schlafanzug durch einen unglaublich unaufgeräumten Gang in eine noch unaufgeräumtere Küche. Dort holt der Langschläfer einen Kaffeeklotz aus einem Oberschrank und gießt daraus erst braunes Pulver in eine Maschine, dann mit einer eher undurchsichtigen Glaskanne Wasser in den Apparat. Der Kommissar sieht sich nach einer Sitzgelegenheit um, aber alle Stühle sind bereits durch diverse Zeitungsstapel besetzt.

Was für ein Schweinestall, denkt der Beamte.

Paßt zu seinem Bewohner.

»Setzen Sie sich«, knurrt der Gastgeber und deutet auf einen Stapel, unter dem vermutlich eine Sitzgelegenheit verborgen ist. »Verzeihen Sie die Unordnung, aber meine Lebensgefährtin ist zurzeit in den Staaten.«

»Danke, ich stehe lieber«, entgegnet der Polizist. Und denkt bei sich: Warum bin ich eigentlich so höflich? Ich will doch eigentlich mal so richtig Dampf ablassen. Dem Bretzensalzer zeigen, wo der Barthel den Most holt. Stattdessen muß ich hier in dieser miefigen Küche stehen und hoffen, daß er wenigstens abgespülte Tassen hat.

Dann dreht Hirschberger sich um und fragt ganz unverhofft: »Also, was wollten Sie noch gleich?«

Das wäre eigentlich die Stelle gewesen, an der der Herr Hauptkommissar die Zeitung aus der Tasche gezogen und diese auf den Tisch geknallt hätte. Allein, dieses Vorhaben scheitert schon daran, daß sich auf dem Küchentisch schon diverse Reste vergangener Mahlzeiten befinden, samt Geschirr und Gläsern. Der Pressevertreter sieht den Staatsdiener erwartungsvoll an. Dieser schaut erst ein wenig hilflos auf das Chaos. Dann besinnt er sich darauf, weswegen er eigentlich gekommen ist. Und läßt die

Wut wieder so richtig in sich hochsteigen. Zornes-rot hält er seinem Gegenüber die Titelseite vor die Nase und bellt ihn an: »Was hat es damit auf sich?« »Also ...«, beginnt da der Journalist, in dessen brummendem Hinterkopf nur eine sehr vage Idee schlummert, was es mit der Schlagzeile auf sich haben könnte.

Weiter kommt er auch nicht, denn schon fliegt ihm eine Serie von Schimpfworten entgegen, gemischt mit Flüchen, was das Anliegen des Kommissars durchaus nicht transparent werden läßt. Aber die Lautstärke der Beschimpfungen läßt Herrn Hirsch-berger nun allmählich fast so etwas wie nüchtern werden. Und angesichts der Zeitung von heute wird ihm ohne Weiteres klar, über was sich der zornige, fette Mann geärgert haben könnte.
Warum das dem Journalisten nicht schon vorher gedämmert hat?

Warum habe ich den nur in die Wohnung gelassen? Muß der Armleuchter so schreien?

Ich brauche jetzt unbedingt einen Wachmacher.

Hischi sieht sich nach der Kaffeemaschine um. Das hätte er lieber nicht getan, denn das wird ihm von seinem aufgebrachten Gast als schnödes Desinter-esse an seinen Ausführungen ausgelegt. Und nun nimmt der Zorn des Dicken eine derartig intensive Dimension an, daß es bei Worten nicht mehr sein Bewenden hat. Also nimmt der Wutentbrannte seine Hände zur Hilfe. Nur einen kurzen Moment, den Wimpernschlag eines Augenblickes. Und auch nur in Form eines zarten Schubsers gegen die Brust des Pyjamaträgers. Schon hat sich der Polizist wieder in seiner Gewalt. Aber dieser kleine Stoß trifft den Herrn in seinem Nachtensemble gänzlich unvorbereitet. Eben im Begriff, die Kanne aus der Maschine zu nehmen, ist die Aufmerksamkeit von dieser Handlung völlig gebunden.

Ein Handlung, die ihm angesichts seines Brummschädels enorm wichtig erscheint.

Und so reicht die kleine Berührung, den soeben Erwachten aus dem Gleichgewicht zu bringen. Er strauchelt, will sich festhalten und fängt sich fast wieder, stolpert dann aber unglücklich über diverse Gegenstände, die eigentlich auf einem Küchenboden nichts zu suchen haben und fällt auf denselben, nicht aber, ohne noch mit dem Kopf auf die Kante der Arbeitsplatte zu krachen. Und so liegt er zu Füßen des Polizeibeamten und rührt sich nicht. Nach einem dumpfen Schlag herrscht plötzlich Ruhe in der Küche.

Nur die Kaffeemaschine zischt noch ein wenig vor sich hin.

Eine Schrecksekunde lang steht Herr Fammerl wie erstarrt da, die Zeitung noch in der Hand. Dann erkennt er, was soeben geschehen ist. Und er beugt sich zu dem Journalisten hinunter und fühlt seinen Puls. Das heißt, eigentlich fühlt er keinen Puls, weil keiner mehr da ist. Weder am Handgelenk, noch am Hals. Und dies bestätigt eine Vermutung, die er angesichts des seltsam starren Blickes des Gestürzten ohnehin bereits gehegt hat.

Der am Boden Liegende wird morgen selbst in der Zeitung stehen, auf der Seite mit den Sterbeanzeigen.

Tot. Mausetot. Das ist einfach nicht zu glauben.

Und so sehr Herr Fammerl bis jetzt der testosterongeschwängerte Vollidiot war, die pure Naturgewalt, der rotsehende Bulle, der wutschnaubend nichts als seinen Instinkten gefolgt ist, weil er sich bis an den Rand des Wahnsinns über den Zeitungsartikel geärgert hat, so sehr verändert er sich nun angesichts des Toten. Er hat schon derart viele Tote gesehen im Laufe seiner beruflichen Laufbahn, daß sich nun fast automatisch jene professionelle Haltung Leichen gegenüber einstellt, die man als Angehöriger der Mordkommission einfach entwickeln muß, wenn man überleben will. Er schaltet quasi auf Autopilot.

Er sieht sich gewissermaßen selbst, wie er dasteht und auf die Überreste des Journalisten blickt.

Als würde er sich selbst bei der Arbeit zuschauen.

Das kann man als Mord ansehen, wenn man bösartig ist. Und kaum jemand ist so bösartig wie dieser Dr. Günther von der Staatsanwaltschaft, wenn es um Kapitalverbrechen geht. Da kennt der keine Gnade und auch keine Freunde. Der ist noch nicht lange dabei, das ist ein Wadlbeißer erster Güte. Der ist noch jung, der will noch was werden in der Justiz. Der ist ehrgeizig, mit dem ist nicht gut Kirschen essen. Daß das ein Unfall gewesen sein könnte, das würde dem Polizeibeamten kein Mensch glauben. Schon gar kein eifriger Staatsanwalt. Da wäre die Einlassung, alles sei nur ein Versehen gewesen, wenig glaubwürdig. Schon der Auftritt in der Lokalredaktion zeigt: Ich war geladen, aggressiv. Erst bei der Zeitung ein die Zähne fletschender Wolf, aber beim Journalisten dann ein zahmes Lamm? Nein, das kann ich vergessen. Körperverletzung mit Todesfolge ist es allemal.

Die werden mich kreuzigen.

Was mach ich bloß?

Einfach alle Fingerabdrücke abwischen und sich vom Acker machen? Bis die den in diesem Verhau finden, das könnte länger dauern. Jedenfalls bis die Freundin wieder aus Amerika heimkehrt. Allerdings: Ich Hornochse muß wie ein Kampfstier erst in seine Redaktion fahren und dort lauthals verkünden, daß ich nach diesem Rabenaas suche. Und dann fahre ich schnurstracks hierher, parke direkt gegenüber, auch noch leicht schräg in der Parklücke, daß nur bloß alle Nachbarn mitbekommen, daß ich diesem Hirni einen Besuch abstatte.
Nein, Spuren verwischen und klammheimlich verschwinden ist kein probates Mittel.

Ich muß einen anderen Weg finden.

Klar: Die Leiche muß beseitigt werden. Ab in den Wald und in ein tiefes Loch, noch einen Sack Löschkalk drauf? Wenn der aber vorzeitig wieder auftaucht, weil man den Wald plattmacht für eine schicke Neubausiedlung, dann haben sie mich am Wickel. Oder ein Tier buddelt ihn aus, alles schon dagewesen. Zudem: Wenn er einfach verschüttgeht, nachdem ich ihn so offensichtlich gesucht habe, dann ist gleich alle Welt hinter mir her. Das ist Bockmist, sich derart auffällig zu verhalten.

Mann, denk nach!

Da kommt dem gewitzten Kriminaler eine Idee, wie er unbeschadet aus der Sache herauskommen könnte. Klar, er muß das Ganze einfach als Unfall tarnen. Wenn erst gar kein Verdacht aufkommt, da könnte eine Gewalttat dahinterstecken, dann wäre er aus dem Schneider. Den Verblichenen einfach die Kellertreppe hinunter werfen? Nein, nicht gut, die Spurensicherung würde es sofort herausbekommen, daß die Kopfwunde nicht zum Treppensturz paßt. Wenn der Kopf nicht zufällig auch auf dieselbe Stelle fiele, wo die Verletzung ist, dann merken die das. Dafür sind die Spezialisten da: Vorgetäuschte Unfälle als solche zu entlarven.

Nein, es muß echt aussehen.

Auch hat der Stoß vor die Brust wahrscheinlich Hämatome verursacht, die passen nicht zu einem

Sturz in den Keller. Darauf zu bauen, alles werde schon gutgehen, das ist zu riskant.

Pokern bei solch einem hohen Einsatz? Auf keinen Fall!

Natürlich! Daß er darauf nicht gleich gekommen ist: Er muß den Toten einfach ein Bad nehmen lassen. Heißes Wasser anstellen und dann ab durch die Mitte. Bis die Lebensgefährtin aus Übersee zurückkäme, wäre der Körper längst gut durchgekocht. Und alle Spuren beseitigt.

Und wo keine Spuren, da kein Verbrechen.

Hat doch schon einmal geklappt!

Er steckt daher den immer noch blutenden Kopf in eine herumliegende Plastiktüte, damit er beim Transport nicht noch vollgeblutet würde. Aus dem Haus gehen und über und über mit Blut beschmiert? Das würde auch noch dem arglosesten Passanten auffallen. Und den Toten hochgehoben und über die Schulter geworfen. Mann, ist der schwer. Ein Sack Zement ist nichts dagegen. Aber eine andere Möglichkeit gibt es nicht, da muß er jetzt durch. Er kann schlecht Hilfe holen.

Bis zur Treppe geht das noch, aber die Stufen erweisen sich als echte Herausforderung. Du mußt jetzt im wahrsten Sinn des Wortes stark sein, wenn du nicht haufenweise Leute wiedersehen willst, die dir alle nicht wohl gesonnen sind. Weil du sie alle lebenslänglich hinter Gitter gebracht hast. Ja, wer ist denn das: Das ist doch dieser Fammerl, dem ich meine Verhaftung verdanke. Jetzt gibt's Saures. Nein, Knast ist keine Perspektive. Also Augen zu und durch.

Jetzt hast du den Tatort schon verändert, es gibt kein Zurück mehr.

Dem Hauptkommissar bricht der Schweiß aus. Er hangelt sich mit seiner freien Hand am Geländer entlang. Stufe für Stufe ächzt er mit seiner schweren Last dem ersten Stock entgegen, bis er endlich oben ankommt. Hier verweilt er ein wenig. Er sieht ob der Anstrengung schon Sternchen. Hoffentlich versagt mir der Kreislauf jetzt nicht. Nein, du schaffst das, du mußt das schaffen. Du mußt.

Wo ist eigentlich das Bad?

Hätte man vorher mal schauen sollen.

Er kann jetzt schlecht den Toten ablegen und das Bad suchen, weil sich dann eine Kontaktspur des Toten auf dem Teppich im Flur ergeben hätte. Wenn die Kollegen sorgfältig arbeiten, finden die so was. Also mit dem Schwergewicht den Gang entlang. Mein Gott, hoffentlich hat der überhaupt eine Wanne. Ist die neue Mode, daß sich die Leute nur noch Duschen einbauen lassen, der Umwelt zuliebe. Das da links sieht nach Fliesen aus. Wo Fliesen sind, ist auch meist das Bad nicht weit. Vorsichtig mit dem Handrücken aufstoßen. Jawohl, das ist das Badezimmer.

Und Treffer: Da steht eine Wanne. Ein Prachtexemplar.

Mist, die ist ja voller Krimskrams.

Also leicht vorgebeugt und mit einer Hand die Sachen aus der Wanne geräumt. Und rein mit dem Paket. Muß nur noch ausgepackt werden, denn wer badet schon mit Kleidung? Runter mit den Klamotten, gar nicht so einfach, wenn der Auszukleidende nicht mithilft, sich im Gegenteil noch dagegen sperrt. Mist, die Leichenstarre wird doch nicht schon eintreten, so schnell? Gib mir doch die Pyjama-Hose, die brauchst du nicht mehr. Auch die Socken kannst du einstweilen entbehren. Der trägt Socken im Bett? Was es nicht alles gibt. Puh, die hat er nicht oft gewechselt. Das Oberteil ist blutig, das erweckt Mißtrauen, wenn das gefunden wird. Mal sehen, ob ich ein anderes finde. Da, unter all den Sachen – ist das eine Unordnung aber auch – ist eines, und es ist augenscheinlich nicht gewaschen. Gut, das hätten wir. Wobei: So ordentlich hätte der nie seine Sachen zusammengefaltet. Der schmeißt sein Zeug eher einfach auf den Boden. Also sollte man das mit seinen Anziehsachen ebenfalls machen.
Aber hierbei die Reihenfolge beachten.

Zuerst die Socken. Nochmal fasse ich die aber nicht an. Dann die Hose, dann das Hemd. Meine Frau würde mir aber was erzählen, wenn ich so rumliefe. So, das sieht gut aus. Jetzt mit einem Tuch die Armaturen aufdrehen. Aber nur das heiße Wasser. So ein Mist, den Stöpsel vergessen. Ihn gegriffen und in den Ablauf unter die Füße des Toten gefummelt. So, gut, das wäre das.

Und jetzt noch beobachten, ob das Wasser überläuft. Nicht, daß er zu früh entdeckt wird, weil jemandem auffällt, daß hier alles überschwemmt ist und die Nachbarn von Wasserfluten alarmiert werden.

Das zieht sich.

Zeit, noch einmal alles zu durchdenken. Gut wäre es, die Tür von innen abzusperren. Allerdings sähe das komisch aus, das Haus am helllichten Tag durch die Hintertür zu verlassen. Also das Haus nachher ganz normal durch den Vordereingang. Irgendetwas vergessen? Den Krimskrams abwischen, den man aus der Wanne geräumt hat. In der Küche nichts angefasst, aus Ekel vor der mangelnden Hygiene. Und wenn, dann würde man da niemals suchen. Wo der Tote doch oben in der Wanne liegt. Wieder ein Unfall.
Wenn alles gut geht, würde man den Fall schnell zu den Akten legen.

Nein: Ich werde den Fall schnell zu den Akten legen.

Das sieht gut aus: Das Wasser läuft nicht über und wird auch warm. Wunderbar. Das soll mir erst mal einer nachmachen.
Das perfekte Verbrechen.

Schade, daß ich niemandem davon erzählen kann.

So und jetzt rasch die Kurve gekratzt. Doch noch schnell mal in die Küche: Noch die Kante der Arbeitsplatte abgewischt. Puh, fast vergessen! Blut auf dem Boden? Nein, nichts zu sehen. Doch, da, wo er aufgekommen ist. Wegwischen, dann etwas Ketchup drüber kleckern. Wieder wegwischen. Wenn die da etwas finden, dann stellen sie schnell fest: Nein, das ist kein Blut, da hat der feine Herr Journalist nur ein klein wenig gekleckert. Das wäre erledigt. Nochmal nachdenken, daß man nichts übersieht. Nein, das dürfte es gewesen sein. Oh, auf keinen Fall die Plastiktüte vergessen. Das blutige Pyjama-Oberteil hineinstopfen und schnell in die Manteltasche damit. Seine eigene Kleidung muß er später auch loswerden. Irgendwo in einer anonymen Mülltonne entsorgen. Beim Rausgehen noch etwas ins Haus gerufen. So, als würde man mit dem Hausbewohner noch reden. Also hat er noch gelebt, Herr Wachtmeister, ich habe selbst seine Stimme gehört.

Mann, bin ich gut.

Ganz langsam und harmlos ins Auto gestiegen. Soll nicht aussehen, als sei man auf der Flucht. Nein,

Herr Wachtmeister, mir ist nichts Verdächtiges aufgefallen. Der ist ganz normal aus dem Haus gegangen, der hatte es nicht eilig. Der ist sogar noch vor seinem Auto stehen geblieben und hat sich die Elefanten angeschaut. Elefanten? Ja, die vom Steinmetz.
Bin ich gerissen.

Da kann nichts schiefgehen.

Beim Anfahren aber kommt dem Herrn Hauptkommissar ein furchtbarer Gedanke: Würden zwei solcher Unfälle innerhalb kurzer Zeit nicht auffallen? Zwei derart einzigartige Todesfälle in derselben Stadt innerhalb weniger Wochen?
Da, wenn jemand nachbohrt.

Aber wer soll das sein: Ich bin der Ermittler.

12. Auflösungserscheinungen

In diesem Kapitel hat einer ein Déjà-vu

Küchengerüche sind nicht immer eine Wohltat. Abhängig von den Fähigkeiten des Kochs oder der Köchin kann die Duftmarke frisch zubereiteter Speisen allerdings stark variieren. Es kann einem das Wasser im Munde zusammenlaufen oder sich der Magen umdrehen.

Manches Aroma verheißt nichts Gutes.

Insbesondere, wenn es direkt aus dem Nachbarhaus kommt. Sicher, dort wohnt ein unverheiratetes Paar, wobei die Dame des Hauses kochtechnisch eher unbegabt ist. Dennoch ist man Besseres gewohnt aus dem Nebenhaus. Und auch klingen die Gerüche üblicherweise nach einer Weile ab. Diesmal aber will der Gestank so gar nicht abebben. Diesmal bleibt er undefinierbar in der Nase und will einfach nicht aufhören, sich in derselben breit zu machen. Ein umso größeres Pech, wenn man seinen Geruchssinn in vielen Stunden in der Küche geschärft hat. Wie die freundliche Nachbarin, deren Toleranz aber auch irgendwann endet.
Es ist, als wohne man neben einer Großkantine, die ausschließlich mit Gammelfleisch arbeitet.

Als das Maß der Rücksichtnahme deutlich überschritten ist, beschließt die Nachbarin, dem Herrn

Journalisten mal ein wenig auf die Pelle zu rücken. Der soll sie einmal kennenlernen. Diese pestilenzartigen Ausdünstungen zu verbreiten, das ist doch der Gipfel. Na warte, dem werde ich mal tüchtig den Kopf waschen.

Als wenn sie es geahnt hätte: Denn der Kopf ihres Nachbarn ist tatsächlich das einzige Körperteil, das schon ein paar Tage lang nicht gewaschen worden ist.

Die Dame klopft vergeblich an die Haustüre. Das ist mal wieder typisch. Der tut, als wäre er nicht da. Dabei hört man deutlich das Wasser laufen. Aber nicht mit ihr. Sie klingelt mit einer Vehemenz, die sonst nur Drücker-Kolonnen an den Alltag legen. Es nützt allerdings wenig. Der stellt sich offenbar tot.

Was sie natürlich nicht weiß: Der stellt sich nicht nur tot.

Der ist tot und inzwischen auch gut durch.

Als alles Klopfen und Klingeln nichts hilft, ist die Nachbarin schon drauf und dran, allmählich aufzugeben. Da hält direkt vor dem Haus ein orangefarbenes Fahrzeug der örtlichen Wasserwerke. Ihm entsteigt ein Herr namens Janok, der erst kürzlich seinen Vorgesetzten aufgrund seines Pflichtbewußtseins davon überzeugt hat, daß man zuweilen doch auch einmal auf seine Untergebenen hören soll, wenn diese meinen, man soll den Grund für erhöhten Wasserverbrauch genauer unter die Lupe nehmen. Dies hängt damit zusammen, daß der Chef von seinem Chef gerüffelt worden ist, warum man nicht eher auf die Anomalie im Hause des Till Wiese aufmerksam geworden sei. Schließlich hatte man dadurch schlechte Presse.

Und das ist das Schlimmste, das einer Behörde passieren kann.

Als diesmal dieser pflichtbewußte Hornochse Janok wieder mit einem derartigen Schmarren daherkommt, wird er daher zur Einsatzstelle beordert.

»Dann fahren's halt hin, wenn's meinen.«

So steigt also Herr Janok in ein städtisches Dienstfahrzeug und fährt zum Haus des Journalisten. Dort trifft er auf eine Seniorin, die einen erregten, ja ärgerlichen Eindruck macht. Noch ehe er die Dame fragen kann, ob sie diejenige des Hauses wäre, steigt ihm ein altbekannter Duft in die Knollennase und seine Gesichtsfarbe wechselt sehr zur Überraschung der zornentbrannten Frau alsbald zu einer Blässe, die ins Grünliche tendiert. Fast wäre der städtische Beamte noch umgefallen, aber es gelang der Rentnerin, ihn noch aufzufangen.

»Ist Ihnen nicht gut?«, fragt sie.
»Riechen … riechen Sie das?«, stammelt er statt einer Antwort.
»Und ob!«, entgegnet die Dame und bemerkt, daß der doch erst gerade eben Angekommene offenbar

schon wieder weg will. Und das sehr schnell. Sie läßt ihn ziehen und er entfernt sich mit unsicheren, aber hastigen Schritten vom Haus, in dem Herr Hirschberger noch immer das erste Bad nach seinem Ableben nimmt. Der Beamte überquert die Straße und zückt sein Handy.
Das ist ein Fall für die Polizei.

Allerdings ruft der Anruf nicht gleich das Echo hervor, das Herr Janok sich vielleicht erwartet hätte.

»Noch so eine gekochte Leiche? Wollen Sie mich veralbern?« Der Polizeibeamte am Notruf ist ein Freund deutlicher und deftiger Worte. Aber Herr Janok ist sich seiner Sache doch sehr sicher: Wenn du einmal so etwas gerochen hast, das vergißt du nicht mehr. Also gelingt es ihm, den Wachhabenden von der Ernsthaftigkeit dieses Anrufes zu überzeugen, wobei er noch das Gewicht seines Amtes in die Waagschale wirft.

Wenige Minuten später ist ein Streifenwagen vor Ort.

Ihm entsteigen zwei Uniformierte namens Pöhming und Pehämmer, die erst einmal die Lage sondieren. Auch den beiden steigt sofort der markante Geruch in die dienstlichen Nasen. Sie klingeln zunächst, werden aber schnell von der immer noch anwesenden Nachbarsfrau auf die Vergeblichkeit ihres Tuns hingewiesen. Also werfen sie das

Gewicht ihres Amtes mit voller Wucht gegen die Wohnungstür, die dieser dienstlichen Verrichtung aber pflichtwidrig standhält.
Daher beordert man telefonisch einen Schlüsseldienst herbei.

Während der Wartezeit bildet sich eine ansehnliche Menschenmasse vor dem Anwesen, vor allem Nachbarn, die auf keinen Fall verpassen wollen, was dort vor sich geht. Polizei vor dem Haus, da bekommt man doch sicher etwas zu sehen? Endlich mal was los in dieser Gegend, die fast so tot ist wie der Friedhof gegenüber. Das ist wie im Fernsehen, nur ohne Werbeunterbrechung. Man diskutiert, welche Art Gericht der Nachbar wohl versucht hat und warum er daran so kläglich gescheitert ist. Klar, die Lebensgefährtin soll doch im Ausland sein, da ist der Herr Journalist natürlich völlig überfordert, ganz auf sich gestellt. Hat vermutlich was auf dem Herd stehen lassen, der feine Herr Reporter ist nicht ganz so solide, wie man hört. Steht erst vormittags auf und kommt immer erst spät nachts heim. Ist halt kein Nine-to-five-Job, den ein Schreiberling hat. Viele Feiern, wo man berühmte und nicht ganz so berühmte Leute interviewt, das ist halt kein solider Lebenswandel. Die saufen wie die Löcher, wie man hört. Erst neulich ist der Mann in einem Zustand heimgekommen, also wirklich, man sollte sich was schämen.

Dann trifft ein riesiger Ami-Schlitten am Ort des Geschehens ein. Dessen Besitzer, ein Jüngling mit viereckiger Brille und langen Haaren, entnimmt dem riesigen Kofferraum einen Werkzeugkasten und teilt die Menschenmenge vor dem Haus mit den Worten: »Platz da, ich bin im Auftrag der Polizei hier.«

Brav stehen die Nachbarn Spalier, als der Handwerker auf das Haus zugeht, vor dem die Polizisten schon mit seltsamen Mienen auf ihn warten. Komisch, man könnte fast annehmen, ihre Gesichter wären von Ekel gezeichnet. Obwohl, jetzt, da der Mann vom Schlüsseldienst seiner Einsatzstelle näher kommt, nimmt er einen unangenehmen Geruch wahr. Vor der Tür setzt er seinen Werkzeugkasten ab und öffnet ihn. Erst einmal versuchen, das Schloß vorsichtig mit einem Dietrich zu öffnen, bevor man es kaputtmacht? Obwohl, das hier scheint eilig zu sein, also sollte man gleich zum effektivsten Mittel greifen. Als der Langhaarige jedoch gerade seinen großen Bohrer zücken will, ruft jemand: »Ich habe einen Schlüssel!«

Und durch die Menschenmenge kämpft sich eine ältere Frau und geht auf die Polizisten zu: »Ich habe einen Schlüssel, weil ich ab und zu für die Hirschbergers die Blumen gieße.« Sie hält einen Schlüssel in die Höhe.

»Gute Frau«, faucht einer der beiden Polizisten, »hätten Sie das nicht eher sagen können?«

»Tut mir leid, ich bin erst gerade eben zurückgekommen.« Und sie fügte hinzu: »Vom Einkaufen.«

»Na dann geben Sie den Schlüssel schon her.«

»Hier ist er.«

Der Beamte nimmt ihn sich und sperrt die Haustür auf. Und öffnet sie. Ist der Geruch gerade noch so eben auszuhalten gewesen, so wird er nunmehr derart intensiv und scharf, daß es allen Umstehenden den Atem raubt. Dies hat die angenehme Nebenfolge, daß sich die Menschenmenge automatisch ein wenig zerstreut. Die beiden Polizeibeamten pressen sich Taschentücher auf die Nasen und treten ein.

Sie entschwinden den Blicken der Schaulustigen.

Das Rauschen kommt aus dem ersten Stock.

Kaum sind sie im Haus, schon rennen sie wieder hinaus. Das Wasserplätschern hat aufgehört, aber jetzt haben die Polizisten die gleiche Gesichtsfarbe wie dieser städtische Beamte, der da ein wenig schief an seinem Fahrzeug lehnt.

Und merkwürdigerweise nickt er, als wüßte er schon alles.

So süßlich riecht nur der Tod.

Dann wird es wirklich interessant für alle Gaffer, denn nun treffen nacheinander erst mehrere Streifenwagen ein, deren Besatzungen aber leider den Bereich vor dem Haus absperren und die Zuschauer energisch zurückdrängen. Absperrbänder zerschneiden die Gegend in ein Drinnen und ein Draußen. Dann kommen mehrere Zivilfahrzeuge an, deren Insassen als erstes weiße Anzüge überstreifen, wie Maler sie tragen. Sie setzen Atem-schutzmasken auf und ziehen sogar Handschuhe an. Sie betreten das Haus, Metallkoffer in der Hand. Dann passiert lange nichts. Das ist aber dennoch spannend genug, so daß die Menschenmenge den Atem anhält. Tief einzuatmen ist ohnehin nicht ratsam.

Schließlich trifft noch ein weiterer Wagen ein mit einem älteren Herrn und einen jüngeren Yuppie-Verschnitt.

Auf den Älteren der beiden scheint man gewartet zu haben, denn ihm wird sofort der Weg frei-gemacht. Ein Uniformierter hebt sogar das Ab-sperrband hoch, damit sich der Herr Hauptkom-missar nicht noch etwa bücken muß, während sein Assistent eher unbeholfen eine kleine Limbo-Übung absolviert, die ihm angesichts der Zu-schauer ausgesprochen elegant gelingt.

Er wuselt gleich ein wenig zwischen den Zu-schauern herum und beginnt damit, die Anwesen-den zu befragen, ob jemand etwas Außergewöhnli-ches bemerkt hat. Nein, Herr Kommissär, wobei: Es hat schon so komisch gerochen. Und der Herr Nachbar ist ja, nun, man will ja nichts sagen, jetzt, wo er tot ist. Aber seltsam ist der schon. So alt und noch nicht einmal Kinder. Soll dem Alkohol zuge-sprochen haben, wie man hört. Aber man redt' ja nichts, man sagt ja bloß. Wobei: Immer freundlich, der Herr Journalist. Naja, wenn man ehrlich ist: Schreiben konnte der überhaupt nicht. Haben Sie mal was von ihm gelesen? Immer so reißerisch, immer nur Blut. Und wenn mal die hervorragende Prinzengarde eine kesse Sohle auf's Parkett legt, dann kein Wort der Begeisterung. Und immer so böse, wenn der Stadtrat, der Dings, Sie wissen schon, eine seiner witzigen Reden gehalten hat. Sie wissen schon: Der immer wie ein Pantomime gestikuliert. Aber man will nichts sagen, jetzt, wo er tot ist.

Man sagt ja nichts, man red ja bloß.

Gut, wenn man einen Assistenten hat, der einem solche Leute vom Leib hält.

Manchmal gar nicht so verkehrt, dieser Zamzinger.

Herr Fammerl läßt sich zunächst über den Sachstand informieren. Er tut ein wenig überrascht, als er von der Todesart des Verblichenen hört. Allerdings nicht so überrascht, daß es aufgefallen wäre. Wenn man schon schauspielern muß, dann darf man nicht übertreiben. Vor allem, wenn man kein gelernter Schauspieler ist. Das ist der Fehler bei all diesen bösen Buben, die der Polizei das altbekannte Stück vom Unschuldslamm vorspielen: Sie übertreiben zumeist schamlos und erregen gerade deswegen das Mißtrauen der Ermittler. Also schön zurückhalten, nicht zu dick auftragen.

Andreas, du bist aber auch raffiniert.

Ermittelst gewissermaßen gegen dich selbst. Diesen Fall wirst du vermutlich nicht lösen. Darüber wirst du aber nicht die Bohne enttäuscht sein.

Aber diese Enttäuschung wirst du dennoch zeigen.

Aber, wie gesagt: Dabei nicht den Laienschauspieler herauskehren.

Ruhig ins Haus gehen und sich dabei so verhalten, wie man sich immer verhält. Sich in den Fall einarbeiten. Dann ein bißchen ermitteln und dann ab damit in den Keller. Ein Unfall, jedenfalls ist etwas anderes nicht nachweisbar. Man würde gerne mehr herausfinden, aber da leider alle Spuren beseitigt sind, kann man nicht mehr herausholen. Sich nun dem Gerichtsmediziner zuwenden und so tun, als würde man zuhören. An den richtigen Stellen nicken, als würde man aufmerksam lauschen. Mann, weiß ich doch schon alles. Daß das Fleisch durchgekocht wird und man keine Spuren mehr finden kann. Daß nicht mal mehr eine mögliche Alkoholisierung feststellbar wäre. Daß diesmal eine Wunde am Hinterkopf vorliegt, die einen Unfall ausschließt.

»Was?« Es ist Fammerl, als würde er aus einem Traum aufwachen. »Was haben Sie gesagt?«
»Ich habe schon gemerkt, daß Sie mir nicht zuhören. Wo sind Sie nur mit Ihren Gedanken? Ist doch gar nicht Ihre Art, so zerstreut zu sein.«
»Also, was war das nochmal?«
»Jetzt mal ganz langsam, zum Mitschreiben: Der Tote hat eine Wunde am Hinterkopf. Das schließt einen Unfall aus.«

»Warum denn das? Ich denke, das Wasser hat alle Wunden vernichtet, alle Spuren, meine ich.«

»Ja, der Schädel lag im Wasser. Aber er hat eben eine Verletzung, die nicht weggekocht werden konnte.«

»Wieso denn das? Alles Fleisch ist doch, ich meine, jedenfalls war das letztes Mal der Fall.«

»Hier aber liegt der Fall anders.«

»Und wieso? Jetzt machen Sie's es nicht so spannend.«

»Schlicht, weil damit auch der Schädel betroffen ist. Schädelbruch.«

»Der hat einen zertrümmerten Schädel?«

»Ja, die Bruchstelle hat das Wasser freigelegt. Der hat eine Bruchstelle am Hinterkopf.«

Der Kommissar denkt kurz nach.

»Aber klar, die stammt sicher von der Badewannenkante. Der ist ausgerutscht und mit dem Hinterkopf auf die Kante der Wanne geschlagen. Bumm und er war tot.«

»Nette Theorie. Aber das kann nicht sein.«

»Wieso nicht? Warst du dabei?«

»Nein, aber die Kante der Badewanne ist stark abgerundet, daß genau das nicht passiert. Daß man sich an der Wanne den Kopf nicht einschlagen kann. Aber der Bruch ist ganz klar von einer halbscharfen Kante verursacht, so, wie die Verletzung des Schädels aussieht. Das sieht man ganz deutlich, so abgefieselt wie der Schädel aussieht. Nein, die Badewannenkante scheidet als Ursache aus. Auch sonst ist nichts in der Nähe, was diese Verletzung hervorgerufen haben könnte. Nein, diesmal ist es wohl eine Gewalttat.«

»Aber solch eine Verwundung schließt doch einen Unfall nicht aus?«

»Die Verwundung als solche nicht.«

»Eben.«

»Aber die Tatsache, daß er in der Wanne lag. Mit einer solchen Verletzung gehst du keinen Meter mehr, da fällst du sofort um. Der Tod tritt da binnen Sekunden ein. Da gehst du nicht ins Bad und legst dich in die Wanne. Also hat ihn jemand da hineingelegt. Wer legt warum einen Toten in die Wanne und läßt das heiße Wasser laufen? ... He, Sie sind doch der Ermittler, solche Fragen müssen doch Sie stellen.«

Scheiße, denkt der Hauptkommissar.

»,Scheiße'? Wieso ,Scheiße'?«, fragt der Gerichtsmediziner erstaunt. Habe ich das eben etwa laut gesagt? denkt der Polizist. Offenbar. Mist. Ich muß mich mehr in meiner Gewalt haben.

Fammerl, reiß dich zusammen.

Oder es wird böse enden.

13. Ermittlungen

In diesem Kapitel ist einer gleichzeitig Hase und Igel

Gegen sich selbst zu ermitteln, ist gar nicht einfach. Vor allem, wenn man sich nicht erwischen will. Und wenn die anderen darüber hinaus nicht mitbekommen sollen, auf wen man Jagd macht, macht das die ganze Sache nicht leichter. Man muß sich nach außen hin so verhalten, als wäre alles wie immer. Aber man darf seinen Jagdinstinkten nicht erlauben, sich in professioneller Ermittler-Manier in voller Pracht und Schönheit zu entfalten. Sonst könnte es am Ende noch passieren, daß man sich selbst fängt.
Und das will Herr Fammerl auf keinen Fall.

Also kratzt er seine Erfahrungen aus den letzten fünfundzwanzig Dienstjahren zusammen und konzentriert sich auf die Fälle, die er verbockt hat. Wie ist es ihm bloß so selten gelungen, die Täter nicht zu fassen?
Das ist nicht zu fassen.

Dieser vermaledeite Ehrgeiz aber auch.

Einmal ist ihm ein brutaler Mörder durch die Finger gegangen, weil man einen Fingerabdruck am Tatort zwar gesichert, aber auf dem Weg zum Labor versaubeutelt hat. Jedenfalls ist durch irgendwelche widrigen Umstände die Spur vernich-

tet worden. Daß so ein Dienstanfänger Kaffee darüber gekippt hat, als man ausgerechnet ihn zur kriminaltechnischen Untersuchung geschickt hat, hat der junge Kollege erst später anläßlich einer geselligen Runde nach mehreren Runden gestanden. Man hat dem Neuling aber schon aus Gründen der Kollegialität nicht ans Bein gepinkelt.
Der hat keine große Karriere gemacht.

Nicht jeder Unfähige wird gleich Behördenchef.

Nachahmen kann man diese Art der Ermittlungen aber wohl kaum. Zwar sollte sich durchaus ein Trottel finden, der irgendwelche Spuren unbrauchbar machen kann. Aber immerhin hat man in jenem Fall den Täter ermitteln, eben nur nicht überführen können.
Der Herr Hauptkommissar zieht es aber vor, schon gar nicht erst namentlich bekannt zu werden.

Besser, man geriete gar nicht erst unter Verdacht.

Fammerl erinnert sich an diesen Penner vom Bahnhof, der immer jeden anbettelte: »Haste mal 'ne Mark?«. Der wurde von einer Gruppe rechtsradikaler Jugendlicher erschlagen. Die hatten einfach Langeweile. Man konnte sie ermitteln, aber nicht, wer von ihnen genau welche Handlung begangen hat. Oder ob der eine oder andere von denen nur dabeigestanden ist, ohne etwas zu tun. Die kamen alle aus gutem Hause, die Eltern waren Ärzte und Lehrer. Die haben es sogar geschafft, die Presse in

Schach zu halten, weil einer der Ärzte, ein Chefarzt aus dem Klinikum, mit dem Chef der Lokalredaktion immer Karten spielte. Außerdem hatten sie gutes Geld für teure Anwälte. Ihnen wurde wohl geraten, sich gegenseitig zu beschuldigen. Man mußte die Vorwürfe gegen alle schweren Herzens fallenlassen.

Das hilft dem Kommissar, der Einzeltäter ist, aber nicht weiter.

Dann gab es da noch den Fall, in dem es der Täter jeder Menge für ihn glücklicher Zufälle verdankte, daß man ihm nichts nachweisen konnte. Der Hauptbelastungszeuge verstarb am Tag nach der Tat an einem Verkehrsunfall, noch ehe man ihn vernehmen konnte. Einen Namen hatte der Zeuge vorher nicht genannt, nur ausrichten lassen, daß er die Tat gesehen habe. Eine Überwachungskamera hatte den Mord sogar gefilmt, aber der Film fiel aufgrund eines technischen Defekts unglücklicherweise einem Brand zum Opfer, noch bevor ihn jemand sichten konnte.

Sonstige Anhaltspunkte gab es nicht.

Sachen gibt's, die gibt es leider eben doch.

Sich auf eine solche Kette unglaublicher Zufälle zu verlassen, scheint dem Herrn Fammerl aber dann doch zu gewagt. Man kann sicher ein paar Mal die Hand des Geschicks in eine günstige Richtung lenken.

Nein, er muß sich etwas Besseres einfallen lassen. Bis dahin heißt es: Augen zu und durch. Gott sei Dank ist er der Chef. Und so kann er die Ermittlungen in jede Richtung lenken, in der er sie haben will. Und demselben Gott sei ebenfalls Dank dafür, daß dieser Schmierfink von Journalist sich durch diverse Artikel jede Menge Feinde gemacht hat.

Das kommt davon, wenn man sich nur der Objektivität verpflichtet fühlt.

Man macht erst einmal eine lange Liste der infrage kommenden Täter. Da sind die kleinen, unbedeutenden Kommunalpolitiker, die sich nicht genügend gewürdigt fühlen. Die bei jeder kleinen Einweihung große Reden geschwungen haben, aber sich dafür in der Berichterstattung nicht hinreichend wiederfinden. Die haben dann bitterböse Briefe an »ihre« Zeitung verfaßt.

Wie können Sie es wagen, dieses einmalige Ereignis nur mit einem armseligen Dreizeiler zu erwähnen?

Dann gibt es jene vermeintlichen Prominenten, die dafür sterben, ihr Bild in der Zeitung zu sehen. Und oftmals merken, daß sie umsonst gestorben sind und sie es trotz ihres falschesten Lächelns wieder einmal nicht in die Klatschspalte geschafft haben. Oder jedenfalls nicht in der ersten Reihe zu sehen sind, weil es ihnen nicht gelungen ist, sich neben den Bürgermeister oder den Landrat zu schmuggeln, als diese mit weltmännischem Gesichtsausdruck – oder was sie dafür halten – in das Blitzlichtgewitter eines vereinzelten Lokalreporters namens Hirschberger geblinzelt haben.

Was erlauben Sie sich, mich als »Kellnerin« zu bezeichnen? Ich tanze bei einer namhaften Karnevalsgesellschaft, habe schon mal in einem hiesigen Bekleidungsgeschäft gemodelt und habe einen Videoblog!

Ein hochrangiger Polzeibeamter hat nach einem ihm unangenehmen Bericht dem Journalisten sogar nachgestellt, hat dutzendfach nachts angerufen, ohne sich zu melden, nur in den Hörer geatmet und dann wieder aufgelegt. Bis man dem Stalker auf die Spur kam, hat es einige Zeit gedauert. Das kostete den Reporter den Schlaf und den Polizisten die Pension.

Und Letzterer hatte noch mehr unangenehme Berichterstattung über sich zu ertragen.

Schließlich gibt es noch die engagierten Bürger, die in ihrem selbstgerechten Aufbegehren gegen die Ungerechtigkeit dieser Welt nicht hinreichend von Seiten der Presse unterstützt werden.

So wie dieser Michael Kohlhaas (Name von der Redaktion geändert), dessen rücksichtsloser Nachbar seine Mauer fünf – in Zahlen: 5 – Zentimeter zu hoch gebaut hat. Was aber keinen zu interessieren scheint, am wenigsten diesen unfähigen Pressefritzen Hirschberger.

Ein anderer hat sich dem Kampf gegen die Erhöhung der Gebühren im örtlichen Schwimmbad verschrieben und fühlt sich durch den Verblichenen zu Unrecht abgewatscht. Der hat seinen Standpunkt nicht nur nicht geteilt, sondern ihn auch als minderbemittelt hingestellt. Und das nur deswegen, weil dieser wackere Kämpfer für die wahren Ideale der höheren Gerechtigkeit einmal seine berechtigten Forderungen in deutlichen Worten auf die Wände des Erlebnisbads mit Sprühlack geschrieben hat.

Der Verstorbene hat es sich zudem nicht nehmen lassen, auf ein paar läppischen Rechtschreibfehlern herumzureiten.

Kurzum, die Liste der möglichen Verdächtigen wird immer länger, genau wie die Mienen der ermittelnden Beamten, Herrn Fammerl einmal ausgenommen. Der scheint sich nicht entmutigen zu lassen, sondern quittiert jeden zusätzlichen Namen auf der inzwischen mehrseitigen Liste mit einem gewissen Fatalismus und der Anordnung, auch diesen neuen potentiellen Täter genauestens zu überprüfen.

Ein paar Namen kann man immerhin streichen, weil sie ein glaubwürdiges Alibi haben. So hat der Sprüher gegen die Gebührenerhöhung gerade jetzt seine kurze Ersatzfreiheitsstrafe wegen Sachbeschädigung abzusitzen, weil er sich weigert, die Geldstrafe wegen der Schmiererei in bar zu bezahlen. Wenn man seinen Strafbefehl nicht bezahlt,

dann kommt man in Haft. Dann zahlt man mit seiner Zeit, die allerdings nicht allzu kostbar ist.
Ein anderer hat es sogar vorgezogen, vorher zu versterben, was ihn wahrscheinlich von jedem Verdacht freispricht.

Dennoch bleiben genügend Namen übrig, deren Ausreden, was sie angeblich zur Tatzeit gemacht haben wollen, nicht ausreichen, um sie von der Liste zu streichen.

Dann kommen noch zwei Namen dazu.

Diese wären der Polizei fast entgangen. Aber beim Wühlen im Dreck – und das im wahrsten Sinne des Wortes, denn es ist die verkommenste Wohnung, die man sich denken kann – stößt man auf eine Aktenmappe prallvoll mit wirr bekritzelten Zetteln. Es kostet zwar einige Mühe, das Geschmier zu entziffern. Aber bald ist man sich sicher: Es handelt sich um eine Recherche, die der Ermordete ausgerechnet zum ersten Wannenopfer getätigt hat. Bis zu den Knien ist man im Unrat gestanden, als dem Herrn Zamzinger ein Schnellhefter in die behandschuhten Hände fällt, der eine erste, wirklich vielversprechende Spur beinhaltet.

Da hat doch ein gewisser Richard Horster, den man nun wirklich gut kennt, etwas von einem Jüngling in einer Kneipe erzählt, der irgendwann einmal behauptet hat, er selbst hätte Till Wiese die Innereien verkocht. Die Quelle ist zwar zweifelhaft, ist doch dieser Horster eine lästige Zecke im Pelz der Ermittlungsbehörden. Dann hat er noch behauptet, jemand, dessen Namen man aber leider nicht entziffern kann, könnte auch etwas mit dem Mord zu tun haben. Aber der Journalist ist noch tiefer in die Sache eingestiegen, hat dabei sogar herausgefunden, daß der beste Freund dieses Jungen gute Kontakte zum Rotlichtmilieu hat. Der soll dort so eine Art Rausschmeißer sein, also ein gewaltbereiter Schläger, dem man diese Tat jedenfalls zutrauen muß. Deswegen versucht man zunächst einmal, die Personalien der beiden herauszufinden.

Das ist nicht weiter schwer, denn die beiden stehen schon im Computer der Polizei. Der eine der beiden, ein gewisser Karl Börner, genannt »Charly«, ist ein Gewalttäter, der schon einmal in der Grundschule eine körperliche Auseinandersetzung in Form einer Rauferei mit einem Schulkameraden gehabt hat. Was allerdings von einem allzu verständnisvollen Staatsanwalt eingestellt worden ist wegen fehlender Strafmündigkeit. Er ist eine prägnante Erscheinung mit mehr Piercings im Gesicht als Haaren auf der Brust. Dieser Börner jedenfalls lebt bei seiner Mutter, die als Alkoholikerin bekannt ist. Immer wieder ist sie völlig betrunken in Gewahrsam genommen worden und hat schon diverse Nächte in der Ausnüchterungszelle verbracht.

Der andere, ein gewisser Dieter Vorhauser, lebt ebenfalls noch bei seiner Mutter. Mit deren neuem Lebensgefährten ist nicht gut Kirschen essen und so haben die Nachbarn schon des Öfteren die Polizei gerufen, wenn die Prügelorgien das übliche Maß überschritten haben. Herr Vorhauser steht wegen mehrerer Ladendiebstähle im Computer der Behörden. Bagatellen, klar, aber die Masse macht es. Diese Vergehen hat ein linksliberaler Jugendrichter aus falsch verstandener Milde gegen Arbeitsstunden eingestellt. Aus irgendeinem Grund ist Herr Vorhauser überall als »Doc« bekannt. Er soll es auch gewesen sein, der gegenüber dem Zeugen Horster die Behauptung aufgestellt hat, an dem ersten Badewannenfall beteiligt gewesen zu sein. Naja, nicht direkt dem Zeugen Horster gegenüber, aber dieser soll alles gehört haben.

Jedenfalls sollte man sich die beiden einmal anschauen.

Wenn man schon sonst keine heiße Spur hat, kommen die beiden üblen Subjekte den Ermittlern gerade recht.

Also läßt man die beiden antanzen. Freundliche Fahnder sprechen bei den Familien der beiden vor und müssen auf das Eintreffen der beiden warten. Herr Börner ist nämlich noch in der Arbeit. Wenn das Arbeit ist, in einem Erotik-Center tätig zu sein. Aber er soll bald heimkommen, daher machen es sich die Beamten im Wohnzimmer der Mutter so etwas wie gemütlich. Sie haben viel Mühe damit, die alte, ein wenig desolat wirkende Dame davon zu überzeugen, daß sie trotz ihrer grünen Kleidung keine Förster sind. Dann schläft die Angetrunkene

endlich ein und man sieht sich im Fernsehen ein Fußballspiel an, während ein lautes Schnarchen durch den Raum sägt. Irgendwann während der zweiten Halbzeit wird ein Schlüssel im Schloß herumgedreht und schließlich ein Arm ebenfalls umgedreht, nämlich der des leicht übernächtigten Charlys hinter dessen Rücken. Er macht große Augen, dann will er wissen, was gegen ihn vorliegt.
Das wollen die beiden Polizeibeamten aber nicht sagen.

»Wenn es darum geht, daß ich gestern Abend diesen Typen da ein wenig hart angefaßt habe: Der war rotzbesoffen und wollte randalieren. Das ging nicht anders. Dafür gibt es Zeugen.«
»Darum geht es nicht.«
»Und worum geht es dann?«
»Das werden Sie noch früh genug erfahren.«

Und Charly sieht auf seine tief schlafende Mutter, während die beiden Beamten einem Torjubel folgen und noch einen letzten Blick auf die Mattscheibe riskieren. Charly aber versteht die Welt nicht mehr. Und er sitzt, bevor er sich versieht, in einem schicken Polizeiauto und wird auf dem Rücksitz in Richtung Polizeipräsidium befördert.

Ingolstadts Schokoladenseite zieht an ihm vorüber. Und auch die Tage seiner Freiheit scheinen vorüber zu sein.

Der polizeiliche Geleitschutz für den Doc hat es da weniger behaglich. Die beiden Beamten treffen auf eine verstört wirkende Frau im geblümten Bademantel, die die Augen kaum aufbekommt. Dies liegt aber nur zum Teil daran, daß sie gerade noch geschlafen hat. Vielmehr hindert sie ein kreisrundes Hämatom um das linke Auge herum, die Schönheit der Welt in ihrer Gänze zu erfassen. Wobei sich diese Schönheit der Welt noch nicht zur Wohnung der aschfahlen Dame durchgesprochen hat. Jedenfalls liebt man offenbar die Tapetenmode der späten fünfziger Jahre und hat einen Hang zu schlecht beleuchteten und schlecht belüfteten Zimmern. Ungemütlich sitzt man im Scheine einer Vierzig-Watt Glühbirne in der Küche an einem gedeckten Tisch, wobei der Tisch noch vom Vortag gedeckt ist, möglicherweise auch vom Vortag des Vortags. Die Dame ist zudem nicht sehr gesprächig, hat wenige Zähne im Mund und zieht sich den Bademantel mit dem Rosenmuster vorne zu, während die Beamten auf ihren Stühlen knarzen. Normalerweise hätte eine Mutter vielleicht interessiert, warum solche Freunde und Helfer auf ihren Sprößling warten. Aber sie vermutet zunächst, daß die Polizei in einer anderen Angelegenheit gekommen ist, nämlich wegen einer kleinen Meinungsverschiedenheit, die sie gestern Abend mit ihrem Lebensgefährten gehabt hat. Was dazu geführt hat, daß sie schließlich unglücklich gestürzt und genau mit dem Auge auf die Klinke der Badezimmertür gefallen ist.

Das ist jedenfalls die Version, die sie den Beamten präsentiert. Wobei diese an der Geschichte nicht allzu interessiert sind.

Also sitzt man sich nun zugeknöpft gegenüber und hört nichts als den Straßenlärm, der vor dem Haus vorbeibrandet.
Wird jetzt nicht gerade das Spiel von gestern Abend wiederholt? Das hätte man jetzt gerne angesehen. Als sie später erfahren, wie es den Kollegen im Hause Börner ergangen ist, hebt das ihre Stimmung nicht wirklich.

Dann steht plötzlich dieser lange Lulatsch in der Küche und sieht die Beamten irritiert an: »S-S-Sie m-m-müßten d-d-doch l-l-langsam w-w-wissen, d-d-daß m-m-meine M-M-Mutter n-n-nicht g-g-gegen d-d-en B-B-Blödian aussagt.«
Die Polizisten schauen sich an, stehen dann gemütlich auf und nehmen den Jüngling in die Zange. Wie ist der überhaupt hier unbemerkt hereingekommen? Warum hat man das Öffnen der Türe nicht bemerkt? Allerdings ist der Doc schon aufgrund seiner häuslichen Situation jahrelang darauf trainiert, wie eine Katze klammheimlich und leise in die Wohnung zu kommen, um dem ungehobelten Klotz von Stiefvater nicht ins offene Messer zu laufen. Besser, man fällt gar nicht erst auf. Wenn er einen hört, kann man sich schon von einem ruhigen Abend verabschieden. Also gilt es, die Türe mit der Präzision eines Einbrechers aufzumachen, ohne jedes Geräusch.

Diese Vorgehensweise wird im Laufe des Verfahrens nicht gerade zugunsten des armen Doc ausgelegt werden.

Jetzt jedenfalls findet er sich unverhofft zwischen zwei kernigen Polizisten wieder, die ihn mitnehmen wollen. Das kann nicht sein. Er ist doch gar nicht der Schuldige. Und das läßt er die beiden auch wissen: »Ihr h-h-habt d-d-den F-F-Falschen, d-d-das w-w-war d-d-dieses Arschloch, d-d-der h-h-hat m-m-meiner Mum d-d-das angetan.«
Einer der Beamten meint nur: »Um deine, äh Ihre Frau Mutter geht es hier gar nicht.«
»S-s-sondern?«
»Nun, da gibt es eine Angelegenheit, in der man hofft, daß Sie uns weiterhelfen könnten.«
»Und d-d-die w-w-wäre?«
»Das sollten wir auf der Dienststelle erledigen.«

Und der andere ergänzt: »Gehen wir. Wehr dich nicht, sonst müssen wir deutlicher werden.«
»T-t-tu ich d-d-doch g-g-gar n-n-nicht.«
»Ich mein ja nur: Wenn, dann greifen wir zu drastischeren Mitteln.«

Das ist aber nicht nötig, weil der Doc keinerlei Widerstand leistet. Das wiederum bedauern die beiden Fahnder ein wenig, denn sie hätten gerne von ihrer Autorität Gebrauch gemacht. Dann hätte dieser Dieter Vorhauser gleich gemerkt, wo der Hammer hängt.

So aber geht er lammfromm zwischen den beiden zum Dienstwagen und nimmt im Fond Platz, am Kopf von einer freundlichen Polizistenhand unterstützt.

Während der Fahrt sieht er durch das Gitter, das die Vorder- von den Rücksitzen trennt, nach vorne auf die Straße. Weswegen man ihn festgenommen hat, ist ihm schleierhaft. Er hat doch schon lange nichts mehr angestellt. Der letzte Diebstahl liegt Jahre zurück, dafür hat er doch im Altenheim tagelang so getan, als würde er den Hof fegen. Das muß alles ein Irrtum sein. Es kann sich nur um ein Mißverständnis handeln. Wobei: Selbst, wenn sich die Sache aufklärt, würde ihm das einige Prügel von seinem Stiefvater einbringen. Die Polizei im Haus, das fürchtet der doch wie der Teufel das Weihwasser.
So ein Pech aber auch.

Fast schon entspannt sieht der Doc auf seinen Chauffeur und dessen Beifahrer, als er sich plötzlich an etwas erinnert, was man ihm durchaus zur Last legen kann.

Und da ist es schlagartig mit der Entspannung vorbei.

14. Vernehmungen

In diesem Kapitel will einer nicht mehr wissen, was er getan hat

Eine Vernehmung durch die Polizei ist kein Pappenstiel. Man sitzt nicht eben mal so einem freundlichen Polizeibeamten gegenüber und schüttelt ein paar schlagfertige Antworten aus dem Ärmel. Zwar mag es eine Menge Krimis geben, in dem man dem Verdächtigen nicht ans Rad fahren kann, weil dieser selbstsicher und rhetorisch brillant auf dumme Fragen kluge, aber wenig aussagekräftige Antworten gibt. Er sitzt eher gelangweilt und ein wenig arrogant dem schlecht gekleideten Kommissar gegenüber und verzieht selbst bei den heikelsten Fangfragen keine Miene.
In der Realität ist das anders.

Nicht das mit der schlecht sitzenden Kleidung des Polizeibeamten.
Sondern in Bezug auf die Souveränität des Beschuldigten.

Zum einen ist eine Beschuldigung an sich schon eine Angelegenheit, die einen Durchschnittsbürger aus der Fassung bringen kann. Das Bild vom abgeklärten Serienkiller, der die Situation förmlich genießt, wird zwar im Fernsehen gerne bemüht. Solche eiskalten Bösewichte findet man allerdings in der Wirklichkeit nur höchst selten. Die Regel ist der ein wenig einfältige Eierdieb, der unruhig auf seinem Stuhl hin und her rutscht und dem schon nach kurzer Zeit die Schweißperlen auf der Stirn glänzen. Zudem haben die Damen und Herren von der Ordnungsmacht durchaus Erfahrung im Umgang mit Menschen. Je älter ein Polizist ist, desto mehr Vernehmungen hat er schon auf dem Buckel, desto mehr Erfahrungen hat er schon damit, wie man anfangs schweigsamen Personen so manches Geständnis aus dem erst breiten, dann immer schmaler werdenden Kreuz leiert.

Und wenn es schon einem hartgesottenen Kerl so ergeht, der dies schon so oft mitgemacht hat, wie mag sich dann erst ein halbwüchsiges Bürschchen fühlen, das vor Angst schon fast in die großzügig geschnittene Hose macht. Ja, es ist nackte Angst, die den langen Lulatsch bereits befallen hat, als er noch im Polizeiauto sitzt und die altbekannte Stadt an ihm vorbeifliegt. Ich bin festgenommen worden, das war es mit der Freiheit, denkt er. Kein Bier im Hirschen mehr. Ob im Knast wohl ein Billardtisch steht? Ob da ein Spiel etwas kostet?
Da gibt es sicher auch eine Menge Charlies.

Nur sind das alles keine Freunde.

Dann biegt der Wagen auf den Parkplatz vor dem großen Backsteingebäude ein, in dem die Polizei untergebracht ist. Überall stehen Polizeifahrzeuge. Nun kann man, wenn man genau lauscht, das Herz des jungen Mannes hören, denn es beginnt zu rasen und bis zum Hals zu schlagen. Es will ihm fast im Leib zerspringen. Aber die beiden Beamten nehmen davon keine Notiz. Sie haben auch nur eine Aufgabe: Sie sollen den Verdächtigen in das Herzstück der Polizeigewalt bringen.

Das tun sie, indem sie den Kleinlauten zwischen sich bis zur Pforte eskortieren, wo er ihnen von zwei Zivilbeamten abgenommen wird. Diese sind genauso schweigsam, aber nicht ganz so furchteinflößend wie die Männer in Grün. Sie bringen den Doc, der gar nicht recht weiß, wie ihm geschieht, durch einen endlosen Gang, vorbei an endlos vielen Zimmern, in einen kleinen Raum, wo er sich auf einen Stuhl setzen muß.

Im Geiste geht der Doc noch einmal alle Kriminalromane durch, die er gelesen hat (das sind nicht eben viele), vor allem aber alle Filme und Serien, die auch nur entfernt mit Mord und Totschlag zu tun haben, die er gesehen hat (das sind bedeutend mehr), um sich ein wenig gegen das zu wappnen, was da auf ihn zukommt. Allerdings hat er gerade erhebliche Schwierigkeiten, dem Chaos seiner Gedanken Herr zu werden. Ihm gehen tausend Dinge durch den Kopf, allerdings alle gleichzeitig. Und so sitzt er auf dem klapprigen Büro-Stuhl und überblickt im Grunde überhaupt nicht, was da gerade vor sich geht.
Er weiß nicht, wo oben und unten ist.

Es fehlt nicht viel und er hätte auch noch angefangen zu weinen.

Er verharrt schreckensstarr auf seinem Platz und starrt ins Leere. Gleichzeitig packt ihn eine unbändige Panik davor, daß nun alles zu Ende ist. Und daß er im Gefängnis landen wird, für den Rest seines freudlosen Lebens. Bei den harten Jungs, die ihn verprügeln wie sein Stiefvater. Die kennen kein Pardon, für die ist er doch ein Sandsack, wie man ihn vom Boxen kennt. Tätowierte Männer mit Muskeln traktieren ihn Tag und Nacht und bringen ihn fast um. Und er kann nicht flüchten, schon gar nicht in den Hirschen.

Dann tritt jemand ein und sagt auch seinen Namen. Aber den bekommt der Doc nicht mit, er scheint taub zu sein und blind. Sein Herz hämmert wild gegen die Innenseite der Brust. Dann sieht er den Polizeibeamten etwas sagen und er erkennt, daß der schon eine Zeit lang versucht hat, seine Aufmerksamkeit zu erlangen.
Er erwacht wie aus einem Traum und gibt seine Personalien an.

Er erkennt seine eigene Stimme nicht wieder.

Dann erklärt ihm Herr Zamzinger, denn das ist der Name des Beamten, daß es um Mord geht. Obwohl der Doc dies schon befürchtet hat, ergreift ihn eine namenlose Angst und ihm rutscht sein noch heftiger schlagendes Herz endgültig in die weite Hose

und fast ist ihm so, als müßte er gleich in dieselbe machen. Allerdings nennt der Herr von der Kriminalpolizei auch den Namen des Opfers und der kommt dem Doc nun gar nicht bekannt vor.
Also fragt er nach: »W-w-wer?«

Diese Intervention nun verblüfft seinerseits den Assistenten des Herrn Fammerl: »Wieso, wie viele Leute haben Sie denn umgebracht?«
»W-w-wieso?«
»Na, weil Sie nach seinem Namen fragen.«
»Ab-b-ber i-i-ich k-k-kenne d-d-en n-n-nicht.«

Zammi hat beim Betreten des Zimmers gedacht: Na, das wird leicht, der macht sich vor Angst schon in die Buxe. Der hält keine fünf Minuten durch, dann erzählt der mir alles. Mann, hat der Schiß.
Wie hat der es bloß geschafft, den Journalisten umzubringen?

Aber nun stellt der Gegenfragen und das noch vor dem Ende der Belehrung. Also ruhig Blut, wie du es auf der Polizeischule gelernt hast. Erst einmal fertig belehren, dann erst die unbedeutenden Fragen, dann zu den wichtigeren und zum Schluß die alles entscheidenden.
Mist, jetzt hast du schon gefragt, wie viele der umgebracht habe.

Jetzt aber weiter im Text. Bevor der noch auf stur schaltet.

»Sie müssen nichts zur Sache sagen, können sich jederzeit einen Rechtsanwalt nehmen und wenn Sie noch Beweiserhebungen beantragen wollen, dann können Sie das jederzeit machen. Verstanden?«

»W-w-was w-w-war d-d-das m-m-mit d-d-den B-B-Beweiserheb-b-bungen?«

Zamzinger starrt ihn an. Ist das doch ein härterer Brocken, als er gedacht hat?

»Na, wenn Sie Zeugen oder so haben, dann können Sie die jederzeit benennen.«

»H-h-habe i-i-ich n-n-nicht.«

»Wofür haben Sie keine Zeugen?«

Keine Antwort.

»Und Sie kennen das Opfer nicht?«

Keine Antwort.

»Walt Hirschberger, den kennen Sie nicht?«

Schrecksekunde. »N-n-nein.« Langsam dämmert es dem Doc, daß er gar nicht wegen dieses blöden Ossis von Mark hier sitzt. Sondern wegen eines Typen, dessen Namen er noch nie gehört hat. Er schüttelt ungläubig mit dem Kopf.

»Lesen Sie nie Zeitung?«

»H-h-heute noch n-n-nicht«, antwortet der Doc, obwohl die Antwort wohl eher »Nein« lautet.

»Wollen Sie mir erzählen, daß Sie nicht davon gehört haben, daß der Journalist ermordet wurde?«

»D-d-der Journalist? V-v-von d-d-dem s-s-sie i-i-in den N-N-Nachrichten ...?«

Nachrichten, denkt Zamzinger. Daß ich daran nicht gedacht habe. Klar, daß der ungebildete Lackel nicht Zeitung liest, sondern seine Informationen aus dem Fernsehen bezieht.

»Genau der. Was wissen Sie darüber?«
»D-d-aß m-m-man den t-t-tot i-i-in d-d-der W-W-Wanne g-g-gefunden h-h-hat.«

Allmählich geht dem Polizisten das Gestottere doch gehörig auf die Nerven.

»Ihr Name ist in diesem Zusammenhang gefallen.«
»M-m-mein N-N-Name?«
»Ja, Sie sind doch der ‚Doc'?«

Kurze Pause.

»A-a-aber das ist d-d-doch gar n-n-nicht mein richtiger N-N-Name.«
»Das ist doch Ihr Spitzname. Jeder kennt Sie nur als ‚Doc'. Wollen Sie das leugnen?«
»Ich b-b-bin doch gar k-k-kein D-D-Doktor.«
»Ja, aber, wie gesagt, das ist Ihr Spitzname.«
»Vermutlich h-h-hat jemand einen echten D-D-Doktor gemeint.«

Einerseits kann der Beamte schlecht seine Quelle nennen und damit den Wirt als Spitzel entlarven.

Andererseits registriert der noch unerfahrene Polizist, wie sein Gegenüber zunehmend weniger stottert. Der wird selbstsicherer, denkt er bei sich. Und das gefällt ihm gar nicht. Warum der Herr Hauptkommissar ihn diese Vernehmung allein machen läßt, will ihm auch nicht so recht einleuchten. Zunächst hat dieser ihm erklärt, daß der Herr Vorhauser, also der Doc ihn doch kenne, weil Herr Fammerl bekanntlich ihm gegenüber versucht hat, sich als den Mörder des Herrn Wiese auszugeben.

»Du machst das schon«, hat er gesagt und ihm noch väterlich auf die Schulter geklopft. Das hat Zamzinger als große Anerkennung und Vertrauensbeweis angesehen. Nun wird er aber zunehmend unsicherer. Zum einen scheint die Vernehmung nicht in die Richtung zu gehen, in die man gehofft hat, sie lenken zu können. Zum anderen scheint Zamzinger der Fall doch zu aufsehenerregend zu sein, als daß man ihn ihm, dem jungen Beamten, überlassen kann. Ein Journalist wird auf spektakuläre Art und Weise ermordet, das zieht weite Kreise und ruft alle Sensationsreporter des ganzen Landes auf den Plan. Kamerateams aller großen Fernsehsender sind vor Ort. Moderatoren mit Anzug und Krawatte stellen sich vor Gerichtsgebäude und berichten darüber, daß man noch nicht viel weiß. Das aber weiß man sicher. Die Sensationsgier der Massen will befriedigt und ausgekostet werden. Da will man schnell Ergebnisse sehen, wenn es nach dem Polizeichef ginge am besten noch vorgestern.

Und da läßt der Fammerl ihn, den Frischling, allein.

Wenn er wenigstens anwesend gewesen wäre, um im Notfall eingreifen zu können. Aber sich ganz aus der Sache herauszuhalten, das sieht dem alten Haudegen gar nicht ähnlich. Überhaupt hat dieser sich in letzter Zeit komisch verhalten. Zuerst behauptet er gegenüber einem Verdächtigen der Wahrheit zuwider, der habe einen Mord begangen. Das ist doch sinnlos, weil ein Geständnis des Doc in diesem Fall nicht verwertet werden kann. »Verbotene Vernehmungsmethode« nennt das der Staatsanwalt und ist wenig amüsiert von einer solchen Vorgehensweise. Klar, daß man dieses falsche Geständnis nicht unbedingt in die Akte schreibt, das tut nichts zur Sache.

Dann noch dieser Wutausbruch von Fammerl erst in der Redaktion und schließlich sucht er noch zufälligerweise am Tattag das Mordopfer zu Hause auf. Klar, er hat mit dem Mord nichts zu tun, die Nachbarin hat eindeutig bekundet, daß der Hirschberger noch gelebt hat, als der Herr Hauptkommissar ihn verlassen hat. Zwar war da dieser impertinente Artikel in der Zeitung, in der man den Mord am Wiese ausgerechnet dem Fammerl anlastet. Aber den hat nicht der Hirschinger geschrieben, das geht aus dem Artikel klar hervor. Also hat der Fammerl auch keinen Grund, auf den toten Journalisten sauer zu sein. Zur Justiz und Polizei war der eigentlich immer fair. Hat gelegentlich schon mal dem einen oder anderen auf die Zehen getreten. Aber nur sanft. Zudem liegt das in der Na-

tur der Dinge, wenn man im Licht der Öffentlichkeit steht.
Damit kann der Herr Hauptkommissar umgehen,
das prallt doch an dem ab.

Aber merkwürdig ist das Ganze schon.

Immerhin ist er zum Haus des Mordopfers gefahren. Scheint ganz schön wütend gewesen zu sein.
Dort hat sich aber schnell aufgeklärt, daß es nicht
der Hirschinger war, der den Artikel verbrochen
hat. Das kann man dem Fammerl glauben, immerhin steht unter dem Artikel ein anderes Kürzel als
das des Verstorbenen. Der wollte nur mal Dampf
ablassen. Der beruhigt sich auch immer schnell.

Und die Nachbarin hat doch bekundet, daß der
noch gelebt hat, als der Fammerl ihn verlassen hat.
Und für die Zeit danach hat er ein unumstößliches
Alibi.
Bestätigt durch einen absolut glaubwürdigen Zeu-
gen.

Dieser Zeuge ist der Zammi selbst, denn Fammerl
ist direkt vom Haus des Opfers zur Dienststelle gefahren, die Zeiten stimmen vollkommen überein.
Die Nachbarin konnte sich fast auf die Minute an
die Abfahrt des Herrn Hauptkommissars erinnern.
Sie hat nämlich Besuch erwartet und auf die Uhr
geschaut. Wenn man dann die Fahrtstrecke zum
Polizeipräsidium dazurechnet, ergibt das genau
den Zeitpunkt, als er dort angekommen ist. Dafür

gibt es einige Zeugen. Der Mann an der Pforte etwa war sich da ganz sicher. Der schaut ohnehin, daß er dem Fammerl aus dem Wege geht, da achtet der schon genau darauf, wann der Hauptkommissar kommt und geht.

Und ich kann mich genau an die Uhrzeit erinnern, weil der eine Viertelstunde nach mir im Zimmer war. Das habe ich mir gemerkt, das war wohl das einzige Mal in den letzten Jahren, daß ich vor ihm im Büro war. Immer so fleißig, der Chef. Oder doch senile Bettflucht? Vor seiner Frau? Egal: In der Dienstelle haben wir den ganzen Tag zusammen gearbeitet. Da kann er also nicht nochmal zum Hischi gefahren sein und scheidet als Täter aus. Mein Gott: Wie kann ich auch nur in Erwägung ziehen, einer der unseren könnte der Täter sein? Den Fammerl kenne ich doch schon eine ganze Zeit, dem traue ich das unter keinen Umständen zu. Ich habe ihn noch nie gewaltsam erlebt. Erzürnt und laut: Ja. Unleidlich und aufbrausend: Immer wieder. Aber der wird nicht handgreiflich, der hat sich im Griff. Hunde, die bellen, beißen nicht.
Da kann die Zeitung schreiben, was sie will: Das ist doch Schwachsinn.

Zamzinger schüttelt den Kopf.

Dann ertappt sich der Assistent selbst dabei, daß er in Anwesenheit des Verdächtigen geträumt hat. Dieser sieht ihn fast schon belustigt an und Zammi beschließt, klein beizugeben und sich Hilfe zu holen: »Wenn Sie mich einen Moment entschuldigen wollen.«

Und er verläßt das Zimmer, um Fammerl zu bitten, doch die Vernehmung weiterzuführen.

Dieser sitzt im Sozialraum der Polizei mit einigen Kollegen zusammen, eine Tasse Kaffee in der Hand, und hat den Blick in die Ferne gerichtet.

Wie bin ich so geworden? fragt er sich. Als ich anfing, da bin ich noch ein Idealist gewesen, habe noch gnadenlos an Gerechtigkeit und den Rechtsstaat geglaubt. Aber jetzt, viele Jahre später, wo so mancher Strolch freikam und so manches kleine Licht büßen mußte, während die Hintermänner uns nur den Auspuff ihres Ferrari gezeigt haben, da ist nicht viel von meinem Idealismus geblieben. In der Realität geht es eben nicht so zu, wie ich es mir vorgestellt habe, als ich mich beim Chef das erste Mal vorgestellt habe.

Aber dann: Diese dämlichen Verwaltungs-Vorschriften, die Presse und Politik sitzen dir im Nacken und dieser ganze Statistikkram beschäftigt dich fast mehr als alles andere. Du ackerst Tag und Nacht und dann schüttelt so ein junger Staatsanwalt kurz den Kopf und stellt das Verfahren ohne mit der Wimper zu zucken ein, weil du den Beschuldigten angeblich nicht ordnungsgemäß belehrt hast.

Unbelehrbar, diese Paragrafenreiter.

Du kannst nicht alle Bösen fangen. Du kannst nicht alle Guten beschützen. So mancher, von dem du weißt, daß er es war, von dem jeder weiß, daß er schuldig ist, springt dir von der Schippe. Und du kannst nichts tun. Das verändert dich. Das stumpft dich ab, das macht dich zynisch. Du mußt die Wut auf alles aushalten und lernen, damit umzugehen. Oder du überlebst nicht lange. Du greifst zum Alkohol oder es geht an die Substanz. Du kannst nicht immer das Unheil der Welt auf deinen Schultern tragen.

Aber gehöre ich noch zu den Guten?

Es schreit in dir. Einmal so einem Strolch, der dir noch ins Gesicht lacht, einfach mal mit der Faust mitten auf die Zwölf dreschen, das würde gut tun. Die Grenzen zwischen Gut und Böse verschieben sich, manchmal bist du versucht, der Gerechtigkeit zumindest ein wenig zu helfen. Nicht viel, nur einen Sachverhalt etwas eindeutiger zu schildern, als er ist. Genauer gesehen zu haben als unmittelbarer Zeuge, was ohnehin offenkundig ist.
Statt zugeben zu müssen, daß alles auch ganz anders sein kann.

Du willst doch, daß die Bösen ihr Fett weg bekommen!

Und irgendwann wird dir sogar noch ans Bein gepinkelt, weil du in deinem Eifer den Beschuldigten vielleicht doch ein wenig zu hart angefaßt hast.

Aber der war es doch, der war doch der Täter, also muß er auch bestraft werden. Der Chef nimmt sich einen zur Brust, jeder liest etwas über dich und läßt dich spüren, daß du längst nicht der Held bist, der du eigentlich sein willst.

Von allen Seiten bekommst du Prügel.

Und nicht derjenige, der sie eigentlich verdient hätte.

Als Zammi ins Zimmer kommt, stellt er sich erst einmal stumm vor seinen Vorgesetzten. Fammerl hebt nach einer halben Ewigkeit müde den Kopf und fragt nur kurz: »Na, hat er gestanden?«

»Nein, er sagt zwar etwas, aber nur … naja, ich fürchte, er ist nicht zu packen.«

»Das windige Bürschchen? Den schau ich doch nur einmal schief an und er gesteht mir, was ich hören will.«

»Mir ist das bislang leider nicht gelungen.«

Da mischt sich ein anderer Kollege ein: »Wenn es dir so leicht fällt, den zu knacken, worauf wartest du dann noch?«

Fammerl starrt auf seine Tasse, als wollte er sagen: Ich bin aber doch gerade sehr beschäftigt. All der Kaffee trinkt sich doch nicht von alleine. Aber er fühlt, daß alle Anwesenden ihn ansehen und da kann er sich schlecht weigern. Also steht er auf, stellt seine Tasse auf der Spüle ab und nickt seiner rechten Hand zu: »Also, packen wir es.«

Tatsächlich ist der Herr Hauptkommissar in einem moralischen Dilemma. Eine Tat begangen zu haben und dafür nicht zur Rechenschaft gezogen zu werden, ist eine Sache. Aber so ein armes Schwein unschuldig dafür ins Gefängnis zu bringen, das ist schon ein anderes Kaliber. Selbst nicht büßen zu müssen steht auf einem anderen Blatt, als andere dafür büßen zu lassen.

Sein Sündenregister ist auch so schon genügend belastet.

Gelassen, du mußt das gelassen sehen. Du kannst halt nicht jeden fangen. Dieser Doc, das arme Würstchen, leugnet, du stellst ihm ein paar Fragen und läßt ihn dann gehen. Ist ihm halt nichts nachzuweisen. Dann gehen wir ein paar Spuren nach, die alle im Sande verlaufen und zum Schluß landet die Akte im Archiv und setzt Staub an.

Der andere Verdächtige, dieser Börner, ist klüger und hat von Anfang an von seinem Schweigerecht Gebrauch gemacht. Der ist aus einem anderen Holz geschnitzt. Der ist mit allen Wassern gewaschen, wie es scheint. Den hat die Arbeit im Paradies abgehärtet, dem ist mit ein paar Vorhaltungen nicht beizukommen.

Vielleicht hätte man den beiden doch von vornherein einen Rechtsanwalt zur Seite stellen sollen. Der hätte den beiden Schmalspurganoven dann sofort geraten, die Aussage zu verweigern. Gar nichts zu sagen! Daß er daran nicht gedacht hat! Weil man

bei der Polizei immer denkt: Erstmal ohne Rechts-
verdreher vernehmen, dann sind die Gauner redse-
liger. Wenn erst der Mann mit dem Anzug dazu-
kommt, kann man das Geständnis schnell vergessen. Aber in diesem Fall wäre das wohl besser gewesen. Diese Schlipsträger, die drehen einem das
Wort im Munde herum, bis man am Ende selbst
glaubt, der Täter ... naja, in anderen Fällen stimmt
das immerhin nicht.
Warum kann diese dumme Bohnenstange von Doc
nicht einfach sein blödes Maul halten?

Und überhaupt nichts sagen, kein Wort?

Ganz hinten in seinem Bewußtsein taucht zwar
noch eine andere Möglichkeit auf, aber an diese will
Herr Fammerl nicht denken. Denn wenn man allzu
lange ermittelt, können auch unangenehme Fakten
ans Licht oder zumindest die Kollegen auf die Idee
kommen, er, der Polizeibeamte, könnte doch etwas
mit dem Verbrechen zu tun haben.

Und da wäre es ihm doch lieber, statt seiner säße da
so ein Tunichtgut im Knast, den sonst keiner vermißt. Ob der in Freiheit auf Staatskosten rumhängt
oder im Strafvollzug drei geregelte Mahlzeiten auf
Staatskosten empfängt, das wäre doch egal.
Dem weint ohnehin keiner eine Träne nach.

Im Gegenteil: Hinter schwedischen Gardinen
könnte ihn sein Stiefvater nie mehr verprügeln. Er
würde sogar lernen, sich durchzusetzen.

Das könnte einen Mann aus ihm machen.

So hätte der Gefängnisaufenthalt für den Doc nur Vorteile!

Fammerl weiß, daß das alles nur Ausflüchte sind. Aber er muß sich vor sich selbst rechtfertigen. Zwar wird der Kerl vermutlich nichts Essentielles von sich geben, aber bei ein wenig Einschüchterung wird der mit ziemlicher Sicherheit zusammenbrechen. Und Fammerl kann ihn kaum mit Samthandschuhen anfassen. Das ist nicht seine Art. Und das ist allen bekannt. Er kann nicht jetzt plötzlich seine weiche Seite entdecken, das würde allen Kollegen auffallen. Der harte Hund, der auch schon mal aus der Haut fahren kann, wenn ein Beschuldigter nicht spurt, der kann schlecht bei einem grausamen Mord Zurückhaltung üben.
Das ist gar nicht seine Natur.

Und wir können alle nicht aus uns heraus. So sehr wir uns verstellen: Irgendwann offenbart sich das, was in uns ist. Ob wir wollen oder nicht. Gerade, wenn wir etwas sehr lange gemacht haben, bricht irgendwann die Routine aus uns heraus. Und wir handeln wie immer.
Das kann auch der Herr Hauptkommissar nicht ändern.

Er muß es aber versuchen.

15. Wenn's mal läuft

In diesem Kapitel geht einer baden

Dann sitzen sie sich gegenüber, der erfahrene Beamte und der eher unerfahrene Verdächtige. Was nun? scheinen beide zu denken. Der Hauptkommissar fragt sich, wie weit er gehen kann, ohne daß der andere zusammenbricht. So tun als ob, daß die anderen denken, er gebe Vollgas, aber gleichzeitig nicht sein Rückgrat brechen. Ein Balanceakt, aber das ist die einzige Chance.

Der jüngere der beiden überlegt, woher er diesen dicken, alten Sack denn kennt. Den hat er doch schon mal gesehen? Wo war das gleich? Und dann fällt es ihm ein: Das ist doch der Typ, der sich da im Hirschen an ihn herangemacht hat. Der versucht hat, ihn betrunken zu machen. Er hat den gar nicht gleich erkannt, in dieser ungewohnten Umgebung. Aber klar, das ist ein Bulle. Hat der nicht sogar damit geprahlt, den Wiese selbst kalt gemacht zu haben?

Siedendheiß läuft es dem Doc hinunter.

Die haben mich.

Die wollen mir gar nicht wegen dieses Zeitungsschreibers ans Zeug flicken. Das haben die nur so gesagt. Die wissen alles. Die sind wegen des Wiese hinter mir her. Der andere Bulle hat dann so getan,

als träume er, damit ich ins Nachdenken komme und weichgekocht werde.
Alles ist nur ein Ablenkungsmanöver gewesen.

Ein abgekartetes Spiel.

Erst stellt der junge Beamte ein paar unverfängliche Fragen. Das ist sicher der gute Bulle, wie man ihn aus dem Fernsehen kennt. Und dann holt man den alten Griesgram, der dann den Bösen spielt. Der mich dann in die Pfanne haut. Aber so richtig. Die ziehen alle Register.

Scheiße, ich bin geliefert.

»A-a-also, d-d-as m-m-mit d-d-dem W-W-Wiese w-w-war e-e-ein Unf-f-fall...«, beginnt er.
Zamzinger ist beeindruckt: Kaum betritt der alte Haudegen den Raum, schon gesteht der? Wahnsinn. Ansonsten fällt dem Assistenten nur auf, daß der Verdächtige wieder zu stottern beginnt, kaum hat er den erfahreneren Routinier gesehen. Letzterer aber hat vor allem einen Namen herausgehört, der noch gar nicht im Spiel ist: »Wiese? Wie kommen Sie denn auf Wiese? Habt Ihr den ebenfalls auf dem Gewissen?«

Da dämmert auch Zamzinger, was der Doc gerade im Begriff ist zu gestehen.

»Also, Sie beide, der Börner und Sie, Sie haben Till Wiese getötet. Ist das richtig?«

Der Doc nickt.

»Und wie? Und vor allem: Wieso?«

»W-w-wir w-w-wollten d-d-das n-n-nicht.«

Alle reden erst von einem Unfall. Sogar, wenn die Opfer durch Kugeln oder Gift sterben, ist es zunächst nur ein Versehen. Und wenn das nichts hilft, handelt es sich zumindest um ein Mißverständnis. Oder man habe es nicht gewollt. Auch das sagen alle.

Selbst, wenn sie jemanden ertränkt haben.

»Und wie kam es dazu?«

Und es folgt eine detaillierte Schilderung der Ereignisse. Gestottert und daher ein wenig zeitintensiv. Aber das ist den Polizeibeamten jetzt einerlei. Sie haben den Beschuldigten dort, wo sie ihn haben wollen. Und haben zudem noch ein Verbrechen geklärt, das noch gar nicht als solches gegolten hat. Aber der völlige Durchbruch ist das noch nicht. Denn noch steht ein Geständnis aus: »Und wie war das mit dem Walt Hirschberger?«

Jetzt greifen die moralischen Bedenken des Herrn Fammerl nicht mehr. Es läuft ohnehin auf eine lange Gefängnisstrafe für den Doc hinaus, wahrscheinlich auf lebenslänglich. Und da fällt ein Mord mehr auch nicht mehr ins Gewicht. Ob man lebenslänglich sitzt wegen eines Mordes oder wegen zweier Morde, das ist letztendlich egal.

Mehr als lebenslänglich kann man nicht einge-
sperrt werden.

Zumindest kann man sich das so hindrehen, wenn
es einem in den Kram paßt.

Denn die Große Strafkammer kann bei zwei
Morden die besondere Schwere der Schuld feststellen, weshalb eine vorzeitige Entlassung nach fünfzehn Jahren ausgeschlossen ist. Fammerl aber sagt
sich: Das Leben des Doc ist durch den Mord an
Herrn Wiese ohnehin zerstört. Da richtet ein weiterer Anklagepunkt auch keinen weiteren Schaden
mehr an. So sieht das jedenfalls der wahre Täter
und eine Möglichkeit, auf ethisch nicht mehr ganz
so tiefstehende Art und Weise aus der Sache her-
auszukommen.
Und das unbeschadet.

Mehr noch: Mit zwei gelösten Mordfällen.

Solchermaßen wandelt sich der anfangs eher zö-
gerliche Herr Fammerl in den Hauptkommissar,
wie ihn sein Assistent kennt.
Hart und direkt geht er nun den armen Doc an:
»Also, jetzt mal Klartext. Wir wissen, daß Sie es waren. Raus damit! Sie haben den Journalisten umgebracht.«
Doch zur Verwunderung aller, auch des Docs selbst,
hält dieser der geballten Attacke des Hardliners
stand und stottert immer nur: »D-d-das w-w-waren
w-w-wir n-n-nicht.«

Und er ist selbst unter Aufbietung aller polizeilichen Erfahrung nicht vom Gegenteil zu überzeugen. Das haben sie sich leichter vorgestellt. Sie ziehen alle Register: Reden mal sanft, mal weniger sanft auf den Beschuldigten ein.

»Wissen, das bringt doch nichts. Es tut doch so gut, sich das mal alles von der Seele zu reden.«, versucht es Zamzinger.
»D-d-das w-w-waren w-w-wir d-d-doch n-n-nicht.«

»Jetzt habe ich aber genug! Das glaubt Ihnen doch kein Mensch!«, brüllt Fammerl den Beschuldigten an. »Wenn Sie wollen, können wir auch anders, aber ganz anders! Spielen Sie bloß nicht den harten Mann! Glauben Sie uns, wir sind schon länger in dem Geschäft, wenn wir mit Ihnen Schlitten fahren, dann haben Sie aber so was von keine Chance.«
»D-d-das w-w-waren w-w-wir n-n-nicht.«

Die beiden Polizeibeamten gehen mal ganz dicht an ihn heran und zeigen ihm dann die kalte Schulter oder sehen nur betreten zu Boden.

»Also, jetzt spucken Sie es schon aus! Wird's bald? Jetzt sagen Sie schon die Wahrheit!«, schreit der Hauptkommissar seinem Gegenüber mitten ins Gesicht. Dabei berühren sich fast ihre Nasen. Während der Stotternde bleich wirkt, läuft der Kriminalbeamte hierbei knallrot an.
»D-d-das w-w-waren w-w-wir n-n-nicht.«

»Jetzt legen Sie doch mal 'ne andere Platte auf!«

Keine Reaktion.

Mal geben sie sich verständnisvoll, mal appellieren sie an sein Ehrgefühl.

»Wir waren doch auch mal jung. Da macht man halt mal Fehler. Das versteht doch jeder.« Der Ältere der beiden Polizisten lehnt sich dabei demonstrativ in seinem Stuhl zurück.
»D-d-das w-w-waren w-w-wir n-n-nicht.«

»Denken Sie doch mal an die Freundin des Toten. Die vergeht fast vor Trauer. Die will doch wissen, was passiert ist. Wollen Sie die arme Frau ihr ganzes Leben lang im Ungewissen lassen?« Zamzinger sieht dabei den Doc durchdringend an. Fast als wollte er ihn hypnotisieren.
»D-d-das w-w-waren w-w-wir n-n-nicht.«

Der stotternde Spargeltarzan hält all dem stand. Nach zwei schweißtreibenden Stunden unterbrechen sie die Befragung. Um einfach mal die Lage zu besprechen und ein wenig Abstand zu gewinnen. Sie gehen vor die Tür und lehnen sich ermattet an die Wand. Sogar Zamzinger, der eigentlich ein zäher Bursche ist, scheint erschöpft zu sein.

»Das ist eine harte Nuß«, beginnt Fammerl.
»Komisch, den Mord an dem Wiese hat er sofort zugegeben. Und das ohne Druck, ohne Not.«

»Den Mord an dem Hirschberger schieben wir ... ich meine: Den holen wir auch noch aus ihm heraus.«

»Und wie? Den können wir noch stundenlang ...«

»Wir müssen einfach die Taktik ändern«, sagt der Erfahrenere der beiden.

»Soll heißen?«

»Wir knöpfen uns jetzt den anderen vor.«

»Aber der sagt doch nichts.«

»Noch. Aber da wußte er noch nicht, daß sein Freund reden würde.«

»Aber wenn wir ihm sagen, daß der Vorhauser den ersten Mord gestanden hat, dann wird der kaum so blöd sein und den zweiten gestehen.«

»Das müssen wir ihm ja nicht unbedingt auf die Nase binden.«

»Aber ...«

»Wir sagen ihm nur, was er wissen soll.«

»Aber wenn wir lügen, ist das nicht verwertbar, ich meine, Täuschung ist doch eine verbotene Vernehmungsmethode«, referiert Zamzinger aus der Polizeiausbildung.

»Ja«, sinniert da Fammerl, »aber Cleverness ist unschädlich.«

»Cleverness? Und wie soll das gehen?«

»Wirst du gleich sehen. Lass mal den Börner in den Verhörraum Zwei bringen. Den Vorhauser lassen wir im Einser sitzen, dann können wir bei Bedarf schnell mal die Zimmer wechseln.«

Kurz danach sitzen die beiden dem Charly gegenüber. Dieser äußert noch, bevor er sich überhaupt
gesetzt hat: »Sie wissen doch, daß ich nichts sage.«
»Sie müssen auch nichts sagen. Wir wollen Ihnen
etwas mitteilen«, erwidert Fammerl, wobei er mehr
seinen Mitarbeiter ansieht als den Verdächtigen.
»Aha, und was?«, will letzterer wissen.
»Also, dein lieber Freund Dieter Vorhauser, der hat
gestanden. Wir haben ihn nach dem Toten in der
Wanne gefragt. Und er hat uns alles erzählt. Daß
Ihr den getötet habt!«

Raffiniert, denkt Zamzinger. Jetzt weiß Börner
nicht, welchen Mord sein Kumpan gestanden hat.
Und er nickt anerkennend und grinst dabei, was der
Verdächtige als Zeichen des Triumphs mißversteht.
Sie wissen also alles. Hat es dann noch Sinn zu
schweigen? Wobei es bei Mord keinen Sinn hat zu
gestehen, weil man selbst mit Geständnis das ab-
solute Strafmaß lebenslänglicher Freiheitsstrafe
nicht ändern kann.
Wobei man streiten kann, ob es sich hier um Mord
oder doch nicht nur um Totschlag handelt.

Wobei sich dann die Mindeststrafe auf fünf Jahre
verminderte.

»Also, wollen Sie uns nicht erzählen, was passiert
ist? Sie wissen, daß Sie bei einem Geständnis das
Strafmaß erheblich verkürzen können. Oder haben
Sie Lust zu sitzen, bis Ihre Piercings Rost anset-
zen?«

Charly zögert.

»Falls Sie es nicht mitbekommen haben: Wir haben Sie. Es geht nicht mehr darum, ob Sie sitzen. Sondern nur, wie lange. Jetzt denken Sie doch mal nach! Also, wie war das?«

»Sie lügen doch.«

»Wir dürfen nicht lügen, weil dann ein Geständnis nichts wert wäre. So will es das Gesetz«, ergänzt Zamzinger. »Paragraph 136 a der Strafprozeßordnung, das wären sogenannte ‚Verbotene Vernehmungsmethoden‘. Das führt zu einem Beweisverwertungsverbot. Das dürfen wir gar nicht.«

Das klingt in Charlys Ohren durchaus glaubwürdig. Dieser alte Bulle hat etwas Hinterhältiges, dem ist nicht zu trauen. Der hat doch Dreck am Stecken. Aber der junge Typ hat so etwas Naives, Unverfälschtes. Dem nimmt Charly aus irgendeinem mysteriösen Grund ab, daß der die Wahrheit sagt. Zudem wirkt die Erwähnung eines Paragraphen meist authentisch, zumindest in den Ohren von juristischen Laien.

Das Entwaffnende am Gesetz.

Charly überlegt. Er reibt seine Handflächen aneinander und senkt den Kopf. Er denkt an seine Mutter und wie die die Nachricht aufnehmen würde, daß ihr Sohn ins Gefängnis kommt. Ob sie das überhaupt registrieren würde.
Und ob sie ihn verstoßen würde.

Es würde ihn wohl keine Menschenseele in der Haft besuchen.
Nicht mal Charlene.

Wenn er wenigstens ihren Namen wüßte.

Aber das ist jetzt alles egal. Er würde die nächsten Jahre hinter Gittern verbringen. Gerade jetzt, wo er zum ersten Mal im Leben einen Platz gefunden hat, wo er hingehört. Wo er sich gebraucht fühlt. Wo er sich anerkannt glaubt. Da bekommt man einmal eine Chance und dann wird einem gleich wieder alles zunichte gemacht. Er hat schon von einer eigenen Wohnung geträumt, nicht groß, aber groß genug. Wo er keinem anderen Rechenschaft schuldig ist. Wo er die Tür zumachen kann und sein eigener Herr ist. Wo er das Sagen hat und niemand sonst. Wo er sich nach seinem Geschmack einrichten kann. Wo es keine dauernd betrunkene Mutter gibt. Wo er keinem danken muß und wo er keine Angst haben muß, vor niemandem und nichts.

Und das ist jetzt alles passé.

Und auf Dankbarkeit von den Damen an seinem Arbeitsplatz kann er kaum hoffen, da würde niemand auf ihn warten. Nicht einmal die Charlene mit den Piercings. Schade, die ist ihm ans Herz gewachsen. Jetzt muß sich die Puffmutter schon wieder einen Rausschmeißer suchen.
Aber das wird wohl nicht allzu lange dauern.

Die hat auch kein glückliches Händchen mit ihrem Personal.

Was soll er jetzt tun? Würde Leugnen vielleicht doch helfen? Können sie ihm etwas nachweisen, wenn er einfach weiter schweigt? Aber sie haben wohl die Aussage vom Doc. Und die würde ihm das Kreuz brechen. Und die Ratte würde mit weniger davonkommen, wenn der gegen ihn aussagt.
Es hilft ja nichts.

Also verzieht er den Mund und stößt hervor: »Okay, ich gebe es zu.«

Und er merkt, wie die beiden Kriminalbeamten den Atem anhalten.
Warum denn das? Die wissen doch schon alles. Oder ist das doch ein ganz mieser Trick? Die Nutten haben vermutlich recht: Traue nie einem Bullen. Das sind ganz miese Typen, wer wird schon freiwillig Polizist? Doch nur jemand, der gerne andere schikaniert.
Menschenschinder seid Ihr, alle miteinander!

Allerdings hat die Reaktion der Polizisten einen ganz anderen Grund. Sie wissen nämlich noch nicht, welchen der beiden Morde Herr Börner gerade gestanden hat. Charly muß schon wieder an Charlene im Paradies denken und senkt den Kopf.
Ich weiß nicht mal ihren richtigen Namen.

Ob ich den je erfahre?

Als er nichts mehr sagt, fordert Fammerl ihn auf:
»Also, wie war das denn nun?«
»Ich denke, Sie wissen doch schon alles? Was fragen Sie denn noch?«
»Wir würden trotzdem gerne die Einzelheiten hören. Also raus mit der Sprache.«

Und zur Enttäuschung der beiden, bekommen sie dieselbe Geschichte zu hören, die ihnen bereits der Doc erzählt hat.

»Und das ist alles?«
»Was denn noch?«
»Na, der Journalist, der Hirschberger, der starb auf dieselbe Art und Weise. Und da liegt es doch nahe, daß die Täter der ersten auch die der zweiten ... äh Tat sind.«
»Aber«, entgegnet Börner empört, »das waren wir doch nicht. Ich jedenfalls habe damit nichts zu tun.«
»Ich sag dir mal was: Der Hischi, also der Herr Hirschberger, der hat das rausbekommen, daß Ihr den Wiese kaltgemacht habt. Der war hinter Euch her. Der wollte Euch ans Kreuz nageln. Und wenn der erst auf einer Fährte war, dann war der nicht zu halten. Den konnte keiner stoppen, wenn der erst mal Witterung aufgenommen hatte. Das habt Ihr spitz bekommen und ihn zum Schweigen gebracht. Damit er Euch nicht mehr schaden kann.«
»Unsinn! Damit haben wir nichts zu tun!«, schreit Charly.

»Hör mal, ob ein oder zwei Tote, das macht den Kohl doch nicht fett. Jetzt laß schon die Katze aus dem Sack, dann hast du's hinter dir.«

Aber so sehr sie auch insistieren, der Verdächtige läßt sich nicht zu einem Geständnis bewegen. So sehr sich die beiden Kriminalisten ins Zeug legen, es nützt nichts. Den Ossi hätten die beiden Verlierer um die Ecke gebracht, aber mit dem Tod des Journalisten hätten sie nicht das Geringste zu tun.
Da ist alle Mühe und Überredungskunst vergebens.

Also legt man wieder eine Pause ein.

»Was tun? sprach Zarathustra«, fragt Fammerl und nimmt einen Schluck Kaffee. Der ist leider lauwarm.
»Zeus«, meint Zammi.
»Wie kommst du jetzt auf Zeus?«, hakt der Hauptkommissar nach.
»Zeus war der, der ‚Was tun?‘ sprach. Zarathustra sprach: ‚Also‘.«
»Also? Wieso ‚Also‘? Versteh ich nicht.«
»Also, das stammt von Nietzsche.«, sagt Zammi, ein wenig von oben herab.
»Hä? Machst du jetzt einen auf Klugscheißer?«, kabbelt Fammerl ein wenig grantig.
»Ich weiß ja nicht, aber ...«
»Er weiß das auch nicht«, unterbricht ihn da Fammerl.
»Wer weiß was nicht?«
»Vorhauser weiß nicht, was Börner gesagt hat.«

»Aber die sagen doch genau dasselbe.«

»Aber das weiß doch Vorhauser nicht.«

»Versteh ich nicht«, äußert jetzt Zamzinger.

»Macht nichts. Eine Chance haben wir noch. Komm!«

Und man geht zu dem Raum, in dem immer noch der Doc wartet. Seit geraumer Zeit, was sich nicht eben gut auf seine nervliche Verfassung ausgewirkt hat.

Das Warten alleine im kärglich eingerichteten Verhörzimmer hat ihm deutlich mehr zugesetzt als die Vernehmung davor. Diese Ungewißheit, was passieren wird, ist schlimmer als alles andere.

In der Stille des kargen Dienstzimmers glaubt er, seinen eigenen Herzschlag hören zu können.

»Ha!«, ruft der Herr Hauptkommissar und setzt ein grimmiges Grinsen auf: »Da sind wir wieder. Und, was soll ich sagen: Börner hat gestanden. Wir wissen also alles. Jetzt komm schon, raus damit! Schluß mit den Spielchen.«

Der Doc sagt nichts. Er glotzt den Kommissar nur mit matten Augen an.

Der Polizist läßt nicht locker: »Also, wie war das mit dem Journalisten? Es hat doch keinen Sinn. Oder soll man dem Richter erzählen, daß ein Geständnis auch dieser Tat allzu spät kommt, wo man es gar nicht mehr berücksichtigen kann? Willst du das wirklich? Da mußt du dir aber ein paar Dümmere suchen als uns. Wir haben hier schon ausgeschlafenere Kerlchen als dich in die Mangel genommen und glaub mir, da hatten wir weniger in der Hand als bei dir. Wir sitzen einfach am längeren Hebel, davon kannst du aber mal ausgehen. Also, Leugnen ist zwecklos.«

Der Doc, dessen Gedanken in den letzten Stunden ohnehin Karussell fahren, knickt schon nach kurzer Zeit ein. Und sagt alles, was die beiden Polizeibeamten hören wollen. Zwar muß man ein wenig mehr bei der Sachverhaltsdarstellung helfen als beim Geständnis des Mordes an Till Wiese.
Aber schon bald hat man, was man haben will.

»Ist schon eine Erleichterung, mal so richtig reinen Tisch machen?«, meint Fammerl abschließend. Und Zammi hat den Eindruck, als wirke sein Vorgesetzter fast ein wenig euphorisch.
So fühlt es sich also für den Chef an, wenn ein großer Fall gelöst wird.

Wenngleich die Euphorie andere Gründe hat und Fammerl vor allem sich selbst gemeint hat, denn er ist mehr als erleichtert, den schwarzen Peter anderweitig untergebracht zu haben. Sie stehen auf und gehen direkt zum anderen Delinquenten hinüber. Hier braucht man ein wenig länger. Aber schließlich gibt auch Charly seine Gegenwehr auf und gesteht in Gottes Namen, was die lästigen Polizisten hören wollen. Er ist so fertig, er hätte alles gestanden, nur, um endlich seine Ruhe zu haben.

Und wenn dieser Einfaltspinsel von Doc schon gestanden hat, was bleibt ihm anderes übrig?
Bei dieser Sachlage und der Aussage seines Freundes wäre er ohnehin verurteilt worden.

Die Nachricht vom umfangreichen Geständnis der beiden verbreitet sich in Windeseile im ganzen Haus und alle Kollegen kommen und gratulieren. Die beiden Helden gehen durch ein Spalier von Beamten, die ihnen auf den Rücken klopfen. Und ein langer Tag neigt sich dem bitteren oder, je nach Sichtweise, süßen Ende zu. Natürlich wird noch ein wenig in einem Wirtshaus gefeiert und man trinkt so manche Runde auf das Wohl der beiden erfolgreichen Ermittler.

»Geben wir eine Runde aus auf unseren Kollegen Fammerl, der es mal wieder geschafft hat!«, ruft ein Kollege in die ausgelassene Runde und hebt sein Glas in die Höhe. Alle tun es ihm gleich und – Ehrensache – dann werden die Humpen in einem Zug geleert.
»Was für ein Tag!«, lehnt sich Fammerl zurück, die Beine ausgestreckt, der Hosenknopf geöffnet. Er hat es sich bequem gemacht, damit die Hose nicht platzt. »Aber auch du, Zammi, hast das gut gemacht.«
Der Assistent lächelt gequält. Dann sagt er: »Was mich wundert: Warum hat den Hirschinger eigentlich niemand vermißt?«
»Na, seine Frau war doch in Übersee.«

»Aber seine Zeitungskollegen? Daß die ihn nicht vermißt haben? Als er nicht zur Arbeit kam?«, überlegt Zamzinger, der statt Bier nur Spezi trinkt.

»Die haben doch wahrscheinlich versucht, ihn anzurufen«, meint da der Kollege vom Gift.

»Aber er hat nicht abgenommen. Weil er gerade abgenommen hat«, kalauert ein schon etwas angetrunkener Pehämmer.

Alle lachen und prosten sich schon wieder zu.

»Was hätten die auch machen sollen? Die Polizei anrufen?«, lallt Pöhming.

»Na, zum Beispiel«, erwidert der Assistent.

»Die haben vermutlich gedacht, daß der an 'ner Story dran ist. Aber an 'ner ganz heißen«, ulkt ein schon stark angedüdelter Hauptkommissar.

»Jetzt laßt mal die Arbeit Arbeit sein. Prost, Jungs!«, wirft da der Kollege vom Gift ein.

So geht das eine ganze Weile, bis man dann doch bemerkt, daß morgen früh die Tretmühle wieder auf einen wartet.

Oder schon jetzt die eigene Frau.

Gerade, wenn's am schönsten ist, soll man heimfahren.

Und ein müder, aber befreiter Hauptkommissar setzt sich in sein Auto. In derart guter Stimmung war er schon lange nicht mehr. Heute kegelt die Erde. Jetzt hat er erst einmal Wochenende, zwei ganze Tage frei. Der Fall ist gelöst, da kann er sich freinehmen, um sich von den Strapazen der letzten Zeit zu erholen. Keine Bereitschaft, kein Wochen-

enddienst! Da kann er lange ausschlafen und tun, was er will, sofern das seine Frau auch will.
Sofern sie nicht gleich wieder mit einer To-Do-Liste daherkommt.

Vielleicht kann er sich einfach mal wegschleichen und im Biergarten die hübschen Mädchen mit ihren kurzen Röcken beobachten.

Er hat einen lustigen Abend hinter sich, an dem reichlich Bier geflossen ist, so daß er genau genommen gar nicht mehr fahren darf. Aber wer soll ihn schon anhalten, an solch einem Tag?
Die Kollegen vielleicht?

Die sind selbst alle jenseits von Gut und Böse.

Er startet den Motor und passiert die Donau. Alles ist im Fluß, denkt er. Sagt man nicht, alles käme aus dem Wasser? Zuweilen geht es auch dahin zurück. Sauber und rein. Wasser ist das universellste Lösungsmittel. Die Lösung aller Probleme.
Meine Probleme hat es gelöst.

Zu Hause angekommen, erwartet ihn eine Überraschung. Er fällt fast über zwei Koffer, die im Flur stehen.
Was ist denn hier los?
»Hast du etwa vergessen, daß wir das Wochenende bei meiner Mutter verbringen wollten?«, herrscht ihn seine Frau an. »Und du kommst schon wieder so spät. Und getrunken hast du auch schon wieder.

Ich habe die ganze Zeit versucht, dich anzurufen. Aber der feine Herr stellt ja ständig sein Handy aus.«

»Ich kann doch bei einem Verhör mein privates Handy nicht anlassen. Wie schaut denn das aus, wenn ich mittendrin einen Anruf von meiner Frau entgegennehme? Das weißt du doch.«

»Und wenn mal was ist?«

»Was soll denn schon sein?«

»Ich könnte tot in der Wohnung liegen!«

Soviel Glück habe ich nicht, denkt der Kommissar, sagt aber: »Dann hilft dir dein Handy auch nicht mehr.«

»Ja, aber es könnte was anderes sein.«

»Zum Beispiel?«

»Zum Beispiel, was ich dir einpacken soll fürs Wochenende.«

»Als wenn du da meine Meinung hören willst. Du packst mir ja doch ein, was du willst. Ich kann nicht ständig für dich Gewehr bei Fuß stehen. Ich muß auch mal arbeiten.«

»Das sind doch nur Ausflüchte. Ach, mit dir zu reden hat ja doch keinen Sinn.«

Sehe ich genauso, denkt Fammerl. Soll dieser triumphale Tag so schnöde enden? Zur Schwiegermutter fahren, die noch unerträglicher ist als seine Frau? Dazu hat er wenig Lust. Was tun, sprach wer auch immer. Dann hat er eine Idee, die allerdings eine Schnapsidee ist: »Ich fürchte, ich kann nicht mit. Dieser Fall mit dem Journalisten, du weißt schon. Ich kann da jetzt nicht weg. Ich wünschte, ich könnte. Aber es geht nicht. Ich kann meinen un-erfahrenen Kollegen nicht allein lassen. Das ver-stehst du doch?«

Hoffentlich liest sie morgen nicht in der Zeitung, daß ich sehr wohl weg könnte, weil der Fall längst gelöst ist.

Sie keift ihn an: »Das habe ich mir schon gedacht. Es ist jedes Mal das Gleiche. Kaum will ich einmal zu meiner Mutter fahren, schon drückst du dich. Aber das ist nichts Neues. Der hohe Herr hält sich aus allem raus. Da kann man sich den Mund fusse-lig reden, aber du hörst nicht. Immer geht es nur nach dir. Wenn du Volksmusik sehen willst im Fernsehen, dann schauen wir Volksmusik. Gott sei Dank habe ich meine Sachen in einen eigenen Kof-fer gepackt. Den anderen lasse ich wie schon so oft dann mal wieder hier. Trägst du mir meinen Koffer zum Auto? Kannst du das wenigstens für mich tun?«

Diesen Gefallen tut der Herr Fammerl seiner lieben Frau dann doch allzu gerne. Und er sieht ihr nach, als sie losfährt. Sieht, wie die roten Rücklichter in der Ferne verschwinden. Und weg ist sie. Er steht noch eine Weile am Straßenrand, um sich zu über-zeugen, daß sie wirklich nicht zurückkommt. Wun-derbar, das setzt einem perfekten Tag noch die Kro-ne auf. Ein ganzes Wochenende ohne Frau, keine Bereitschaft, er hat das ganze Haus für sich, kann morgen Fußball gucken und sich Pizza bestellen. Er kann sich im Unterhemd auf das Sofa lümmeln und die Füße auf den Couchtisch legen. Er kann sein Bier aus der Flasche trinken und bekommt keine Liste mit Aufgaben, die er zu erledigen hat. Er muß keine Mahlzeiten am Tisch einnehmen und keine Volksmusik hören.

Und vor allem das Gekeife seiner Frau würde er zwei ganze Tage nicht ertragen müssen. Kein böses Wort, wenn der Klodeckel mal wieder nicht heruntergeklappt ist. Nicht einmal ein tadelnder Blick, wenn er mit dem Messer die Marmelade aus dem Glas kratzt. Und die Heizung muß auch nicht bis zum Anschlag hochgedreht werden, daß man sich in einer Sauna wähnt.

Er geht zum Kühlschrank und hat schon eine Flasche Bier einer örtlichen Brauerei in der Hand. Da denkt er: Ach was, an einem solchen Tag darf man sich mal einen edlen Whisky gönnen, natürlich einen Single Malt. Da ist doch noch die Flasche, die ihm ein guter Freund zum Geburtstag geschenkt hat. Sechzehn Jahre im Faß gereift. Rauchig mit Torfaroma. Die hat er sich für besondere Gelegenheiten aufgehoben.
Und wenn das heute nicht ein besonderer Anlaß ist, wann dann?

Der gerechten Strafe entgangen, es allen gezeigt und eine sturmfreie Bude.
Dem Bösen getrotzt.

Ein guter Tag.

Soll er morgen mal ein paar Kollegen zum Grillen einladen? Den Erfolg nochmal mit Bratwurst und Bier feiern? Dem Zammi den Stock aus dem Allerwertesten ziehen? Zunächst aber würde er sich erst einmal ein Bad gönnen. Gemütlich im warmen Wasser liegen und sich den Whisky durch die Kehle rinnen lassen. Er holt sich Eiswürfel aus der Tiefkühltruhe und gießt sich ein großes Glas ein. Zuerst gegen das Licht halten. Flüssiger Bernstein. Dann dreimal das Parfüm einatmen. Wie das riecht. Und schließlich der erste Schluck: Wie das auf der Zunge prickelt. Rauchige Aromen, lange gelagert. Edles Gesöff. So kann das Leben schmecken. Und noch ein Schluck. Er spürt, wie der Alkohol wirkt, zumal er schon vorher nicht ganz nüchtern gewesen ist. Dann läßt er Wasser in die Wanne. Es läuft. Er entkleidet sich und prostet sich im Spiegel zu. Im Spiegel sehe ich doch eigentlich ganz passabel aus, mit vollem Haupthaar. Das gefällt halt der Damenwelt. Auf dich, alter Knabe, du bist noch im Rennen, du bist noch im Spiel, dich darf man noch nicht abschreiben. Die bösen Jungs sind noch nicht sicher vor dir.
Aber du bist sicher.

Das ist das Wichtigste.

Salut, noch ein Schluck. Und einmal um die eigene Achse gedreht, ein kleiner Tanz mit erhobenem Glas in der Hand. Dabei vergißt er leider, darauf zu achten, wohin er tritt. Und er rutscht unglücklich auf dem Badezimmerteppich aus und fällt mit einem dumpfen Schlag in die Wanne. Unglücklicherweise kommt er mit dem Kopf zuerst auf. Er kracht mit voller Wucht mit der Schläfe auf die Armatur. Schnell lösen sich die Eiswürfel im warmen Wasser auf und der letzte Schluck Whisky wird stark verdünnt.

Als ihn seine Frau zwei Tage später findet, läuft das heiße Wasser noch.
Tot. Mausetot.

Den Geruch wird sie wohl nie wieder vergessen.

Zum Dank:

Gar nicht genug danken kann ich meiner lieben Frau Petra für ihre vorbehaltslose und engagierte Unterstützung all meiner Aktivitäten, insbesondere dem Schreiben dieses Buches.

Frau Andrea Reichl, Herrn Karl Brenner und Frau Isabella Kreim vom Kulturradio bin ich zutiefst dankbar für die Korrekturen, letzterer auch für das wunderbare Vorwort.

In tiefer Dankbarkeit sei hier Herr Johannes Hauser und seine einzigartige Fotoserie »nach oben« gewürdigt, aus der das wunderschöne Titelbild vom Turm Triva zu Ingolstadt stammt.
Auch sei das Bayerische Polizeimuseum besonders genannt, das im Turm Triva beheimatet ist und einen – freiwilligen – Besuch lohnt.

Dann danke ich dem bildenden Fraktale-Künstler Franz Duna und dem Musiker Jürgen Kühnel für die optische und akustische Untermalung meiner letzten Buchpräsentation.

Dann danke ich meinen Verlegern Dominik Neumayr und Gerhard Trautmannsberger für ihre unermüdlichen Bemühungen.

Dem Künstler Anton Tyroller danke ich für den Film über Ingolstadt als Hintergrund für die Vorstellung dieses Werkes.

Molto grazie an Signore Francesco Garita für die Laudatio anläßlich der Präsentation dieses Buches.

Mein Dank gilt ferner Herrn Ralf Oberhofer – dem Wirt des Café Maximilian – und Frau Iris Gerstmeier – der Leiterin der Kindertagesstätte »Kleine Marienkäfer« – für ihre Verkaufsbemühungen.

Herrn Alexander Bálly, Herrn Jens Rohrer und dem Kulturamt der Stadt Ingolstadt bin ich dankbar für die generelle Unterstützung.

Herrn Christian Rehberger und Herrn Michael Brandl vom Donaukurier danke ich für die Berichterstattungen (ich hoffe, ich habe es mir durch das Buch nicht mit der Presse verdorben).

Zugabe: Entfallene Szene (aus Kapital 8)

Was aber macht man in einer Kneipe, in der sich niemand außer einem selbst befindet und der Wirt auf seinem Stuhl hinter der Bar vor sich hin dämmert? Mit dem Wirt, den man nicht die Bohne kennt, mühsam ein Gespräch in Gang bringen? Worüber? Über die Schlechtigkeit der Welt? Oder das Wetter? Über Politik? Wobei: Das kann gefährlich sein, wenn man so einen Eiferer vor sich hat. Warten, daß jemand kommt, mit dem man reden könnte? Aber den kennt man ja auch nicht. Was soll man mit dem dann bereden? Das Gute im Menschen? Über das Saufen?
Gefährliches Thema, da mag sich mancher auf den Schlips getreten fühlen.

Überhaupt, was für Gäste kommen hier wohl in diese heruntergekommene Pinte, mit verblassten Photographien von Fußballspielern an der Wand, die inzwischen sogar für eine Anstellung als Trainer zu alt geworden sind? Nationalspieler, die selbst eingefleischten Fußballanhängern kaum mehr geläufig sind? An Tischen zu sitzen, die übersät sind von Schnitten, Brandstellen und undefinierbaren Flecken? Immer ein Bier vor sich, als säße man immer am selben Platz mit demselben Getränk. Aber es handelt sich um eine lange Reihe von Halben. Die den Schmerz darüber betäuben, daß man in der Welt da draußen keine wichtigere Rolle spielt als die, jeden Tag nur hierher zu kommen und bei einem Bier über die Ungerechtigkeit der Welt da draußen zu räsonieren. Ein Teufelskreis, aus dem man sich nicht befreien kann. Geborene Verlierer. Gefangen im Versagen. Hoffnungslosigkeit im Herzen und den Geschmack von Gebrautem auf der Zunge, die Augen ins Nichts gerichtet, die Hände um das Glas oder vor sich verschränkt, während anderswo das Leben tobt.

Aber nicht hier, wo man nicht einmal Farbe beim Trocknen zuschauen kann, weil alle Farbe längst trocken ist und auch schon soweit verblasst, daß man fast den Eindruck gewinnt, man wäre Teil eines Schwarz-Weiß-Filmes, wenn nicht das Bier vor einem eine derart goldgelbe Farbe hätte, daß man doch das Gefühl hat, man schütte etwas Lebendiges in sich hinein.

Aber man selbst fühlt sich dabei taub, wie tot. Aus, es ist aus und vorbei, hier ist Endstation. Wer hier dauerhaft Gast ist, gehört nicht zu den Siegern, hat kein Leben, das er in vollen Zügen genießt. Wer hier strandet, hat keine liebevolle Gattin zu Hause, die mit dampfendem Essen auf einen wartet, wenn man von der Arbeit kommt.

Wenn man denn überhaupt eine Arbeitsstelle innehat.

Die meisten hier versaufen ihre Sozialhilfe oder bestenfalls ihre Frührente. Nur wenige haben Hilfsarbeitertätigkeiten, aber die sind auch zum Teil zu heiß gebadet, denkt der Kommissar, weil er dieselben Vorurteile hat wie alle Menschen auch.

Wer weiß, wie viele Spinner hier ihr karges Budget versaufen. Vielleicht sogar die mit den Aluhüten. Wobei, die gehen nicht aus dem Haus. Wer weiß denn, ob Atom-Strahlen von geheimmörderischen Kräften aus dem Weltall auf sie abgeschossen werden.

Oder vor was immer sie Angst haben.

Er muß an einen bestimmten Nachmittag im letzten Sommer denken. Ein wunderschöner Tag, warm, der Himmel wolkenlos. Er stand mitten im Turm Triva, einem Teil der alten Befestigungsanlage. Ein riesiger, ovaler Bau um einen Hof aus Kopfsteinpflaster. Er hatte wieder mal eine Sonderausstellung dort im Polizeimuseum über sich ergehen lassen. Betriebliche Veranstaltung, da kam er nicht aus. Das Bayerische Polizeimuseum hatte zwar interessante Exponate. Allerdings waren diese nur dann interessant, wenn man sie sich freiwillig ansah. Wenn man sie aber anschauen mußte, weil dies der Vorgesetzte gerne mochte, dann kam in Herrn Fammerl sofort der bayerische Dickkopf zutage, der sich grundsätzlich nichts sagen ließ.

Mögen täte ich schon, aber ich mag nicht mögen müssen.

Als er endlich wieder im Freien stand, war es ihm, als müßte er erst einmal kräftig durchatmen. Er legte den Kopf in den Nacken, schaute nach oben, da flog gerade ein Flugzeug über seinen Kopf hinweg. Erkennbar am deutlich sichtbaren Kondensstreifen. Die fliegen in den Urlaub, dachte er, und ich muß arbeiten. Die sind frei wie ein Vogel und ich brüte hier unten an meinen Fällen.

Und er verzog das Gesicht.

»Ja, finde ich auch unmöglich«, hörte er da eine Stimme neben sich. Er blickte zur Seite und da stand ein schlaksiger Kerl mit wirrem Haar und bunter Jacke. Der hatte den gequälten Gesichtsausdruck des Polizisten offenbar mißgedeutet.

»Wie meinen?«, fragte der Polizist verwundert.

»Na, die Chemtrails«, antwortete der andere mit flirrenden Augen.

»Die was?«

»Chemtrails. Noch nie davon gehört? Mit den Flugzeugen verspritzt die Regierung gezielt Gift, um uns alle ruhigzustellen. Die wollen, daß wir nicht wach genug sind, um das ganze Ausmaß der Verschwörung zu erkennen.«

Der Kommissar lachte unwillkürlich. Das war das Absurdeste, das er je gehört hatte. Aber der andere reagierte auf das Lachen eher ungemütlich: »Lachen Sie nur! Ihnen wird das Lachen schon noch vergehen! Das ist kein Quatsch, das sind Tatsachen. Sie sind der beste Beweis für diese Ignoranz, eine direkte Folge der Substanzen, die da verspritzt werden!«

Fammerl suchte eilig das Weite, bevor das Ganze noch in eine Schlägerei ausgeartet wäre. Der hatte ja schon Schaum vor dem Mund.

Leute gibt's! Wo die wohl einen heben gehen?

Hier im Hirschen, bei den ganzen anderen Hirschen?

Der Kommissar wacht wieder in der Gegenwart auf. Er merkt, daß sein Fuß eingeschlafen ist. Er bewegt vorsichtig die Zehen, um ihn wiederzubeleben, aber das gelingt ihm nicht. So steht er auf und geht vorsichtig ein paar Schritte.

»Wollen Sie schon gehen?«, fragt der Wirt unvermittelt.

Mehr Informationen zum Verlagsprogramm und Kaufladen unter **www.bp-verlagshaus.de**

Michael von Benkel
Der Schrank
Lyrik | 200 Seiten
ISBN 978-3-944000-15-2

Zwei halbwüchsige Jungen erleben zusammen alle
Höhen und Tiefen der Pubertät. Sie erleben die erste Liebe, sammeln aber auch Erfahrungen mit der
Justiz. Sie erproben ihre Grenzen auf allen Gebie-
ten und scheinen unzertrennlich zu sein. Sie ahnen
nicht, daß ihr Schicksal auf tragische Art und Weise
miteinander verwoben ist.
Schmerzlich müssen sie erfahren, daß auch im Vergessen und Verdrängen Schuld liegen kann.
Denn die Bereicherung am Vermögen der Verfolg-
ten dauert an.

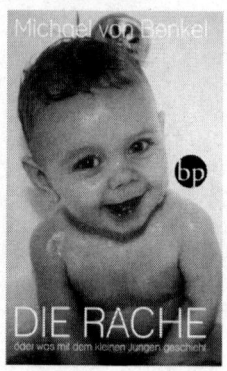

Michael von Benkel
Die Rache
Roman | 230 Seiten
ISBN 978-3-944000-11-4

Der mutmaßliche Kindermörder Franz Zechinger
wird vor Gericht freigesprochen. Dies mit enga-
gierter Hilfe des brillanten Strafverteidigers Karl
Wiegler. Doch Polizeihauptkommissar Anton Bolik
will das Urteil des Schwurgerichts nicht akzeptie-
ren, weil er überzeugt davon ist, daß der kleine
Marvin von Franz Zechinger ermordet wurde.
Er will unter allen Umständen, daß der Schuldige
seiner gerechten Strafe nicht entgeht.
Mit allen Mitteln.
Bis zur letzten Konsequenz.
Ohne Rücksicht auf Verluste.
Selbst, wenn er dafür über Leichen gehen muß.
Selbst, wenn das Gesetz hierfür nicht ausreichen
sollte.
Selbst, wenn er hierbei seine eigene Existenz aufs
Spiel setzt.
Aber wie weit darf er hierbei gehen?
Und heiligt der Zweck stets die Mittel?
Wann wird die gute Sache zu Unrecht?

Michael von Benkel
Das Taxi
Roman | 184 Seiten
ISBN 978-3-944000-08-4

Während meines Studiums bin ich über fünf Jahre lang Taxi gefahren. In der bayrischen Landeshauptstadt München. Zuerst tagsüber, dann vornehmlich nachts. Ich habe Menschen aller Art und Unart befördert.

„Der Alltag als literarischer Scherenschnitt. Sprachgewandt, ironisch und scharf beobachtend führt uns MvB die Welt als Kaleidoskop des Alltäglichen in seiner ganzen, oft skurrilen Dichte vor Augen.
Benkels Taxigeschichten lassen den Leser oft schmunzelnd, oft auch erschrocken zurück. Eine lesenswerte Entdeckung!"
– Dr. Gottfried von der Heydte, vormals Kanzler der Universität Eichstätt

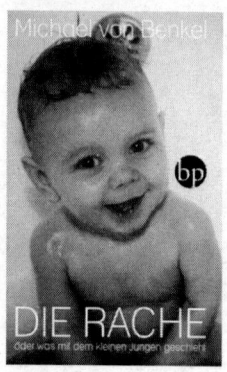

Michael von Benkel
Die Rache
Roman | 230 Seiten
ISBN 978-3-944000-11-4

Der mutmaßliche Kindermörder Franz Zechinger
wird vor Gericht freigesprochen. Dies mit enga-
gierter Hilfe des brillanten Strafverteidigers Karl
Wiegler. Doch Polizeihauptkommissar Anton Bolik
will das Urteil des Schwurgerichts nicht akzeptie-
ren, weil er überzeugt davon ist, daß der kleine
Marvin von Franz Zechinger ermordet wurde.
Er will unter allen Umständen, daß der Schuldige
seiner gerechten Strafe nicht entgeht.
Mit allen Mitteln.
Bis zur letzten Konsequenz.
Ohne Rücksicht auf Verluste.
Selbst, wenn er dafür über Leichen gehen muß.
Selbst, wenn das Gesetz hierfür nicht ausreichen
sollte.
Selbst, wenn er hierbei seine eigene Existenz aufs
Spiel setzt.
Aber wie weit darf er hierbei gehen?
Und heiligt der Zweck stets die Mittel?
Wann wird die gute Sache zu Unrecht?

Jens Rohrer
Albert Hammonds Otter
Tiergedichte
mit Illustrationen von Jutta Drinda & Jürgen Schulze

Jens Rohrer
Albert Hammonds Otter
Lyrik | 96 Seiten
ISBN 978-3-944000-22-0

Nach dem beliebten »Guerillas & Schmotter« legt
Jens Rohrer nun sein neuestes Werk vor. Und dieses
Mal wird es animalisch: »Albert Hammonds Otter«,
eine Sammlung vergnüglicher Tiergedichte über
faule Klippschliefer, blöde Biber, Hollywood-Orcas
und viele andere possierliche Gesellen.

»Tiergedichte in bester Nonsens-Tradition …«
– Isabella Kreim

»Jens Rohrers Tiergedichte sind herzhaft, heiter
und harmonisch. Das Buch sollte auf keiner Toilette
fehlen.«
 – Moses Wolff

»Jens Rohrer ist eine Wohltat für den Geist.«
– Petra Kleine

Mit 35 Illustrationen von Jutta Drinda und Jürgen
Schulze.

Paula A. Böhm
Das Leben fragt nicht
Roman | 326 Seiten
ISBN 978-3-944000-19-0

Tyler ist kein typischer Teenager, doch ohne genau
zu wissen weshalb, beschließt er, auf eine Party zu
gehen. Unter all den Altersgenossen, der lauten
Musik und dem Alkohol begegnet er May. Ein Mädchen, das ihn einschüchtert und fasziniert zugleich.
Und trotz ihrer Gegensätze entwickelt sich eine
Freundschaft. May ist für Tyler der Ausbruch aus
seinem eintönigen Alltag. Ihretwegen erfährt er,
was es überhaupt bedeutet, sich lebendig zu fühlen
und warum es sich lohnt, Risiken einzugehen. Sie
ist genau das, was er nie gesucht, aber immer gebraucht hat. Durch sie erscheint alles so leicht, doch
auch irgendwie zu gut, um beständig zu sein. Und
inmitten all den Veränderungen und den Gefühlen,
die er für sie entwickelt, muss Tyler feststellen, dass
das Leben nicht fragt.

Dominik Neumayr
Geschichtenerzähler
Erzählungen | 222 Seiten
ISBN 978-3-944000-17-6

Ein Banker in der Krise, die jedoch nicht nur auf ihn, seine Familie und seinen Arbeitgeber Auswirkungen hat, sondern noch viel weiter reicht. Einer seiner Söhne kommt vom Auslandseinsatz in ein völlig verändertes Leben zurück, der andere ist krank und seine Tochter überfordert die neue Situation. Während Hans nun über die Fehler seiner Vergangenheit nachdenkt, erfüllt sich einer seiner ehemaligen Kollegen einen lang gehegten Traum.

Der Geschichtenerzähler verfolgt das Schicksal seiner Figuren über einen langen Zeitraum hinweg. Wir begegnen einzelnen Personen wieder und erfahren, wie sich ihr Leben in der Zwischenzeit teilweise dramatisch verändert und ineinander verflochten hat.

Pascal Simon (Hrsg.)
**Königlich Bayerische
Slam-Anthologie**
Poetry Slam | 184 Seiten
ISBN 978-3-944000-18-3

Kaum ein Literaturgenre wird so von der Jugend geprägt wie Poetry Slam. Die Themen sind oft brandaktuell und treffen präzise den Nerv der Zeit. Text und Performance sind Ausdruck dessen, was den Autoren auf dem Herzen brennt und endlich hinaus muss. Nirgends wird das »Sich-etwas-von-der-Seele-reden« so intensiv betrieben wie beim Dichterwettstreit der Moderne. Wer schon einmal eine solche Veranstaltung besucht hat, kennt die knisternde Atmosphäre, die dabei allein durch das gesprochene Wort erzeugt werden kann. Doch so schön diese Abende auch sein mögen – sie sind vergänglich. Deswegen ist dieses Buch der Versuch, jenen Zeitgeist einzufangen, der von so vielen jungen Autoren auf der Bühne gelebt wird.